KB114123

예고의 음악 천재 1

강서울 현대 판타지 소설

초판 1쇄 찍은 날 § 2022년 12월 14일
초판 1쇄 펴낸 날 § 2022년 12월 21일

지은이 § 강서울
펴낸이 § 서경석

총괄팀장 § 황창선
편집책임 § 박현성
디자인 § 스튜디오 이너스

펴낸곳 § 도서출판 청어람
등록번호 § 제387-1999-000006호
등록일자 § 1999. 5. 31
어람번호 § 제1-3200호

본사 § 경기도 부천시 부일로 483번길 40 서경B/D 3F (우) 14640
편집부 § 서울특별시 구로구 디지털로 272 한신IT타워 404호 (우) 08389
전화 § 02-6956-0531 팩스 § 02-6956-0532
http://www.chungeoram.com
E-mail § chungeorambook@daum.net

ⓒ 강서울, 2022

ISBN 979-11-04-92469-9 04810
ISBN 979-11-04-92468-2 (세트)

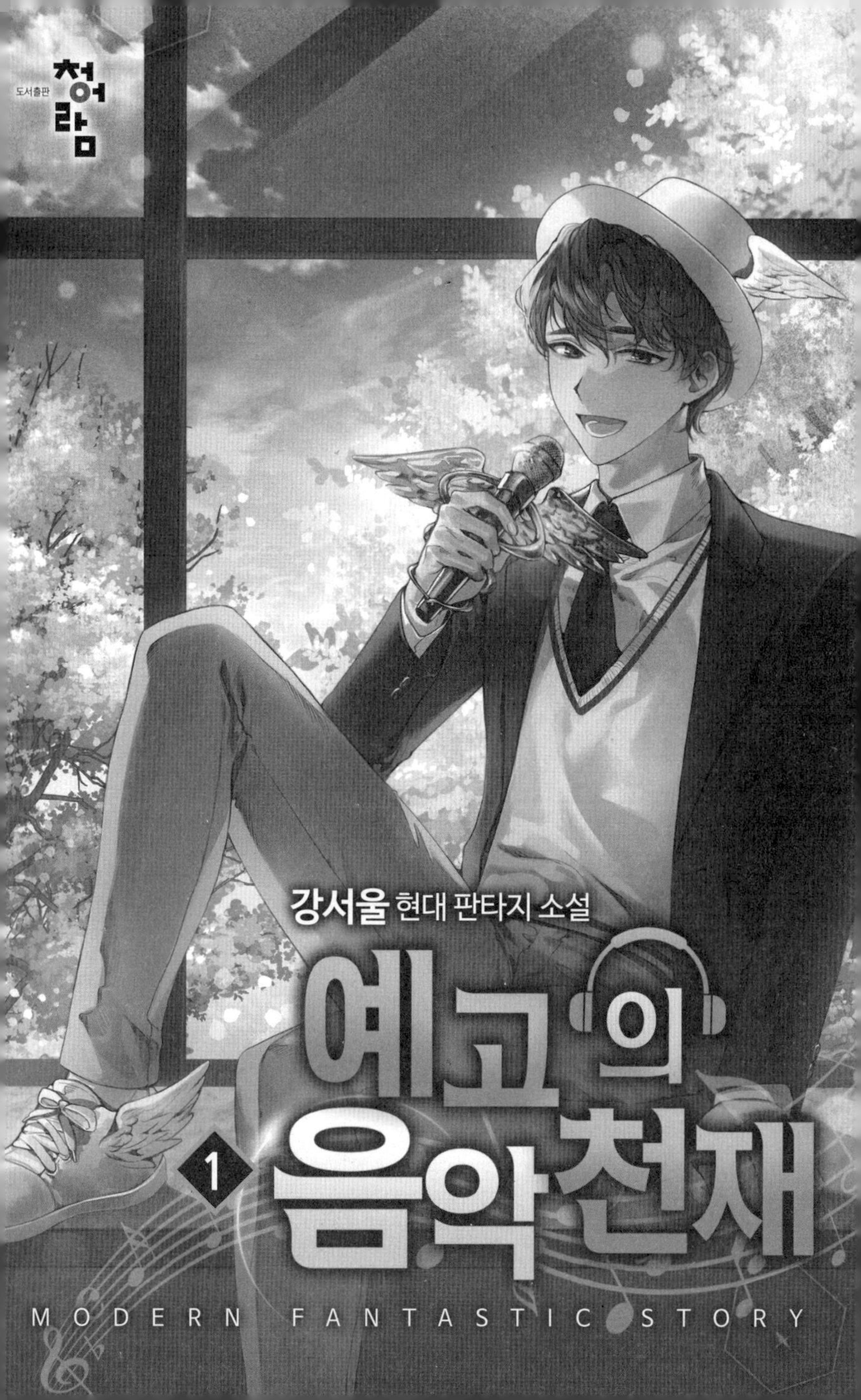
도서출판 청어람
강서울 현대 판타지 소설
예고의 음악천재
1
MODERN FANTASTIC STORY

목차

Chapter. 1

　가로등 불이 깜빡이는 어두운 골목길.

　개미 새끼 한 마리도 안 다닐 것 같은 비좁은 골목길이지만,
누군가에겐 하굣길이다.

　베이지색 교복과 전혀 매치되지 않는 아디다스 바지를 입고
서, 껄렁하게 신발을 끌던 학생은 힘겹게 언덕을 올랐다.

　늦은 시간까지 연습을 마친 터라 졸음이 몰려온다.

　"아… 피곤하네."

　학생은 옷소매로 두 눈을 비비며 중얼거렸다. 무리하게 연습
을 했는지, 오늘따라 더 다리가 무겁다. 모래주머니라도 찬 것처
럼 축축 늘어지는 걸음.

　학생은 여느 때와 같이 따분하다는 듯 기지개를 켰다.

　늘 가던 길에.

늘 있는 가로등.

지극히 무료하기 이를 데 없는 평범한 하굣길.

그때였다.

전혀 일반적이지 않은 광경에 시선이 닿은 것은.

"뭐야?"

언덕 끄트머리에 덩그러니 놓여 있는 벤치. 이따금 힘들 때 잠시 앉고 가던 그 벤치에…….

사람이 누워 있었다.

그것도 너무 편하게.

"우음……."

새우깡 박스를 이불 삼아 누워 있는 인간.

그 밑에는 스케치북에 대충 끄적여 둔 문구가 있었다.

전령의 신 임시 파업

그리고 그 밑에.

도무지 이해할 수 없는 내용 아래에는, 네임 펜으로 주절주절 써 놓은 듯한…….

파업 문구.

"안녕히 계세요, 여러분. 전 이 세상의 모든 굴레와 속박을 벗어던지고 제 행복을 찾아……."

아니.

"뭐 하는 애야?"

학생은 질색하며 어깨를 으쓱였다.

옅은 갈색 머리에 깔끔하게 새하얀 얼굴. 새우깡 상자에 가려져서 잘 보이지는 않았지만, 대충 제 또래쯤 되어 보이는 애다.

학교나 가야 할 녀석이 왜 여기서 저러고 노숙을 하고 있나.

"집 나온 앤가? 가출청소년?"

그렇게 생각하며 다시 한번 정체 모를 노숙자를 아래위로 훑던 순간이었다.

"어?"

잠깐만.

"어어어?"

어디서 많이 본 얼굴인데?

명찰을 문질거리던 손이 그대로 얼어붙었다.

"우음… 춥다……."

누군가 자신을 빤히 쳐다보고 있다는 것도 모르고.

웅얼거리면서 다시 돌아눕는 저 멍청한 녀석.

어디서 많이 본 듯한 기시감은 기분 탓이 아니었다.

"서울예고… 신서진?"

서울예고의 문제아.

자퇴를 앞두고 있던 녀석이.

"쟤가 왜 여기서 자고 있어?"

뭔가 더 이상해져서 돌아왔다.

*   *   *

두 시간 전, 서초동의 한 전화 부스.

다급히 다이얼을 누르던 한 남자는 충격적인 소식에 입을 떡 벌렸다.

"뭐? 그게 무슨 소리야? 못 온다고?"

둥글둥글한 인상과 순해 보이는 얼굴. 그와 다르게 곱게 자란 듯한 특유의 분위기가 온몸에 배어 있었다.

그리고, 이 남자는.

실제로 곱게 자라기도 했다.

전령의 신 헤르메스.

제우스의 아들이자, 올림포스의 신.

허우대 멀쩡한 이 신이…….

미아가 되었다.

그것도 지구 미아가.

"그러면 언제 올 수 있지?"

─제우스 님이 저를 붙잡고 놔주질 않으십니다…….

"뭐라고?"

21세기의 인간계는 처음이건만.

가이드 역할을 해 줘야 할 시종 미켈이 제우스에게 붙들렸다.

헤르메스는 난처한 얼굴로 수화기를 붙들었다.

전령의 신 업무는 파업.

인간계에서 한탕 하는 신이 많길래 내려왔더니, 처음부터 제대로 꼬여 버렸다.

한숨을 푹푹 내쉬며 말을 뱉었다.

"몰래 빠져나갈 방법은 없나?"

─걸리면 저 죽습니다…….

"아니, 그러면 나는……."

—지금 이럴 때가 아닙니다. 혹시 돈은 있으실까요?

"돈?"

21세기에도 돈은 인생의 진리인 법. 헤르메스는 텅 빈 주머니를 확인하고선 고개를 저었다.

"그런 게… 있을 리가 없잖아!"

금덩어리라도 몇 개 들고 뛸 것을, 하나도 들고 오질 못했다.

수화기 저편에서도 탄식이 들려왔다.

—아이고.

"지금 아이고, 할 때가 아닌 것 같은데? 대책은?"

—조금 틀어지긴 했지만… 제가 그래도 다 계획이 있습니다. 저번에 드렸던 입학신청서 가지고 계시죠?

"어."

서울예고 재입학신청서.

헤르메스는 손에 쥔 서류를 내려다보며 답했다.

근데 이걸 왜 준 거지?

그 이유를 고민하던 중이었는데, 수화기 너머로 그 답이 들려왔다.

—일단… 학교에 들어가시는 겁니다!

"뭐?"

—학교는 밥도 주고… 집도 주고… 어쨌든 기숙사라는 게 있거든요. 헤르메스 님이라면 지내시는 데에는 불편함이 없으실 겁니다. 그리고… 그… 유명한 스타가 된다고 하셨잖아요.

"스타?"

─네, 그거 되려면 거기 들어가야 한답니다.

"…여기만 들어가면 할 수 있나?"

─물론이죠!

자신감에 가득찬 미켈의 대답.

서울예고…….

어딘지는 몰라도 21세기의 스타를 육성하는 공간인 모양이었다.

─거기가 가장 유명한 학교입니다! 매년 스타를 몇 명씩이나 배출해 낸다고요. 저를 믿고 따라 주시면 후회는 안 하실 것…….

"알겠다."

약 파는 느낌이 살짝 나긴 하는데.

미켈의 말을 대강 이해한 헤르메스는 고개를 끄덕였다.

총명한 제 시종은 와중에도 쉬지 않고 계획을 늘어놓고 있었다.

─그러니, 들어가시기 전에 며칠만 숙식을 해결하시면 될 것 같습니다!

"으음……."

돈이 없다 했던가?

신전으로 돌아갔다간, 제우스에게 붙들려서 못 나올 것 같으니…….

우선 인간계에서 해결해야 할 터인데.

곤란하군.

고개를 갸웃거리며 고민하던 헤르메스는 빠른 결론을 내렸다.

"인간들에게 슥삭, 하면 되나?"

―네?

전령의 신이자, 상업의 신.

아니, 도둑의 신이기도 한 헤르메스의 사고는 자연히 이쪽으로 흘러 버렸다.

―잘못 들은 거죠? 그런 거죠? 설마. 그런 미친… 아니, 그런 무모한 짓을 하려는 건 아니시죠?

맞는데?

헤르메스는 두 눈을 반짝이며 목소리를 낮췄다.

"조금만, 살짝… 슥삭?"

―안 됩니다!

수화기 너머로 다급한 외침이 들려온다.

―21세기에는 CCTV라는 게 있어서 그러다가 경찰서 갑니다!

"나, 신이야. 그 정도는 안 걸리게 슥삭……."

―절대 안 됩니다! 절대!

"……."

―절대로!

"아… 귀청 떨어지겠네……."

투덜대며 수화기를 멀찍이 떨어뜨려 놓는 헤르메스.

―도둑질만은 아니 됩니다!

비록 신계와 인간계.

닿지 않을 거리에 떨어져 있지만, 미켈의 충성심만은 그대로다.

공기 중에는 미켈의 외침만이 울려 퍼질 뿐이었다.

―사고 치지 말고!

―뭐 훔치지도 말고!

―학교나 제발 들어가세요!

*　　　　*　　　　*

세계로 뻗어 나가는 한류의 중심.

서울 북부에 위치한 최초의 K팝 사관 학교.

SW엔터가 글로벌 진출을 대놓고 노리곤 세운 것이 바로 이 서을예고였다.

때문에 일반적인 교육과정이 아닌, 철저히 기획사의 프로그램을 따라간다.

고등학생 때부터 확실히 글로벌 스타로 키우겠다는 방향성이 잡혀 있는 학교.

"후."

그 명성답게 건물 외벽부터 남달랐다.

감각적인 건축자가 지은 듯한 예술적이고 유니크한 외관.

유리문이 햇살을 받아 반짝였다.

아름답다. 일개 고등학교라고 칭하기 어려울 정도로.

헤르메스는 듣던 대로 화려한 건축물에 시선을 빼앗긴 채 잠시 감탄했다.

"여기가 한국 최고의 예술고등학교… 미켈이 말한 곳이 여기지?"

여기서 살아남기만 하면 데뷔와 동시에 스타가 되는 건 보장받는 셈이라고 했던가.

"아, 먹고살아야 하는데."

헤르메스는 그 앞에서 현실적인 문제를 고민했다.

"……."

21세기의 사람들은 그다지 신을 신뢰하지 않았다.

그저 신화의 이야깃거리로 그렇게 소비되어 갈 뿐.

그 어느 누구도 올림포스에는 관심을 주지 않았다.

그토록 휘황찬란하던 신전들도 조금씩 무너지고, 사람들의 믿음 없이는 이전의 견고한 힘을 유지할 수 없었다.

신들은 그렇게 힘을 잃어 갔다.

자신 또한 마찬가지였다.

제우스를 상대로 파업을 하고, 올림포스를 박차고 나온 것 또한 그런 현실적인 문제 때문이었다.

"나도 늙었어……."

힘들어!

"이젠 관절이 쑤시다고……."

몇천 년을 부려 먹었으면 되었지 않나?

"내가 무슨 쿠x맨도 아니고……."

우편배달 일은 이제 지쳤다.

자신 또한 다른 신들처럼 인간계에서 광명을 찾을 생각이었다.

힘을 되찾을 기회.

앞서 인간계로 향한 신들은 한 가지 방법을 찾아냈다.

스타가 되는 것.

인간들의 숭배의 대상이나 다름없는 연예인.

그중에서도 정상에 오르기만 하면 다른 신들이 부럽지 않을 부와 명예를 얻을 수 있단다.

그러니, 헤르메스의 목적도 그와 같다.

"…유명해지는 거다."

헤르메스는 주먹을 세게 움켜쥐었다.

"연예인이 되어야겠어."

어서 힘을 되찾아서…….

우편배달 일은 때려치우고, 평안한 노년을 즐기겠다.

헤르메스는 서을예고 복도에 들어서며 작게 중얼거렸다.

"튼튼한 관절… 완벽한 노후……."

아주 좋아.

"할 수 있다. 할 수 있어."

헤르메스는 유리 창문에 비치는 얼굴을 한 번 다시 확인하고 선 말했다.

"이 얼굴도 나쁘지 않아."

갓 열일곱이 된 나이와는 어울리지 않게 180이 넘은 훤칠한 키에, 당장 데뷔해도 손색없을 비주얼.

살짝 어설퍼 보이는 구석은 있어도 가꾸면 빛이 날 본판이었다.

"으음. 잘생겼네."

헤르메스는 만족하며 작게 중얼거렸다.

"확실히 쓸 만한 영혼으로 잘 선별했단 말이야."

몸체의 본래 이름은 신서진.

가족 하나 없는 혈혈단신, 17세의 어린 나이에 교통사고로 사망.

"안된 인생이긴 하다만."

신계의 자신을 도와주는 대가로 저승에선 편안히 쉬게 될 테니.

그 친구로서도 나쁘지 않은 거래일 테다.

그렇게 중얼거리던 중, 2층 복도 앞에 도착했다.

헤르메스는 허리를 꼿꼿이 편 채 성큼성큼 앞으로 걸어 나갔다.

고요한 복도.

은근한 시선들이 느껴진다.

기분 탓인가?

헤르메스는 자신을 향하는 시선을 받아치며 복도 끝 편으로 천천히 걸었다.

그때였다.

수군수군.

뒤이어, 그의 뒤편으로 들려오는 달갑지 않은 말소리.

"신서진 아냐?"

"맞는 거 같은데?"

"뭐야, 쟤가 왜 돌아왔어?"

의아해하는 탄성.

뒤통수에서 싸한 시선이 느껴지는 듯하다.

기분 탓이 아니었다.

헤르메스는 인상을 찌푸리며 고개를 돌렸다.

신서진이라면…….

"내 이름인가?"

곱씹어 본 끝에 알 수 있었다. 대낮부터 웬 놈들이 동급생을 저리 헐뜯나 했더니만.

제 이름이 맞았다.

"뭐야? 월말 평가 F 받고 알아서 때려치운 거 아니었냐?"

"작년에 학교 관두려던 거 아니었어?"

"그걸 굳이 또 기어 들어오네."

"용케 진급은 했네. 나 같으면 쪽팔려서 때려치우겠다."

"……."

헤르메스의 눈썹이 살짝 들썩였다.

대체 무슨 말을 하는지는 확실히 짐작할 수는 없었으나, 단한 가지는 확실했다. 원래 이 몸이었던 신서진이라는 친구가.

이 학교에서 평판이 그다지 좋지 않다는 것.

나아가, 재능이 많이 없는 친구였다는 것.

"으음."

별로 좋은 상황은 아니지만, 크게 상관은 없었다.

"비켜 주지?"

헤르메스는 고개를 까닥이며 앞을 가로막고 있는 녀석을 가볍게 밀었다. 가장 시끄럽게 조잘대고 있었던 탓이다.

화악―.

밀쳐진 녀석이 두 눈을 부릅뜨고 이쪽을 올려다본다.

"야, 너 뭐야! 왜 갑자기 사람을 밀어!"

시끄럽군.

녀석의 반응을 가볍게 무시한 헤르메스는, 대수롭지 않게 복도를 걸었다.

"여긴가?"

복도에서 몇 걸음.

헤르메스는 고개를 돌려 아크릴 간판을 확인했다.

C반.

"맞네."

길을 잃는 건 아닌가 걱정했는데 제대로 찾아왔다.

헤르메스는 씨익 웃으며 문고리를 잡았다.

그러고는.

벌컥—

문을 열어젖혔다.

서을예고의 버려진 학생들이 모여 있는 비운의 학급.

낙인처럼 박혀 있는 C반에.

문제아 신서진이 강림하는 순간이었다.

＊　　　　＊　　　　＊

초록색 칠판.

화려한 외관과는 달리 평범하기 이를 데 없어 보이는 오래된 교실.

서을예고의 변두리 교실이자, 원래는 창고로 재활용되던 C반의 생활 공간이었다.

툭툭.

날카로운 인상의 선생 하나가 C반의 문을 열어젖혔다.

터벅터벅.

별말 없이 걸어 들어온 선생은 이내 짧은 분필로 칠판에 자신의 이름 석 자를 새겼다.

주영준

"봤지, 내 이름?"

대답 없는 교실.

다들 잔뜩 기가 죽어 있는 눈빛으로, 어느 하나 나서질 않고 눈치를 살피고 있었다.

다들 그의 악명을 익히 들어 왔기 때문이었다.

'아… 왜 하필 저 사람이……'

몇몇이 한숨을 푹푹 내쉬며 고개를 떨구었다.

C반에 배정된 것도 서러운데, 하필 주영준이 담임이다.

깐깐한 인상답게 성격도 화끈하기로 유명한 주영준 선생.

벌써부터 새하얗게 질린 얼굴들은 어쩔 수 없었다.

주영준 선생은 적막이 못마땅하다는 듯 말을 덧붙였다.

"대답."

"네에……!"

주영준 선생은 무기력해 보이는 학생들을 천천히 훑었다.

쓸모가 있는 놈들이긴 할까.

여기서 살아남을 수는 있을까.

교육자답지 않은 생각이 그의 머릿속을 스쳤다.

"자, 그래."

출석부를 펼쳐 든 주영준 선생은 나직한 목소리로 말을 뱉었다.

지극히 냉정한 말이 그의 입에서 튀어나왔다.

"2학년에 진학한 걸 환영한다."

"……."

"덤으로 C반에 온 것도."

아까 전까진 긴장하고 있던 애들의 표정이 순식간에 굳어 갔다.

굳이 C반을 강조한 이유는……

본인들의 위치를 자각시키기 위함.

나아가 경각심을 가지라는 의도에서였다.

주영준 선생은 인상을 찌푸리며 말했다.

"반응이 왜들 그래? 다들 잘해서 온 건 아니잖아?"

교실 내로 찬물이 끼얹어졌다.

한국 최고의 기획사.

SW엔터가 대표하여 세운 K팝 사관 학교인 만큼, 학교의 커리큘럼은 일반적인 예술고등학교가 아닌, 기획사의 등급 시스템을 따라가고 있었다.

통합반이었던 1학년 때와는 달리, 2학년부터는 실력에 따라 등급이 갈리는 셈이었다.

A반, B반, 그리고 C반까지.

매달 진행되는 실기 시험으로 반이 나눠지는데 그중 가장 하위 반이 C반.

따라오지 못하는 자는 도태되고.

도태된 자는 실패한다.

여긴 실패자들을 모아 둔 반이나 다름없었다.

자신은 그런 실패자들을 사람 구실 하게 만들기 위해 배정된 선생이고.

주영준 선생은 차가운 눈빛으로 말을 이었다.

"벌써부터 설렁설렁 넋 놓고 있는 놈들이 있을까 봐 특별히 하는 말이다. 정신 똑바로 차리는 게 좋을 거다."

매년 하는 훈수지만, 적어도 진심이 담긴 말.

"너네가 지금 있는 위치가 최악이라는 걸 자각하라고."

거기엔 달갑지 않은 소식도 함께였다.

"올해부터 교칙이 하나 추가됐다."

"교칙이요?"

"C반에 배정되면 교외 행사는 전부 불참. 대내외적으로 너희가 선보일 수 있는 건 아무것도 없다는 거지."

"……!"

"왜, 의외인가?"

아까까지 가만히 앉아 있던 애들이 들썩이기 시작했다. 가히 치명적이라고 할 수 있을 정도의 제약이다. 충격에 빠진 얼굴들이 곳곳에서 보였다.

주영준 선생은 술렁이는 학생들을 향해 말을 이었다.

"그래서, 자각하라고 한 거다. 너네가 지금 상태에서 아무것도 할 수 없다는 걸."

아까와는 비교도 안 될 정도로 얼어붙은 분위기.

주영준 선생은 현실적인 얘기를 꺼내는 걸 멈추지 않았다.

서울예고의 근본이 학교가 아니었다면, 사실상 이곳의 친구들은 진작에 버려졌을 터.

"연예계는 모두에게 기회를 주는 곳이 아니야. 너네가 여기 합격한 것만으로도 기적이라고 봐도 무방할 정도로."

"……."

"겁나지?"

주영준 선생은 한숨을 내쉬며 겁에 질린 학생들을 훑었다.

아까보다 한층 서늘한 한마디가 학생들을 얼렸다.

"포기할 거면 지금 포기하라고. 포기할 줄 아는 것도 용기다."

몇 명이 겁에 질린 채 우물대기 시작한다.

주영준 선생은 별 상관 없다는 듯 제 할 말을 이어 갔다.

"자퇴 신청서는 저쪽에. 괜히 늦어지면 인문계 뒤늦게 편입하기도 힘들어. 재능 없는 놈들이 빠르게 빠져 줘야 학교도 돌아가고, 니들 인생에도 그 편이 나을 거다."

고개를 까닥이며 주영준 선생이 가리킨 건 정말로 자퇴 신청서였다.

학생들이 얼어붙어 있자, 태연하게 말까지 덧붙인다.

"싫어? 마지막 기회일 텐데."

서을예고의 실력 있는 교사.

주영준 선생은 될 놈과 안 될 놈을 구분할 수 있는 능력이 있었다.

가볍게 떠보면서 의지가 박약한 학생들을 쳐낸다.

그런 면에서, 주영준 선생은 실력이 확실했지만 내치는 것도 확실한 인간이었다.

선생의 몫을 다하나, 학생의 몫을 다하지 못할 놈들을 제자로 두진 않는다.

'가장 못 견딜 만한 놈이 누구려나.'

실력이라고는 없는 데다가, 노력도 안 하는 것들.

주영준 선생의 눈에 새겨 둔 학생들이 몇몇 있었다.

그중 하나를 물색하는 눈빛으로 학생들을 훑던 주영준 선생의 시선이, 이내 한 사람에게서 멈췄다.

서을예고의 문제아.

연습이란 연습은 전부 쨰고, 사고만 주야장천 치고 다니던 녀석.

모든 교사진들이 재능이 없다고 입을 모아 말했던 그 학생이었다.

주영준 선생은 목소리를 낮게 깐 채 그 이름을 불렀다.

"신서진."

"예?"

맨 뒷자리에서 생글거리고 있는 익숙한 얼굴.

주영준 선생은 생각 없어 보이는 그 해맑음에 한숨을 내쉬었다.

"관둘 거야?"

직설적인 한마디.

주영준 선생의 지목에 옆에 앉은 학생들이 침을 삼켰다.

"쟤 어쩌냐."

"나… 나도 부르려나."

"첫날부터 찍힌 거야?"

웅성웅성.

학생들의 말에도 신서진은 담담하게 웃고 있을 뿐이었다.

주영준 선생은 그런 신서진에게 되물었다.

"관둘 생각이냐고."

그 말에, 신서진은 고개를 갸웃거렸다.

내가 왜?

때려치워야 할 이유라도 있나?

"싫은데요?"

오히려 주영준 선생의 질문이 이해가 안 된다는 듯, 살짝 눈살을 찌푸린 신서진은 고개를 으쓱이며 말을 뱉었다.

"저 여기서 데뷔하려고요."

그러곤, 덧붙였다.

"스타가 될 건데요."

*　　　*　　　*

적막이 내려앉은 교실.

누구 하나도 쉽사리 입을 열지 못한다.

주영준 선생을 상대로 당당히 말대꾸를 한 서울예고의 문제아.

몇몇은 그럼 그렇지, 하며 혀를 찼고.

신서진을 처음 본 녀석들은 신선하다는 듯 두 눈을 끔뻑였다.

정작 그 당사자는 한없이 고요할 뿐이다.

'뭐가 문제라도 되나?'

생글거리며 눈으로 욕하는 패기.

주영준 선생은 저도 모르게 피식 웃음을 터뜨렸다.

"허⋯⋯."

제 도발에 저렇게 받아치는 학생은 처음이다.

지지 않겠다는 듯 똑바로 받아치고 있는 저 시선은 건방져 보일 정도였지만, 이상하게 기분이 나쁘진 않았다.

주영준 선생은 땀을 한 번 닦더니 실실 웃었다.

"예상치 못한 대답이네. 패기⋯ 좋지."

근거 없는 자신감은 최악이지만, 나름의 이유가 있다면 환영이다.

주영준 선생은 신서진 쪽을 향해 고개를 까닥였다.

"C반을 탈출하려면 최소한 저런 패기는 보여야지. 내가 생각했던 것보다 한 수 위긴 한데. 다들 보고 배워라."

"예?"

"네… 네?"

당황한 앞자리의 학생들이 말을 더듬거렸지만, 주영준 선생은 말을 이었다.

패기를 증명할 기회도 없이 고집만 부리는 건 오기겠으나, 이번에는 운이 좋게도 한 번의 기회가 더 남아 있기 때문이었다.

"한 학기마다 반 배치가 바뀐다고 했었지? 근데 아직 기회가 끝난 건 아니거든."

탁탁.

교탁을 두드린 주영준 선생의 입에서 폭탄 같은 한마디가 흘러나왔다.

"지금쯤 다른 반에도 전달됐을 거다. 작년 성적을 바탕으로 반 배치를 하긴 했지만, 일단 지금 너네가 받은 반 배정은 임시 반 배치다."

"네?"

"임시요?"

다들 전달받지 못한 사항인지 두 눈이 커다랗게 동그래졌다.

아까까지 완전히 절망하고 있던 학생들의 얼굴에도 화색이 돌았다.

"그래, 정식 반 배정이 아니라는 소리지."

C반으로 떨어진 뒤, 모든 것을 포기한 학생들에게 주어진 기

회다.

간절할 수밖에 없다.

"진짜요?"

"정말로요……?"

순식간에 반전되는 교실 내의 분위기를 살피며, 주영준 선생은 피식 웃었다.

피 튀기는 경쟁의 서막이 시작된 듯하다.

주영준 선생은 애써 웃음기를 거두고선 교탁 위에 손을 올렸다.

그의 시선이 정확히 뒷자리.

신서진을 향한다.

주영준 선생은 신서진의 눈을 똑바로 응시하며 말을 뱉었다.

"2주 후, 첫 번째 월말 평가. 그때 재배치가 있을 예정이다."

그러니.

"너희들의 재능을 증명해 봐라."

이 학교에서 살아남고 싶다면.

＊　　　　＊　　　　＊

신입생 환영 오리엔테이션.

일렬로 서 있는 학생들의 맨 뒷줄. 주머니에 손을 꽂은 채 대기 중이던 신서진은 신기한 듯 주변을 두리번거렸다.

학교 생활은 처음이다.

인간들 틈에 섞여 본 적은 있어도 이렇게 어린 애들 틈에 녹아드는 건…….

신서진에겐 이 모든 것이 마냥 신기한 구경거리였다.

"연극영화과……. 저쪽은 패션모델인가?"

서울예고는 크게 세 과로 나누어져 있다고 했다.

연극영화과, 패션모델과, 실용음악과.

전부 다 데뷔를 목표로 진행되는 커리큘럼이고.

실용음악과는 보통 싱어송라이터, 프로듀서.

압도적으로 아이돌 쪽으로 많이 빠지게 된다.

연극영화과 쪽은 대부분 배우 지망.

각자 가려는 길이 달라서인지, 뭔가 느낌이 있긴 하다.

"이야, 다르네. 달라."

신서진은 나직이 감탄하며 고개를 기웃거렸다.

확실히 저쪽은 분위기부터 묵직하니, 신계에서 열심히 예습했던 드라마 속 배우들을 보는 느낌이었다.

"K—드라마가 유명하던데……."

나도 재밌게 봤다.

신서진은 중얼거리며 뒤편을 확인했다.

저쪽은 패션모델과다.

화려한 비주얼에 거대한 키.

어느 쪽을 둘러봐도 모델 같은 비주얼들이 한가득이다.

"키가 거의… 뭐… 티탄족이네."

신서진의 기준으론 나름 최선의 칭찬을 선사했다.

그렇게 여기저기 둘러보며 중얼거리던 때였다.

마침, 정장을 입은 낯선 얼굴이 마이크를 쥐고 교탁 위로 올라왔다.

중후한 얼굴과는 전혀 어울리지 않는 목소리.

서을예고의 교장, 강태혁이었다.

"서을예고 1학년 신입생 여러분. 입학을 축하합니다."

―로 시작하는 지루한 축사.

"우리 대명문고 서을예고 학생들……. 항상 타의 모범이 되어……."

"성적도 중요하지만 몸과 마음가짐을 늘 바르게 하고 다니길 바라고……."

"아, 내가 오늘 아침에 신문을 봤는데 아주 인상적인 글귀가 있더군요. 학생들에게 들려 주려고 가지고 왔는데……."

언제 끝나는 거야?

뒤에서는 꿍얼대는 학생들의 목소리가 커져 갔다.

신서진 역시 크게 다를 건 없었다.

"특기가 잠재우기인 인간이 있군."

아, 슬슬 눈이 감기는 것 같은데.

신서진은 제 뺨을 두드리며 잠을 깨고선 주머니를 뒤적였다.

"…안 되겠군."

푸린의 자장가를 들을 바엔 생산적인 일을 하겠다.

이럴 시간에, 낯선 서을예고의 동향이나 파악해 둘 필요가 있었다.

21세기의 트렌드에 맞게 신들도 빠르게 적응하게 되는 법.

신서진은 '신스타그램'에 접속했다. 자신보다 앞서 인간계에 도착해 있는 무수한 신들이 활발히 이용하는 SNS.

"그 뭐냐, 그거 어디 갔냐."

분명 이쯤 있었던 것 같은데…….

신스타그램을 망령처럼 뒤적이던 신서진은 제자리에서 탄성을 터뜨렸다.

"찾았다!"

자신보다 먼저 한국에 상륙했던 태양의 신이자, 음악의 신 아폴론.

인생의 선구자나 다름없는 그가 팁이랍시고 제법 상세하게 적어 두었던 파일을 신스타그램에서 찾아냈기 때문이었다.

더럽게 구하기 힘들었는데, 이거.

신서진은 경건하게 휴대전화를 움켜쥔 채 미켈의 말을 회상했다.

─꼭 읽어 보셔야 해요! 저도 엄청… 엄청 도움됐어요!

미켈조차 인생의 지침서라며 몇 번이고 강조했던 그 파일이 아닌가.

신서진은 다급히 신스타그램에서 다운받은 파일을 확인했다. 아직 신스타그램 사용에 익숙지 않은 신서진은 실눈을 뜬 채 휴대전화를 멀리 들었다.

"이거야? 이거 맞나?"

한국어는… 한국어인데…….

신서진이 이해하기엔 다소 난해한 타이틀이었다.

[학교생활_꿀팁_txt.]

"꿀팁이라……."

으음.

그래.

어려운 말은 패스하고.

일단 읽어 보자.

신서진은 힐끗, 앞자리의 눈치를 살피고선 심호흡을 했다.

첫 번째 문장부터 차분히 읽어 보려 한다.

"후… 하……."

나름 수월하게 읽힐 거라 생각했던 아폴론의 지침서.

신서진은 여기서부터 거대한 난관을 맞이했다.

[야, 너두 인싸 될 수 있어!]

어…….

음.

그러니까.

"…인싸?"

이게 뭐지?

*   *   *

기나긴 교장의 축사가 끝나고, 그 다음은 시상 시간이다.

1학년 성적이 좋았던 학생들에게 주어지는 표창장 및 성적 순으로 주어지는 학력 우수상까지.

늘 그렇듯, 이런 자리를 빛내는 몇 명이 있다.

옷매무새를 가다듬은 교장 강태혁이 흐뭇한 미소와 함께 마이크를 잡았다.

한 사람의 이름을 호명한다.

"2학년 실용음악과… 유민하 학생? 앞으로 나와 주세요."

보컬 분야에서는 유민하를 따라가는 학생이 없다.

이제 막 2학년에 진학한 유민하는 A반은 따 놓은 당상이고, 데뷔 클래스까지 노리는 입장이었다.

교복을 단정하게 차려입은 유민하가 종종걸음으로 교단에 올랐다.

박수 소리와 함께 터지는 카메라의 플래시.

아직은 행사에 집중 중인 학생들 틈에서도 환호성이 터져 나왔다.

교장은 느릿느릿하나 신중한 태도로 한 명씩 상을 수여했다.

"2학년 실용음악과, 이유승 학생? 수상을 축하합니다."

서울예고는 실용음악과가 강점인 학교이니만큼, 교단 위에 오른 학생들 중에서는 실용음악과의 인재들이 많았다. 언제 데뷔해도 손색없을 만큼 끼와 재능이 넘치는 학생들.

누군가에겐 선망의 대상이기도 하다.

토끼처럼 앙다문 입술. 환한 눈웃음이 매력적인 청순한 인상의 얼굴.

유민하는 상장을 한 손에 움켜쥔 채 싱긋 웃었다.

교단 아래에선 탄성이 터져 나왔다.

"와……. 유민하, 대박."

"쟤는 갈수록 노래 잘 부르더라."

"졸업하면 SW엔터에서 모셔 가겠지?"

"졸업이 뭐야, 2학년 때 데뷔할 것 같은데. 다른 회사였으면 진작에 데뷔시켰지."

교장 강태혁은 교단 위의 학생들 하나하나와 눈을 마주치면서 격려의 말을 더했고.

수상이 끝난 학생들은 인사를 마치고선 아래로 내려왔다.

유민하는 상장을 들고 총총 내려와서는 맨 뒷줄에 자리를 잡았다.

뿌듯한 기색을 최대한 숨긴 채 자신을 반기는 학생들 사이로 섰다.

"수상 축하해!"

"이번에도 보컬은 씹어 먹겠네?"

"야. 유민하, 한턱 내라."

"물론이지."

대다수의 장난은 웃으면서 받아 주지만…….

그중에는, 평상시엔 관심도 없다가 이럴 때만 달려드는 애들도 있다.

친하지도 않았던 같은 반 녀석이 냅다 얼굴을 들이밀고선 속이 보이게 웃었다.

유민하는 그런 족속들을 굉장히 싫어했고, 정확히는 혐오했다.

내뱉는 말은 더 가관이다.

"민하야, 이번에 수상 진짜 축하해. 너 보컬 학원 어디 다녀? 이번에 옮겼댔나? 학원이 아니면 과외? 무슨 선생한테 배웠어?"

하.

유민하는 속으로 코웃음을 치며 가만히 서 있었다.

어디까지 가나 한번 볼까.

"야, 우리 친구잖아. 이 정도는 알려 줄 수 있지?"

지랄도 병이다.

"그래서 말인데, 민하야……."

어이구, 이젠 팔짱까지?

친한 척 달라붙은 여자애가 목소리를 낮추며 말했다.

"어딘지 나한테만 슬쩍……."

헛소리는 거기까지.

유민하는 그 선에서 부탁을 컷했다.

"싫은데?"

"뭐?"

유민하는 팔짱을 낀 손을 옆으로 쳐내며 질색했다.

"더워 죽겠는데 그만 좀 달라붙어."

"뭐… 뭐?"

"그리고, 나 독학이거든? 그러니까 실력 안 되는 거 선생 탓 좀 하지 마. 불쌍하게 잘린 너네 과외 선생만 몇 명이니. 그 사람들, 다 죄 없어."

"너… 너… 뭐라고 했냐?"

"네 실력 딸린다고 했지. 내가 무슨 말을 했겠어."

유민하는 혀를 차며 어깨를 으쓱였다.

"다 사실인걸?"

예상대로 돌아서자마자 악에 받친 뒷말이 쏟아진다.

면전에 대고 대차게 까인 여자애의 발악이나 다름없었다.

"저 싸가지 진짜……."

"야, 네가 참아. 유민하가 하루 이틀이냐?"

"골 때리는 넌. 쟤 진짜 요새 잘나간다고 눈 돌아간 거야?"

하루 이틀도 아니다.

서울예고의 성질머리.

지랄맞은 성격으로 유명한 유민하가 그저 유민하… 했을 뿐.

유민하는 익숙한 관심에 생글거리며 고개를 끄덕일 뿐이었다.

"한동안 욕 처먹겠네……."

이래서 전교 1등의 삶은 힘들다니깐?

그렇게 배부른 투정과 함께 중얼거리는데, 마침 유민하의 시선에 한 사람이 닿았다.

"신서진?"

서울예고의 문제아.

정확히는 무능이라는 표현이 더 어울리는 녀석.

안 좋은 쪽으로 존재감은 엄청난데, 음악적인 면에서의 존재감은 바닥이다.

같은 반이 된 적은 없어도 자신이 이름을 알고 있을 정도였다.

본판은 괜찮아서, 실력만 좋았어도 지금보다 훨씬 나았을 것 같은데.

연예계에선 얼굴도 재능이건만.

"왜 재능을 썩히냐……."

유민하는 속으로 혀를 차며 다시 앞으로 시선을 고정했다.

그 찰나, 유민하의 눈길을 사로잡는 것이 있었다.

"어?"

유민하는 다시 고개를 돌려 신서진을 바라보았다.

무엇인가에 열중한 듯 심각해진 얼굴.

거기에 더해 뭔가 중얼중얼거리고 있다.

"스읍, 인싸란 말이지……."

일부로 보려던 건 아니었는데, 우연히 신서진이 보고 있는 텍

스트 파일 속 소주제에 시선이 닿았다.

[학교 내의 인간 군상의 분류.]

허구한 날 지각에 자퇴설까지 돌았던 애가, 학교 내의 인간 군상에 관심이 있을 줄은 몰랐는데?

"아무래도 나는 인싸겠지? 아닌가?"

신서진이 중얼거리는 말까진 듣지 못한 유민하는 제멋대로 판단했다.

대충 봐선 되게 어려워 보이는 문서인데…….

[분류의 판단 기준 및 해석.]

봐봐, 완전 어려워 보인다니깐?

유민하는 인상을 찌푸리며 생각했다.

"의외로 유식하네."

하는 짓은 활자 하나도 안 읽게 생겼는데.

"쟤가 원래 인문학 쪽에 관심이 많았나?"

유민하는 의외라는 듯 눈썹을 들썩였다.

자신도 그쪽에는 약한 터라 괜히 관심이 갔다.

서을예고의 문제아 녀석.

의외의 인문학적 소양을 본 기분이다.

물론…….

"저런 거 읽을 시간에 연습이나 하지."

연습 벌레인 유민하의 생각에는 변함이 없지만.

유민하는 쯧, 혀를 차고선 다시 시선을 돌렸다.

조회 시간이 끝나가고 있었기 때문이었다.

*　　　　　*　　　　　*

한편, 같은 시각.

신서진은 짧게 욕설을 뱉으며 휴대전화를 손으로 밀었다.

"뭐라는 거야, 미친놈이."

첫 번째 문장부터 해독이 쉽지 않다.

아니, 현지 언어로 써 놓으면 무슨 수로 알아들으라는 거야.

대체 한국어면 한국어지, 뭐 그리도 줄이는 걸 좋아하는지.

이해할 수 없는 방식이다.

"아폴론, 이 자식."

인간계 물 좀 먹더니만, 쓸데없이 이상한 허세에 빠진 듯하다.

미켈도 이런 걸 왜 추천서랍시고 건네준 건지.

신서진은 혀를 내두르며 휴대전화를 주머니에 밀어 넣었다.

그때였다.

"이것으로 신입생 오리엔테이션을 마치겠습니다."

우르르.

그 한마디에 기다렸다는 듯이 상당한 인파가 빠졌다.

설교를 줄곧 늘어놓던 선생 하나가 큰 소리로 외쳤다.

"자! 신입생들부터 나가고. 얘들아, 천천히! 차례로 나가야지, 그러다가 다친다!"

슬슬 교실에 돌아갈 시간.

"2학년 잠깐만!"

빠르게 자리를 뜨려던 2학년을 막아 세운 건 A반 담당 이상혁 선생의 한마디였다.

"실용음악과 친구들은 남아. 재배치고사 전달 사항이 있으니까."

재배치고사?

그거… 뭔지는 몰라도 주영준 선생이 강조했던 것 같은데.

신서진은 기억을 곱씹으며 미간을 찌푸렸다.

"지금 이게 중요한 게 아니네."

아폴론의 [야, 너두 인싸 될 수 있어]보다 중요한 재배치고사가 여기 있었다.

신서진은 휴대전화를 주머니에 밀어 넣고선 이상혁 선생의 말에 집중했다.

마이크를 잡은 이상혁 선생.

긴장한 기색으로 자신을 돌아보고 있는 학생들을 향해 말을 전했다.

"빠르게 전달한다. 니들 반 올라가야 할 거 아니야."

"네에!"

"이번 재배치고사는 개인 평가 점수 50점, 조별 평가 점수 50점. 이렇게 들어갈 예정이다. 개인 평가도 중요한데, 조별 평가도 만만찮게 중요하다는 소리야. 같이 준비하려면 시간이 좀 빠듯할 거다."

얘기를 듣자마자 곳곳에서 탄식이 터져 나왔다.

신서진은 두 눈을 굴리며 대강 돌아가는 상황을 파악했다.

하나만 준비해도 힘든데, 두 개를 준비하라고 하니 죽을상들이구나.

신서진은 혀를 내두르며 중얼거렸다.

"…학교 하나 다니기가 더럽게 힘든 거였구만."

유감스럽게도 설명은 거기서 끝나지 않았다.

이상혁 선생은 짝, 손뼉을 치고선 학생들을 집중시켰다.

"아, 이번 조별 평가 팀원은 늘 그래 왔듯 랜덤인데……. 반별로 진행하진 않을 거니까 그렇게 알아."

어째 탄식 소리가 더 커진다.

"네?"

"A반부터 C반까지 섞어서 해요?"

"돌겠네. 이상한 놈 만나면 끝이야?"

힐끗.

몇몇의 시선이 이쪽을 향하는 듯하다.

"살벌하군."

내가 그렇게 무섭냐?

눈만 마주쳐도 기겁을 해 댄다.

신서진은 귀엽게 질색하는 녀석들을 향해 손을 흔들어 보였다.

"안녕?"

"히이이익!"

"뭐야… 무섭게!"

팀원에 연연하는 건 하수나 하는 법.

신서진은 그리 생각하며 두 손을 들어 보였다.

그때였다.

이상혁 선생의 옆에 붙어 서 있던 주영준 선생이 깐깐한 목소리로 말을 더했다.

"자, 그래. 슬슬 교실 올라가야지. 조원은 벽보에 붙어 있다. 나와서 확인해."

우당탕탕.

주영준 선생의 말이 끝나기 무섭게 단체로 달려 나간다.

여기저기 밀쳐 대면서 일단 조원부터 확인하려 드는 녀석들.

"으어어어어!"

"야, 나 몇 번이야? 몇 번?"

"뭐야, 나 잠깐만 보자. 야, 앞에 비켜 봐!"

흡사 좀비 떼를 보는 듯한 난장판의 뒤에서 신서진은 유유히 앞으로 걸어 나갔다.

그리고, 멀찍히 떨어진 곳에서 벽보를 확인한다.

여기서도 잘 보여, 아주.

관절이 퇴화했지 시력은 그대로라니깐.

[2조]

신서진(C)

유민하(A)

이다영(B)

이유승(A)

최성훈(C)

A반 둘에, C반 둘, B반 하나.

신서진은 천천히 벽보를 훑다가 멈칫했다.

"음."

어디서 많이 들은 이름인데?

아폴론의 '야 너 인싸'를 보느라 정신이 없던 와중에도 들은 듯하다.

신서진은 고개를 슬쩍 돌려 정신없는 강당을 확인했다.

다들 저마다 애타게 조원을 찾고 있었다.

"3조 모이세요!"

"5조 이쪽으로!"

"2조… 2조 어딨어?"

그걸 들으면서 멀뚱히 서 있는데…….

아, 생각났다.

"유민하. 이유승."

아까 상 받던 녀석들이다.

신서진은 둘의 이름을 입안에서 굴리며 두리번거렸고, 머지않아 두 녀석을 찾을 수 있었다.

"와, 팀원 장난 아니네. 아이고, 감사합니다. 무임승차 하러 왔습니다!"

"…장난하냐?"

"둘이 아는 사이야?"

"몰라. 더럽게 안 해, 저 자식."

"말은 가려서 해야지. 실망이다. 민하야, 못 본 새 성격이 더 더러워졌네?"

"네가 알아서 잘했으면 성격 더러워질 일도 없거든?"

가만히 서 있어도 시선이 가는 얼굴.

넘쳐흐르는 자신감 때문인지 타인을 압도하는 분위기를 지니고 있는 유민하.

그 옆엔 훤칠한 키에 냉랭한 분위기의 남자애가 서 있었다.

저 녀석도 나란히 상을 받았던 이유승이다.

그리고, 그 옆에.

둘 사이에 끼어서 실실 웃고 있는 건,

아까 옆자리에서 조회 시간 내내 졸고 있던 녀석이었던 것 같고…….

뒤에 혼자 쭈뼛거리며 서 있는 여자애.

저 친구는… 모르겠다.

네 사람의 얼굴을 확인한 신서진은 어깨를 으쓱였다.

"저쪽인가?"

남자 둘과 여자 둘.

자기들끼리 안면이 있는지 시끄럽게 떠드는 팀원들이 있는 쪽으로, 신서진은 천천히 발걸음을 옮겼다. 조원을 찾는 목소리가 가까이에서 들렸다.

"나머지 한 명이 누구였더라?"

"정신없이 오느라 못 봤는데……. 내 이름만 확인했지."

"누구야? 어디 갔어?"

두리번두리번.

투덜대며 주변을 둘러보던 유민하와 눈이 마주쳤다.

신서진은 별말 대신 그쪽을 향해 손을 들어 보였다.

다시, 벽보를 힐끗 확인하는 유민하.

"설마……."

남은 조원 하나가…….

"에이, 설마."

유민하의 표정이 싸늘하게 식었다.

그사이, 이미 신서진은 손을 흔들거리며 코앞에 도착해 있었다.

다소 충격적인 등장.

생글거리며 정신없이 떠들어 대던 최성훈도.

쭈뼛거리며 뒤에 선 이다영도.

이유승까지도 전부 굳어 버린다.

이 분위기, 뭐야?

신서진은 자신을 부담스러울 정도로 빤히 쳐다보고 있는 유민하의 눈빛을 쳐 냈다.

유민하가 긴장한 목소리로 말을 뱉었다.

"…너야?"

그리고.

그런 유민하의 물음에 답하듯, 앞으로 끼어든 신서진이 싱긋 웃으며 말을 뱉었다.

"응. 나 2조인데."

*　　　　*　　　　*

알겠다, 이 반응.

느껴진다, 이 공기도.

차갑게 식다 못 해 얼어붙어 버린 고요한 적막.

싸늘한 적막을 깨고 말을 던진 건 같은 C반의 최성훈이었다.

"어… 어……. 너, 신서진 맞지?"

"응."

"그, 그때 벤치에선 왜… 아, 아니다."

꺼내 봐야 좋은 소리는 아니었기에, 최성훈은 손사래를 쳤다.

새우깡 상자를 뒤집어쓴 채 벤치에 누워 있던 가출청소년.

신서진에 대한 인상은 이미 그리 박혀 있었다.

'사정이 있는 앤데, 너무 쳐 내는 건 좀…….'

그동안은 문제아라고만 생각했지만, 거처도 없이 떠도는 신세라면 충분히 그럴 수도.

최성훈은 애써 웃으며 신서진의 어깨를 두드렸다.

"야, 잘 부탁한다."

"……."

그런 최성훈과 달리 싸늘하게 굳어 있는 나머지 셋. 단체로 눈치를 살피며 입을 굳게 다물고 있었다.

같은 조면 잘 지내 봐야지.

신서진은 웃으며 고개를 끄덕였다.

"응, 잘 부탁한다."

그 순간이었다.

멀대 같은 키, 패션과 애들만큼이나 화려한 인상의 남자애가 빈정거리듯 말을 얹었다.

"스타가 오셨네."

이유승.

벌써부터 뭔가 삐걱이는 기분이다.

청순해 보이는 비주얼과는 달리, 냉랭해 보이는 눈빛.

하이톤의 여자애도 피식 웃으며 고개를 끄덕였다.

저 친구의 이름은 유민하다.

"맞네, 미래의 스타."

"아, 어제의 그 말."

소문 진짜 빠르다.

하루 사이에 벌써 그 얘기가 퍼질 줄은 몰랐는데.

신서진은 짧게 감탄하며 고개를 끄덕였다.

"벌써부터 그렇게 알아주다니, 고마운걸."

"……"

"반응을 보니 내가 고마워할 상황은 아닌가 보네."

물론 타격감은 없다.

신서진은 한없이 태연한 얼굴로 어깨를 으쓱였고, 그나마 수 더분해 보이는 조용한 여자애가 입을 열었다.

"너도 2조구나. 반가워."

"어, 반가워."

하지만, 냉랭한 분위기에 굴할 필요는 없다.

질투 많고 살벌하기로 유명한 헤라 여신 앞에서도 눈 하나 깜 빡하지 않았던 전령의 신, 헤르메스.

고작 고등학생들 앞에서 쫄 리가.

싱긋 웃으며 눈짓을 보냈다.

유민하가 영 못마땅한 얼굴로 받아쳤다.

"초면도 있으니까, 간단히 자기소개 할게. 나는 유민하야. 다 들 알겠지만."

자신감 넘치는 눈빛.

유민하는 눈웃음과 함께 소개를 마쳤다.

A반.

이 중에서도 보컬 특기생으로 들어왔단다.

신서진은 그녀의 목소리 톤에 귀를 기울였다.

"이야, 유민하가 있으면 우리… 1등 각인 거야? 확실히 버스 태워 주는 거지? 아니, 유민하 정도면 버스가 아니라 리무진, 리무진이야."

보컬에 어울리는 청아한 목소리.

그와 반대되는 성질머리.

"최성훈, 호들갑 좀 작작 떨라고."

"미, 미안."

그다음은 처음부터 노골적으로 자신을 비웃었던 이유승의 차례였다.

유민하와 나란히 앞에 나서서 상을 받았던 녀석. 사람을 얼려 버릴 듯한 차가운 눈빛이 이쪽에 닿았다.

댄스 특기생 출신의 이유승. 제 실력에 프라이드가 넘쳐흐르는 건 이쪽도 마찬가지다. 이유승은 신서진을 힐끗 돌아보고선 말을 뱉었다.

"이유승이야. 잘 좀 해 보자."

임시 반 배정이긴 해도 서로의 반을 아느니만큼, 이유승의 눈에는 최성훈과 신서진이 거슬릴 수밖에 없었다. 그중에 신서진은 더 그랬다.

막 나가는 걸로 유명한 놈인데, 제대로 말이나 듣긴 할까.

이유승은 근심이 가득한 얼굴로 물러났다.

그다음.

"나는… 이다영이고. 작곡… 쪽으로 들어왔어. 잘 부탁해!"

거기에 더해 수줍게 인사를 하는 이다영.

다람쥐 상의 동글동글한 비주얼. 또래 애들보다도 한두 살은 어려 보이는 얼굴에, 목소리마저 여리여리했다.

"어, 반갑다."

"나도 잘 부탁해."

작곡 담당은 비교적 흔하지 않은 편이다. A반인 둘과는 달리 B반이지만, 바라보는 시선 자체가 다를 수밖에.

유민하는 퉁명스레 이다영에게 말을 건넸다.

"곡 잘 짜더라. 작년 월말 평가 때 네 자작곡 들었어."

"진짜?"

"쓸 만했어."

유민하의 칭찬에 이다영은 얼굴을 붉히며 고개를 숙였다. 엄청나게 낯을 가리는 건지, 저 한마디에도 저렇게 부끄러워한다.

자신의 소개 시간과는 달리 훈훈해진 분위기.

신서진은 인상을 찌푸리며 헛웃음을 흘렸다.

한마디 없는 대신, 마지막 순서를 돌아보았다.

이 중에서 유일하게 해맑은 인간.

최성훈이 힘차게 말을 뱉었다.

"나는 응원 담당 할게. 아까부터 쭈욱 지켜봤는데, 너네한테 다 맡겨도 되겠더라고. 잘한다, 잘한다! 우리 팀 잘한… 악!"

"뒈지고 싶지?"

"응원 특기생… 어떻게 안 될까?"

당연히 유민하의 쌍욕에 막혔다. 괜히 까불다가 한 대 얻어맞은 최성훈은 헤실거리며 말을 더했다.

"나도 나름 댄스로 들어왔는데."

"응, 못 추더라."

"…그렇게 심한 말 하는 거 아니야. 심지어 사실이잖아."

"알면 연습 좀 해!"

잘들 논다.

신서진이 중얼거리며 속으로 혀를 차는 동안.

뒤늦게 깨달았다.

"어……."

자신에게 쏠린 시선. 하마터면 자기소개를 빼먹을 뻔했다.

신서진은 머쓱한 미소를 지으며 입을 열었다.

"신서진이고, C반이야."

"네 이름은 알아. 아, 이미 전교생이 다 알더라. 애초에 유명하잖아, 너."

"어느 쪽으로?"

"…몰라서 묻는 건 아니지?"

"알려 주면 좋을 듯싶은데."

괜히 딴지를 걸어 오는 이유승.

"됐고, 열심히 할 거지?"

투덕거리긴 해도, 재배치고사를 제대로 마무리하기만 하면 문제없다.

이유승은 그만큼 이 평가에 진심이었다.

물론 그 진심이 신서진이 듣기엔 조금 불편했을 뿐.

신서진은 인상을 찌푸리며 이유승의 말을 받아쳤다.

"당연한 거 아닌가?"

열심히 해야 스타가 되는 거 아니야.

그래야 노후 준비도 하고, 은퇴도 가능하다.

비록 관절은 쑤시지만 모든 이능을 바쳐서, 진심으로 진지하게 도전할 것이다.

정작 눈앞의 녀석들은 못 미더워하는 것 같지만.

문득 휴대전화를 끌 때 봤던 아폴론의 지침서가 떠올랐다.

[한국의 경쟁의 사회다. 없는 능력도 부풀려야 주위에 애들이 붙는 법이거든. 무조건 부풀려. 있어 보이게.]

신서진은 피식 웃음을 흘렸다.

"이번 월말 평가는 내가 할 수 있는 모든 최선을 다할 거야."

"그야, 당연히……."

"나, A반 가야 하거든."

뭐?

유민하와 이유승이 동시에 인상을 찌푸린다.

[무조건 부풀려. 있어 보이게.]

[무시 당하지 않도록.]

신서진은 생글거리며 유민하를 돌아보았다.

"와. 진짜 당당하네."

"C반이 A반 오고 싶다는 패기는 대단한데……"

기가 찬다는 듯한 시선이 돌아왔다. 유민하는 황당하다는 듯 물었다.

"그래서 특기는?"

특기?

신서진이 무슨 특기로 들어왔는지는 모르겠는데…….

제대로 된 특기가 있었던 것 같지는 않다.

신서진은 그 질문엔 고개를 갸웃거렸다.

"특기가 없는데……."

"……."

"하."

그럼 그렇지, 하는 표정.

이유승은 쯧, 혀를 차며 신서진을 무시하려던 순간.

그의 입에서 당당한 한마디가 튀어나왔다.

"다 잘해."

*   *   *

"다 잘한다고?"

이유승의 날이 선 목소리가 먼저 튀어나왔다.

네가? 하는 눈빛.

신서진이 담담하게 고개를 끄덕이자, 이유승은 입가에 조소를
머금었다.

신서진을 익히 봐 왔다.

같은 반은 아니었어도 나태한 천성과 바닥인 실력은 알고 있다.

근데, 그런 놈이 다 잘한다고?

그 말을 믿으라고?

같은 조로 민폐만 끼치지 않으면 다행일 녀석이, 자신만만하
게 저러고 있으니 기가 찰 노릇이다.

이유승은 혀를 차며 신서진의 말을 끊었다.

"그래, 그렇다 치고. 무슨 악기 잘 다루는데?"

보컬이랑 댄스는 네 주종목이 아닐 것 같으니.

악기라도 제대로 다루냐는 노골적인 물음.

신서진 대답을 못 하고 있자, 몰아치듯 질문이 이어졌다.

"피아노, 바이올린, 아니면 플루트? 기타도 있네. 너, 기타는 칠 줄 아냐?"

그런 건 잘 모르겠고.

신서진은 잠시 고민하다가 악기 하나를 입에 올렸다.

"리라."

웃으며 던진 한마디에 이유승과 유민하가 동시에 얼어붙는다.

신서진은 뜻밖의 반응에 사뭇 당황했다.

반응이 왜 이러지?

설마, 리라가 여기선 기본 악기인가?

이곳 국민들이 숨 쉬듯 다루는 악기라면, 특별한 메리트가 되지 않을 것 아닌가.

날 때부터 리라를 쳤다는 말을 덧붙여야 하나, 고민하고 있던 찰나였다.

예상치 못한 한마디가 훅 들어왔다.

"그게 뭐야?"

"리라? 처음 듣는데?"

리라는 하프와 흡사하게 생긴 류트류의 악기이다.

현을 통통 튕길 때마다 아름다운 소리가 흘러나오는, 올림포스의 대표 현악기. 한 곡조만 뽑아도 추억에 잠겨 콧노래를 흥얼거리던 신들이 한둘이 아니었다.

어찌 이 유명한 악기를 모른단 말인가.

"허어, 모른다고? 요새 학교에서는 그런 것도 안 배우나?"

"그게 뭔데?"

신서진은 인내심을 가지고 설명해 주기로 했다.

그래, 21세기의 어린 친구들은 모를 수 있으니.

"리라는 거북이 등껍질을 뗀 다음에."

"거북이 등껍질을 왜 떼는데?"

"양의 장을 뽑아서 일곱 줄의 현을 만들어서……."

"뭐… 뭐?"

생글거리면서 설명을 건넬 때마다 애들의 눈빛이 빠르게 일렁인다.

다들 너무 감격한 탓일까.

어깨를 으쓱이며 말을 더했다.

"내가 만든 악기야."

이건 부풀린 게 아니다.

사실이니까.

리라를 처음 만들어서 아폴론에게 건넨 건 나다.

그래서, 그 형이 나 대신 음악의 신의 자리를 물려받은 셈이고.

리라의 창시자이자, 전직 음악의 신 헤르메스.

물론 이들이 자신의 존재를 제대로 이해할 리가 없다.

신서진이 뿌듯한 얼굴로 두 눈을 끔뻑이는데, 정적을 뚫고 유민하가 말을 던졌다.

"뭐라는 거야?"

유민하는 인상을 찌푸리며 한숨을 내쉬었다. 이유승은 손사래를 쳤다.

"냅둬, 헛소리하는데."

"리라……. 있긴 있는데?"

"리라랜드든 라라랜드든. 야, 됐어. 월말 평가 안 할 거야?"

그새 휴대전화로 리라를 찾은 최성훈이 기특하게 중얼거렸지만 싸늘한 유승의 말에 막혔다.

너무하다.

"그래서 할 줄 아는 악기 없다는 거지? 할 줄 아는 건 뭐고?"

"노래."

"노래? 유민하가 여기 있는데?"

"쟤가 잘하는지 못하는지는 내 알 바가 아니야. 내가 더 잘할 테니까."

"…휴학 동안에 뭘 잘못 먹고 온 것 같은데?"

유민하는 팔짱을 낀 채 한숨을 내쉬었다.

"불러 보든가."

"네가 먼저."

"뭐?"

"원래 누군가를 시킬 때는 본인이 먼저 시범을 보여야지. 그게 예의 아닌가?"

"후……."

유민하는 입으로 바람을 불어 앞머리를 날렸다.

괜히 심기를 건드린 건가.

삔또가 상한 건 이쪽도 마찬가지다.

신서진은 유민하를 빤히 노려보았다.

내 리라를…….

리라를… 모욕했다.

그 대가는 유민하의 보컬로 받아 낼 생각이었다.

"그래."

잠시 망설이던 유민하는 신서진을 똑바로 응시하며 말을 던졌다.

인문학적 소양이 있을 때는 조금 다르게 보였는데, 이제 와서 보니 문제아 신서진 그대로다.

고집은 엄청나고, 실력은 안 되면서 허세만 떨어 대는 녀석.

차라리 본때를 보여 줘서 기를 죽여 놓는게 조별 평가에는 편할 것이다.

그리 판단한 유민하는 자신감 넘치는 얼굴로 말을 뱉었다.

"똑바로 봐. 이렇게 부르는 거니까."

"보고 있어."

나름 진심인 듯싶지만, 그래 봤자 인간의 노래 실력.

신서진 역시 유민하를 무시하며 별생각 없이 고개를 까닥이던 그때.

"⋯⋯!"

유민하가 노래를 부르기 시작했다.

청순한 비주얼만큼이나 맑고 투명한 목소리.

성격과는 달리 예쁜 목소리가 부드럽게 강당에 울려 퍼진다.

주변 시선을 의식하는지, 작은 목소리로 힘 빼고 부르는 노래지만.

그 자체로도 충분했다.

고등학생이라고는 믿기지 않는, 성숙한 음악 실력.

목소리가 타고난 것도 타고난 것이지만, 어려서부터 전문적으로 배워 왔다는 것이 여실히 느껴지는 보컬이었다.

한국에선 이렇게 가르치나.

기본기가 잡혀 있는 탄탄한 보컬.

"…제법이네."

신서진의 감상은 그랬다.

생각했던 것 이상이었으니까.

"뭐?"

"좋았다고."

나름 내 기준엔 칭찬이었는데.

신서진은 유민하의 심기를 거스르기 전에 빨리 말을 더했다.

유민하는 그제야 좀 풀어진 얼굴로 어깨를 으쓱였다.

"그렇지? 당연히 좋았겠지."

"이야, 유민하. 너, 작년보다 더 죽이는 거 같은데? 엄청난데? 나 감동 먹었잖아, 진짜로."

자존심도 없는 최성훈이 감탄하며 신나게 딸랑거린다.

유민하는 그런 최성훈의 말을 끊었다.

"이제 네가 해 봐. 잘할 수 있다며."

"자만에 빠진 나르시시스트보다 잘할 거라는 건 진심이야."

"뭐? 나르시시스트? 너, 뭐라 했……."

신서진은 여유롭게 웃어 보이며 유민하의 도발을 받았다.

무슨 노래를 부르지?

대부분은 모른다.

따로 각 잡고 불러 본 것도 없고.

"아는 노래가 없는데……. 네가 부른 거 불러도 되지?"

"어?"

"부른다, 그럼."

신서진은 편한 자세를 유지한 채 천천히 입술을 뗐다.

*　　　　　*　　　　　*

가만 보니 노래를 부르는 법을 모른다.

정확히 말하자면.

알기는 하나, 창법이 다르다.

신서진의 창법은 조금 더 옛스럽다.

마치 성악처럼 성스러우며 흥얼거리는 보컬도 마치 클래식의 가곡에 가깝다.

실제로 그 시절의 노래를 즐겨 들었던 터라 영향을 받았고.

하지만, 유민하의 보컬은 조금 달랐는데.

신서진은 미간을 찌푸린 채 집중했다.

혀를 이렇게 됐던가.

발성은 이렇게 했던가.

이런 톤으로 노래를 불렀나.

비록 짧은 시간이지만, 유민하의 보컬에서 느껴진 분위기를 캐치한다.

자신의 스타일을 조금 더 현대적으로 재해석한다.

당연하지만, 쉽게 될 리가 없다.

하나, 신서진은 최대한 집중한 채 조심스레 입을 떼었다.

유민하의 보컬을 카피하듯 신중하게 첫 소절을 불렀다.

유민하보다는 조금 더 무게감 있고, 물이 흘러가듯 부드러운 목소리.

　신서진이 내뱉은 첫 소절에, 최성훈의 두 눈이 동그래졌다.

　"어?"

　어설픈 재해석일 수도 있다. 충분한 연습 없이 즉석에서 유민하의 호흡을 따라 했다.

　여기서 숨을 쉬고, 여기서는 뱉었었지.

　이 파트에선 매끄럽게 한 번에 이어졌던가?

　음악을 전문적으로 배운 적은 없지만, 한 번 들은 것으로도 충분했다.

　헤르메스의 목소리가 부드럽게 강당에 울려 퍼졌다.

　올림포스의 산 위에서 연회를 펼칠 때.

　리라를 품에 안고 한 곡조를 읊었을 때의 그 목소리처럼.

　인간들이 듣기엔 미묘하게 다르게 느껴질 신성함을 담은 채.

　두 번째 소절, 세 번째 소절.

　그 역시 살짝 힘을 빼서 불렀을 뿐이었다.

　지극히 부족한 모방이었고, 보완해야 할 점이 너무도 많았으며.

　여전히 아쉬운 듯한 그런 보컬이었다.

　그랬을 뿐인데.

　이 반응은 뭐지?

　신서진은 빤히 느껴지는 시선에 고개를 돌렸다.

　"……."

　줄곧 틱틱거리며 심기가 불편한 티를 내던 유민하도.

　은근히, 아니, 대놓고 신서진을 무시하던 이유승도.

　가만히 서 있던 최성훈과 이다영도.

"…와."

믿을 수 없다는 듯이 입을 벌리고 있었다.

부담스러운 반응이다.

뭔가, 다들.

…내 노래에 감복이라도 했나.

신서진은 떨떠름한 목소리로 말을 뱉었다.

"여기까지."

마지막 소절이 끝남과 동시에.

공기가 조용히 내려앉았다.

*   *   *

서울예고의 교무실.

다다음주면 있을 재배치고사에 바쁜 것은 선생들도 마찬가지였다.

"준비할 거 많지?"

"일단 개인 평가 기준은 대강 나왔고요. 나머지는 그동안 했던 월말 평가대로 진행하면 되긴 하는데……."

"뭐가 문제야?"

"조별 평가요. 반 무관하게 랜덤으로 돌렸다고 난리 났더라고요."

"반별 비율은 맞췄잖아. 아니야?"

"그냥 불만이 많더라고요."

주요 대화 내용은 역시나 조별 평가였다. 개인 평가도 중요하지만, 올해부터는 조별 평가가 새로 추가되었다. 학년부장의 강력한 추천으로 넣은 거긴 했지만 반발은 어느 정도 예상했던 문제였다.

잘해도 고생, 못하면 연대책임.

애초에 조별 평가를 좋아하는 애들이 어딨어.

게다가 이번에는 A, B, C반을 혼합해서 진행하는 바람에 더 혼란스러운 상황이었다.

비슷한 실력의 애들을 섞어 놔도 충돌이 일어나는 게 조별 평가다.

그런데, 전혀 다른 애들을 무작위로 섞어 놨더니…….

당연히 애들 사이에서도 볼멘소리가 나왔다.

대부분은 C반 애들에 대한 불만이었다.

"C반 애들이랑 같은 조 하기 싫다고 난리를 치던데요."

"확실히 실력 차가 크긴 하죠. 열정도 그렇고."

"A반 애들은 얼마나 열심히 하는데요."

미안하지만, 성적이 성실함과도 대강 비례하지 않나.

그리 투덜거리며 말을 뱉어 대던 선생들은 주영준 선생의 눈치를 살피며 자리에 앉았다.

"C반 애들이 다 문제라는 소리는 아니었어요."

"아, 넵. 어차피 저도 임시 담당입니다."

C반을 맡고 있는 주영준 선생은 가볍게 고개를 끄덕이고선, 다시 노트북에 시선을 집중했다. C반 애들을 위한 커리큘럼을 짜는 중이었다. 그 역시 조별 평가 준비로 바쁜 것은 마찬가지다.

사실상 이번이 마지막 기회다.

2주 안에 C반 녀석들을 끌어올려야 했으니까.

문제는 대책이 없을 뿐.

"골머리 아프네……."

다른 선생의 말대로 지레 포기한 애들이 너무 많았다.

그런 애들을 일찌감치 솎아 내려고 첫날부터 그렇게 세게 나간 건데…….

자기들이 못할 거라는 확신을 갖고 우물쭈물하고 있으니 실력이 그만큼밖에 안 오르는 거다.

스스로를 가둬 둔 녀석들의 한계를 깰 만한 경험을 선물해 주고 싶은데, 썩 떠오르는 게 없다.

주영준 선생이 커리큘럼을 붙들고 고민하고 있던, 그때였다.

"주영준 선생님."

"네?"

실용음악과 B반 담당. 최서연 선생이 웃으며 칸막이 너머로 고개를 내밀었다. 임용된 지 얼마 안 된 신입 선생. 그녀는 워낙 호기심이 많은 성격이라, 필터 없는 질문이 훅 들어왔다.

"반에 신서진 있다면서요?"

"네, 그런데요."

녀석이 스타가 되겠다고 던졌다는 말.

이미 교무실에서도 소문이 난 지 오래였다.

입이 가벼운 애들이 공공연히 말을 전하고 다닌 것 같았다.

때문에 신서진을 완전히 잊고 있던 선생들도 다시 관심을 보이게 됐다.

문제아 신서진.

악명이 그렇게 떠돌았는데, 괜히 궁금해지긴 한다.

"어때요? 힘들진 않으세요?"

주영준 선생은 머리를 벅벅 긁으며 대수롭지 않게 말을 던졌다.

"겨우 첫 주인데 뭐 벌써부터 사고를 쳤겠습니까. 그냥 평범하던데요."

"신… 신서진이 평범이요?"

"크흠."

헛기침이 교무실에서 튀어나온다.

신서진의 악명이야 익히 들었다.

작년 1학년 선생의 권고로 자퇴할 지경까지 갔다가, 무슨 이유에서인지 출석일수가 모자랄 무렵 딱 돌아왔다.

그것도 3월 정식 개학을 2주 앞두고.

무슨 생각인지. 주영준 선생도 이해할 수 없었다.

그 역시도 무거운 짐 덩어리를 하나 떠안은 기분이었으니까.

"능력도 안 되는데 패기만 넘치던데. 한번 지켜 봐야죠. 왜요?"

"아, 별건 아니고. 어떻게 들어왔나 싶어서."

"가능성 어쩌고 하면서, 이상혁 선생이 뽑아서 그런 거 아닙니까."

이번엔 이상혁 선생에게 시선이 쏠린다.

실제로 신서진이 입학할 당시, 가능성을 운운한 건 그가 맞았다.

그 가능성을 잘못 봤다는 것을, 1년이 지나고 알았다.

"후우."

A반 담당인 이상혁 선생.

최서연 선생은 혀를 내두르며 주영준 선생을 향해 속삭였다.

"자기 일 아니라고 열심히 뽑아 놓으셨네요."

"……"

주영준 선생은 어깨를 으쓱이며 이상혁 선생을 빤히 돌아보았다.

별생각 없이 다시 노트북에 시선을 고정하려던 순간, 주영준 선생은 잠시 멈칫했다.

갑자기 수업 때 신서진이 했던 말이 떠올라서였다.

"그런데 말이에요."

"네?"

"좀 애가… 변한 거 같습니다."

"변해요?"

최서연 선생은 두 눈을 동그랗게 뜬 채 되물었다.

난데없이 저건 또 무슨 소리야.

"신서진 말하는 거죠?"

"네, 그 친구. 뭐랄까. 좀 달라진 느낌?"

확실하진 않다.

하지만, 1학년 입학식 때 봤던 그 자신 없던 녀석과는 많이 달라져 있었다. 주영준 선생은 피식 웃으며 손사래를 쳤다.

내가 무슨 소리를 하는거야.

바람을 열심히 투영하고 있었던 모양이다.

"아닙니다. 실력이나 달라졌으면 좋겠네요."

"주영준 선생님이 능력 하나는 확실하시잖아요. 그 친구 한번 키워 봐요. 소문은 안 좋지만… 소문이 다는 아니잖아요? 혹시 몰라요, 괜찮은 앨지!"

"허허, 너무 큰 걸 바라시네."

껄껄대며 웃던 주영준 선생은 한숨을 내쉬었다.

그때였다.

최서연 선생이 툭툭, 칸막이를 손으로 치며 두 눈을 반짝였다.

목소리를 낮춘 채, 덧붙인다.

"그러지 말고, 한번 확인해 볼까요?"

"확인?"

생각해 보니 시간도 충분하다.

"으음."

최서연 선생은 손목시계를 확인하고선 싱긋 웃었다.

지금 시간은 5시 반.

수업이 끝났으면 조별로 재배치고사 준비가 한창일 때다.

"애들 연습할 시간인데 한번 구경 가 보자고요."

"······!"

"얼마나 변했는지, 보면 알겠죠."

*   *   *

반은 호기심이었다.

A반 담당의 이상혁 선생까지 잠시 환기할 겸 따라온 바람에, 인원은 셋이 됐다. 최서연 선생은 특유의 발랄한 분위기로 잔뜩 신이 나서는 복도를 기웃거리고 있었다.

"월말 평가 미리보기 느낌이네요. 얼마나 하려나."

"준비한 지 얼마 안 돼서, 기대하실 만한 건 없을걸요."

최서연 선생은 서울예고에 부임한 지 겨우 2년 차였다.

작년에는 1학년 담임을 맡았던 탓에 재배치고사도 처음이었고.

마냥 신기한 게 많을 때다. 열정도 넘칠 때고.

주영준 선생은 황당하다는 듯이 웃어 보이며 이상혁 선생에게 말을 던졌다.

"A반 애들은 준비 잘돼 가요?"

"알아서들 잘하는 친구들이라."

"네, 그렇겠네요. 부럽다, 후우."

최서연 선생만이 학생들에게 관심이 쏠려 있었다.

정확히는 신서진에게.

"신서진 그 친구는, 어디서 있으려나?"

"왜 그렇게 그 녀석한테 관심이 많으신가요."

"그냥……. 포부가 넘쳐서? 첫날부터 스타가 되겠다는 애, 궁금하잖아요!"

힐끗힐끗.

유리 창문 너머를 훔쳐보던 최서연 선생이 한 연습실 앞에서 놀란 눈으로 멈춰 섰다.

"어?"

눈에 띄는 광경을 발견해서였다.

"여긴 라인업이 장난 아니네요?"

"누군데요?"

"유민하랑 이유승, 아니, 얘네가 한 조였어요? 이거 너무 밸런스 안 맞는데?"

"반만 비율 맞게 세팅하고 나머지는 랜덤으로 돌렸으니까 그렇게 나왔나 보네요."

보컬 파트 고정 1위 유민하.

댄스 파트 고정 1위 이유승.

천재와 천재의 만남이었다.

둘 다 한 성격 하는 터라, 같은 반이 아니었음에도 견제가 장난 아니었다.

"우리 다영이가 이 조였구나."

그 옆에는 해맑게 응원하고 있는 최성훈이 보인다.

'쟤 때문에 한 고생 하겠구만.'

쯔읏.

최서연 선생은 혀를 내둘렀다.

반 배치를 맡았던 이상혁 선생이 힐끗거리며 최서연 선생의 뒤에 섰다.

"아, 맞다. 이 조 기억 나는데. 저기 있네요, 선생님이 찾으시던 친구."

"다영이요?"

"아뇨, 걔 말고."

스윽.

유리 창문 너머를 천천히 훑어보던 최서연 선생은 기겁했다.

이유승의 뒤편에선 무언가 중얼거리던 녀석.

비주얼만 봐선 저 중에서 확 시선을 사로잡는 친구다.

실력은 아닐 테지만.

"헉."

"맞죠?"

이상혁 선생의 말대로 그녀가 찾고 있던 친구가 서 있었다.

아니, 쟤가 왜……

최서연 선생은 떨리는 목소리로 물었다.

"신서진 아니에요?"

그런 그녀를 향해, 주영준 선생이 불쑥 말을 얹었다.

"같은 팀이라던데요."

"팀 복도 없다. 어떻게 A반 톱들이 폭탄을 하나 끌어안았네. 아, 죄송해요!"

"맞는 말이긴 한데."

주영준 선생은 피식 웃으며 신서진을 물끄러미 응시했다.

과연 폭탄을 앉은 저 배가 빠르게 침몰할까.

아니면, 유민하와 이유승의 실력으로 저 배를 다시 끌어 올릴까.

이번 조별 평가의 다크호스라면 단연 이 팀이 될 것이다.

그런 생각을 하며 흥미롭게 지켜보고 있던 순간.

"어……?"

최서연 선생이 두 눈을 끔뻑이며 가까이 다가섰다.

아까부터 이상하게 느껴졌는데.

자세히 지켜보니 더 이상하다.

일어나서 쉴 새 없이 말을 하고 있는 건, C반의 신서진.

그런 신서진의 말을 A반 톱 두 명이 끄덕이며 듣고 있다.

그냥 그뿐이면 쓸데없는 패기려니 하겠지만.

문틈으로 말소리가 선명하게 들려온다.

제법 전문적인 접근.

최서연 선생의 귀에도 그럴싸한 계획.

다른 친구들의 보컬을 지적하는 태도까지.

기분 탓인가?

"저 그룹 말이에요……."

"네?"

아니, 확실하다.

"신서진이 주도하고 있는 거 같은데?"

*   *   *

이 팀에서 제 입지는 불청객.

그 이상도 그 이하도 아니었다.

신서진은 빤히 자신을 향하는 시선을 보면서 실감했다.

하지만, 강당에서 자신의 노래 실력을 봤기 때문일까.

유민하는 아까보다 훨씬 누그러져 있었다.

"어떤 컨셉으로 갈 거야?"

각 팀마다 배정된 연습실에 돌아오자마자, 유민하는 본론으로 들어갔다. 신서진과 최성훈의 목표는 반 승급일지도 몰라도, 그녀는 아니었다.

A반?

아니, 그건 기본 옵션이고.

더 높은 곳으로 올라가, 반 배치고사의 1등을 차지하겠다.

애초에 목표는 데뷔 클래스의 최종 멤버가 되어, 당당히 서울예고에서 데뷔하는 것.

유민하의 눈빛은 이미 그런 포부를 담고 있었다.

"생각해 둔 곡은 있는데."

"우와, 벌써?"

"진짜로?"

이다영과 최성훈이 동시에 두 눈을 반짝이며 물어 왔다.

유민하는 싱긋 웃으며 고개를 끄덕였다. 신서진은 그런 유민하를 힐끗 돌아보며 그녀의 입에서 무슨 말이 나올지 기다리고 있었다.

자신감 넘치는 눈빛.

어디 한번 들어나 볼까.

"리셉터의 하늘 바다. 유명한 곡이니까 다들 들어 봤지?"

"아, 그걸로?"

"…의외인데?"

당연히 신서진은 모르는 곡이다.

하지만 유민하의 스피커에서 노래가 흘러나오자마자, 신서진은 미묘하게 의아하던 다른 녀석들의 반응을 단번에 이해했다.

드라이브에 어울리는 경쾌한 사운드의 노래.

신서진이 아는 음악의 분류로 따지면 밴드곡이다.

퍼포먼스 위주로 들어갈 재배치고사라 당연히 아이돌 노래를 선곡할 줄 알았는데.

케이팝에 대해 잘 모르는 신서진이 봐도 확실히 의외의 선곡이라 할 만했다.

고개를 갸웃거리던 이유승은 머리를 긁적이며 되물었다.

"진심으로?"

"노래는 좋잖아."

"그건 그런데……. 표현하기 조금 까다롭지 않을까? 안무를 넣기에도 애매하고, 보컬 위주로 뽑기에도 좀 그렇고……."

"당연히 퍼포먼스도 생각해 뒀지!"

나름의 계획이 있었다. 재배치고사가 있다는 소식을 듣자마자 어느 정도 구상해 뒀던 부분이었으니까.

유민하는 당당하게 팔짱을 끼고선 말을 이어 나갔다.

"폴 댄스 알지?"

"아… 아! 알지, 알지. 그, 봉에서 날아다니는 거?"

"…뭐래."

"맞긴 하잖아. 근데 왜 느닷없이 폴… 댄스야? 나 할 줄도 모르는데?"

최성훈의 말에 유민하는 짧게 한숨을 내쉬었다.

"남들처럼 해서는 튀지 않는다니까. 그저 그런 무대면, 실력은 평가받을 수 있어도 1등은 절대 못 할걸. 우리는 당연히 1등 해야 하잖아?"

"나는 그런 생각 한 번도 안 해 봤는데… 악!"

가뿐히 무시당한 최성훈.

그를 저만치로 밀어 버린 이유승이 담담하게 말을 뱉었다.

"야!"

"맞는 말이네. 나는 C반 애들처럼 헛짓할 생각 없거든."

그러면서 왜 시선이 이쪽을 향하는 건데.

신서진은 어깨를 으쓱이며 이유승의 시선을 받아쳤다.

그사이에, 이유승은 턱을 쓸어내리며 유민하의 아이디어를 곱씹고 있었다.

"그러니까 유민하, 네 주장은 무조건 튀는 걸 하고 싶다는 거지?"

"응. 그림도 확 살 만하고, 딱 눈에 띌 만한 걸 하고 싶었던 거 맞아. 퍼포먼스로 봐도 좋을 것 같지 않아?"

"난 무조건 찬성! 우리 리무진을 믿어야지! 승차감 최고인데."

"…나도 찬성이야."

무한 예스맨인 최성훈과 이다영은 포기했다.

하지만, 점점 유민하의 얘기를 들을수록 신서진의 머릿속엔 물음표만 떠오를 뿐이었다.

그래, 봉이니 뭐니.

뭐 잡고 돌아다니는 거까지는 이해했다.

하지만, 이어지는 말들이 이해가 되질 않는다.

"거기에 더해서, 뮤지컬 느낌으로 갈 생각이야."

"뮤지컬 느낌? 그러면 대사도 있으면 좋을 거 같은데. 연기까지 살짝 가미해서."

인간들의 마인드란 도무지 이해할 수가 없다.

무대를 보여 달랬더니 연기까지.

거기에 더해 제법 구체적인 스토리 라인까지 나왔다.

"로미오와 줄리엣 스토리 라인을 따라갈 생각인데……."

"와, 좋다."

"둘이 앞에 서서 무대를 시작하면……."

"최고인데?"

"그렇지? 봐 봐, 내가 기획력 하나는 죽인다고 했잖아."

지들끼리 아주 신났다.

짝.

콧대 높은 유민하가 씨익 웃으며 이유승과 하이 파이브를 하던 순간.

잠자코 앉아만 있던 신서진이 고개를 들었다.

"그거, 별로인 거 같은데."

"뭐?"

"별로라고?"

믿기지 않는다는 듯 눈썹을 움찔거리는 유민하.

신서진의 노래를 처음 들었을 때의 표정 그대로.

지극히 당황한 기색이 역력하게 배어 있는 얼굴이었다.

잠시 평정심을 잃을 뻔했던 유민하는 뒤늦게 안정을 찾았다.

생각하고 보니, 기가 찬다.

유민하는 한숨을 푹 내쉬고선 말을 뱉었다.

"야, 신서진. 너 노래 생각보다 괜찮은 거, 그래 그건 인정해."

"내가 잘하긴 하지?"

"뭐, 잘하는 것까진 아니고. 실력도 나쁘지 않다고 쳐. 다 좋아. 근데 너… 이런 건 제대로 안 해 봤잖아?"

신서진과 조별 과제를 해 본 적은 없지만, 이미 소문은 자자하게 나 있었다.

그 어떤 조에 가도 환영받지 못했던 인물.

애들과 대판 싸우지 않으면 다행이고, 무대 기획력은 바닥에 가깝다.

애초에 어디 가서 무대에 관한 아이디어를 내 본 적도 없을 것이다.

개인 퍼포먼스를 보여 주는 현장에서도 최하점.

어떻게 이 학교를 입학했냐는 소리까지 1년 내내 들었던 재능 없는 신서진.

그 신서진이 왜 이제 와서 딴지를 거냐는 뉘앙스.

유민하의 입장에선 나름 합리적인 판단이었다.

신서진의 대답은 예상하지 못했던 것이었지만.

"응, 그래서. 이제부터 해 보려고."

"뭐?"

"…야."

이유승은 한숨을 내쉬며 신서진의 앞을 막아섰다.

"유민하가 이쪽은 전문이거든? 얘, 보컬도 보컬이지만 기획력도 장난 아니야. 괜히 얘 조가 항상 1등 먹었는 줄 알아? 춤은 내가 더 잘 춰도 무대 구상은 얘를 따라올 애가 없……."

그건 지금까지 얘기고.

"방금 건 별로였다니까."

신서진은 이유승의 말을 자르며 말했다.

"내가 봤을 땐 너무 욕심을 부린 거 같은데?"

"욕심?"

"아니야, 내 말?"

신서진의 돌직구에 유민하가 할 말을 잃었다.

"폴… 폴 댄스? 그거 끝내고 뮤지컬까지 들어간다고 했나. 무대 하나에 넣고 싶은 건 많지, 특이한 컨셉은 가져가고 싶지. 그거 전부 다 3분 44초 되는 곡 안에 넣을 수 있어?"

유민하가 대답이 없자, 신서진은 몰아치듯 말을 뱉었다.

"되는 대로 다 집어넣는 거, 보통은 그걸 참신하다고 표현하진 않지."

"그러면 뭐라고 생각하는데?"

"잡탕."

신서진의 정확한 지적.

유민하의 표정이 싸늘하게 식었다.

"잡탕이라고?"

살벌한 대화를 직관하던 최성훈이 당황한 듯 중간에 끼어들었다.

"워후… 워후……. 갑자기 너는 왜 급발진이야."

싸우려 하니 어떻게든 말리려는데…….

유민하는 앞을 가로막은 최성훈을 옆으로 밀었다.

다른 뜻이 아니다.

신서진의 말을 더 듣고 싶었다.

"왜 그렇게 생각해? 서로 다른 장르 콜라보레이션 하는 거, 월말 평가에서 별로 없는 일도 아니잖아. 네가 편협하게 생각하는 건 아니고?"

"그건 감당이 되는 장르를 한정으로 말하는 거겠지. 네가 뮤지컬이 전문이던가?"

"……."

"폴 댄스는 잘 알고?"

유민하는 신서진의 말에 아랫입술을 세게 깨물었다.

보나마나 괜한 꼬투리를 잡아서 팀 분위기를 흐트러뜨리는 거다.

방금까지 그렇게 확신했던 유민하는 진심으로 흔들렸다.

듣자 하니 어느 정도 맞는 말이었으니까.

심지어, 그다음 지적은 유민하도 멈칫하게 만들기에 충분했다.

"그리고, 네 아이디어. 애초에 다섯 명 전부를 위한 게 맞아?"

"…그건 무슨 소리야?"

신서진의 시선이 화이트보드로 향했다.

연습실 한편에 박혀 있는 화이트보드. 그쪽으로 걸어간 신서진이 검은색 마커를 손에 들었다.

최성훈은 놀란 얼굴로 그 모습을 지켜보고 있고, 이다영은 당황한 기색으로 두 눈을 굴린다.

신서진은 그대로 화이트보드 위에 스윽, 슥 그림을 그려 나갔다.

별건 아니고, 유민하가 말했던 뮤지컬의 방식을 설명하기 위함이다.

센터에 둘.

신서진은 졸x맨 두 명을 그리고선 턱으로 가리켰다.

"네가 주장한 스토리 라인이라면 앞에 둘이 서겠네. 그럼 나머지 셋은 어디에 서는 거지?"

"……."

"나머지는 뒤로 빠져?"

직설적인 한마디.

그게 무슨 말이냐는 듯 최성훈이 두 눈을 끔뻑이며 고개를 돌렸다.

"둘이 퍼포먼스가 자신 있나 봐."

한 편의 뮤지컬 같은 무대.

그래, 신박하고 좋다.

적어도 무대에 설 사람이 두 명이라는 가정하에는.

하지만 이 무대는 신서진, 최성훈, 이다영까지.

총 다섯 명이 올라가야 할 무대다.

두 명이 스토리 라인을 이끈다 쳐도 나머지는 백댄서 라인으로 들어가거나, 아니면 완전히 겉돌게 된다.

그 문제점을 유민하가 몰랐을 리 없었다.

어차피 최성훈과 이다영은 퍼포먼스에선 밀린다고 생각했으니.

이유승과 유민하 둘이서 선두에 설 생각이었겠지.

그렇게 이 팀의 콤플렉스를 커버하고, 에이스들이 나서겠다.

뭐, 나쁜 생각은 아닌데.

그건 독주 무대지, 협업 무대가 아니지 않나?

그리고, 그 어색한 독주 무대의 결말은.

빤하게 예상이 된다.

"조화롭지 못한 무대는 그 어디서든 환영받지 못해."

무대에 대해 잘 아는 건 아니다.

기획 경험을 따진다면 당연히 유민하가 압도적이겠지.

하지만, 신서진은 숱한 예술가들을 봐 왔다.

그 장르가 현대 가요는 아니었으나, 무대 구상에 대해 어느 정도 식견은 지니고 있다는 소리였다.

튀려는 욕심은 좋다.

근데 너무 이질적이잖아.

적어도 무대랑 어우러져야 빛날 수 있는 법이다.

그걸 모르는 것 같아서.

신서진은 유민하를 향해 어깨를 으쓱이며 말했다.

"유민하, 너 노래 잘한다며."

"어… 어?"

"그러면 잘하는 걸 해. 너는 가수잖아?"

신서진의 한마디에 얼굴이 붉어진 유민하는 짧게 탄식을 내뱉었다.

"야… 신서진, 퍼포먼스도 중요한 거야. 걔네가 방송에서 왜 특이한 컨셉을 밀고 나오겠어? 시선을 끌어당기는 거, 그거 없으면 다 묻히는 거야!"

"아니, 그것도 잘하는 걸로 해."

어쭙잖은…….

폴 댄스?

이 노래랑은 어울리지도 않는 그런 거 집어치우고.

하물며 뮤지컬.

제 감정도 못 숨기는 애가 무슨 연기를 할까.

"익숙한 걸로."

저벅저벅.

유민하에게 한 걸음 가까이 다가섰다.

자신감 넘치던 커다란 두 눈엔 완전히 당혹감이 서려 있었다.

청순하니 참하게 생긴 얼굴과는 다르게 지랄맞은 성격.

그 성질머리를 충분히 고쳐 줄 수 있었지만.

지금은 때가 아니다.

오히려 찬찬히 알려 줄 때니까.

신서진은 유민하의 두 눈을 똑바로 응시하고선 물었다.

"네가… 노래 말고 뭘 잘하지?"

그러고는 네 명의 팀원들을 천천히 돌아보았다.

"정정할게. 우리 모두 할 수 있는 걸로."

        *   *   *

서울예고 근처의 스튜디오 연습실. 유민하가 미리 대여해 뒀다길래 수업이 끝나자마자 이곳을 찾았다.

신설 연습실답게 시설이 좋다.

아직 불을 안 켜 놨는지 어두컴컴한 복도를 지나, 연습실 앞에 도착한 최성훈은 놀란 눈으로 멈춰 섰다.

학교 연습실을 놔두고 여기까지 온다길래 정말 폴 댄스라도 준비하나 했더니만…….

"어?"

연습실 한가운데에는 쇠 봉 대신에 전혀 예상하지 못했던 게 놓여 있었기 때문이었다.

"진짜 이걸 한다고?"

허리까지 올 정도 높이의 커다란 북.

저렇게 됐으니 대충 감이 잡히는 게 하나 있긴 한데.

일렬로 놓여 있는 북을 보자마자 최성훈은 재차 물었다.

"난데없이 웬 북?"

유민하는 잠시 우물쭈물하다가 북 앞에 섰다.

신서진을 힐끗, 돌아본 유민하가 입을 열었다.

"난타. 알지?"

다섯이 함께할 수 있으며, 시원한 리듬으로 곡을 전반적으로 끌고 갈 수 있는 새로운 무기.

유민하가 선택한 것은, 바로 난타다.

'그러면 잘하는 걸 해, 너는 가수잖아?'

신서진의 말을 듣고 여러 번 곱씹어 봤다.

인정하기 싫어도 인정할 수밖에 없던 지적.

자신이 잘 알면서도, 시간 안에 알려 줄 수 있을 만한 것.

유민하는 어릴 적에 배웠던 난타를 떠올렸다.

"밴드곡이니까 타악기랑 어울릴 거라 생각했어."

"맞는 말이긴 하네."

"응, 그리고 이게 메인은 아니니까, 간단한 박자감만 익히면 충분히 할 수 있을거야. 내가 배워 본 적이 있으니까 도와줄 수도 있어."

그러면서 유민하는 마치 허락을 받듯이 신서진을 돌아보았다.

신서진은 별말 없이 고개를 살짝 끄덕여 보였다.

조별 과제를 이끌면서 숱하게 무대 기획을 해 온 유민하다.

신서진의 조언은 굳이 들을 만한 이유가 없다고 생각했다.

원래라면… 그랬다.

기껏해야 트집을 잡는 게 전부일 뿐, 별로 도움 되는 얘기도 하지 않을 녀석이니.

하지만, 적어도 그때.

신서진이 한 말은 옳았기에.

유민하는 쓸데없는 고집을 부리지 않았다.

넘쳐흐르는 자신감?

누구도 꺾을 수 없는 높은 자존감?

다 좋은데……

'무대가 더 중요해.'

무대를 망치면 그딴 건 다 의미가 없다.

유민하는 쿨하게 말을 뱉었다.

"사실 신서진의 의견이야."

유민하의 폭탄 발언에, 이유승은 미간을 찌푸리며 고개를 들었다.

"뭐?"

놀란 눈을 끔뻑인 것은 최성훈도 마찬가지였다.

"진짜?"

신서진은 유민하의 말에 어깨를 으쓱였다.

"…글쎄. 나는 딱히 한 게 없을 텐데."

그러고는 겸손하게 덧붙였다.

"물론 8할 정도는 내 덕분이지."

"그게 결국 네 덕분이라는 거 아니냐?"

"그야 나는 유능하니까. 그리 이상한 일도 아니……."

"아니, 잠깐만. 뭐가 어떻게 된 거야? 난타 하자고 한 게 신서진이었어? 그걸 유민하, 네가 들어줬다고? 대체 왜?"

유민하는 살짝 볼을 부풀리고선 후, 하고 한숨을 내쉬었다.

"좋아 보여서."

"와우……. 놀랍다."

유민하는 솔직히 말했고, 이유승은 기겁하며 탄성을 터뜨렸다. 다른 사람이면 몰라도 유민하를 가까이서 오래 봐 온 이유승은…….

그래, 솔직히 말해서 경악스러울 정도의 발언이었다.

"네가 그렇게 인정하는 거 처음 보는데."

하다못해 제 의견을 파투 낸 게 이유승이었어도 가만있진 않았을 유민하다.

서을예고의 성질머리.

그 유명한 유민하가 신서진의 말에 저리 쉽게 수긍을 한다니.

아니, 그뿐만이 아니지.

신서진이 제 의견을 반대한 거에 가만히 있는 것도 모자라서, 아예 저 녀석이 주장한 컨셉으로 무대를 잡고 간다고?

이유승은 어떻게 된 거냐는 듯 신서진을 돌아보았다.

"너, 골 때린다."

스타니 뭐니.

첫 수업부터 개소리를 했다길래 신서진에 대한 첫인상은 그리 좋지 않았다.

하지만, 이게 사실이라면 어느 정도 인정해 줘야 하는 거 아닌가?

다른 실력은 모르겠고……

화려한 언변술은 말이야.

"쟤, 어떻게 구워삶았냐?"

"……?"

이유승의 말에, 신서진은 그저 고개를 갸웃거리며 가만히 서 있을 뿐이었다.

뭘 대단한 걸 한 것도 아니다.

유민하가 할 줄 아는 모든 걸 줄줄이 읊어 보라 했다.

거기에 더해 최종 선곡이었던 리셉터의 '하늘 바다'.

신서진은 그 곡을 들으면서 가장 조화로운 컨셉을 골랐다.

유민하가 그토록 바라던 '튀는 요소'를 살리면서도 노래와 어우러질 만한 컨셉.

타악기를 신나게 두드려 리듬을 맞추고, 관객들을 흥겹게 만들 수 있는 공연, 난타.

다행히 다들 이번 의견에는 고개를 끄덕였다.

"유명하지. 난타. 쉽게 배울 수 있다는 데에는 동의하진 않지만, 우리가 비슷한 악기는 많이 접했으니까. 그래, 지금부터 연습하면 죽이 되든 밥이 되든 할 수는 있을 것 같고……."

유민하의 생각에 동의하며 말을 늘어놓던 최성훈이 난처한 얼굴로 머리를 긁적였다.

딱, 하나 걸리는 게 있었다.

"그런데……."

신서진.

"작년에 같은 반이어서 알거든?"

최성훈은 목소리를 살짝 낮추고선 턱짓으로 신서진을 가리켰다.

"쟤, 완전 박치야."

*　　　　　*　　　　　*

최성훈은 작년 수업 때 뚝딱거리던 신서진을 똑똑히 기억했다.

민속 음악 기초과목 시간.

난타를 배웠던 건 아니지만, 그와 꽤 흡사한 장구를 수업 시간에 배웠었다.

난타에서도 사용하는 휘몰이장단.

그걸 신서진이 어떻게 쳤었더라.

빡!

빡빡!

빡!

'야, 쟤 좀 누가 말려 봐라! 신서진! 그만해!'

우당탕탕!

…장구를 부숴 먹었던 것 같은데.

최성훈은 침을 삼키며 뒤편에 있는 북을 손으로 가리켰다.

"저거 비싼 거 아니냐?"

"그렇겠지. 갑자기 왜?"

"야, 쟤 분명 저거 다 해 먹어……. 몇 개를 부숴 놓냐가 중요한 거지, 일단 북채만 손에 쥐여 줘도 다 박살 낼 거라니깐?"

상상만 해도 아찔하다.

"너어… 진짜 잘해라."

최성훈은 텅 빈 주머니를 탈탈 털고선 손사래를 쳤다.

"나는 다 보상해 줄 돈이 없다?"

신서진의 만행을 작년에 직관했던 최성훈의 얼굴이 하얗게 뜨자, 유민하 역시 불안해진 건 마찬가지였다.

저렇게 말하는 거면 진짜 박치인가?

"에이, 설마."

타악기 아이디어 낸 게 사실상 신서진인데.

"신서진, 너 정말 박치야?"

"그럴 리가."

유민하의 물음엔 즉각적인 대답이 돌아왔다.

"나 잘해."

생글거리며 덧붙이는 신서진.

"따라올 자가 없지."

오히려 이 말 때문에 더 신빙성이 떨어졌다.

"…어련하시겠어요."

이유승은 한숨을 내쉬며 정면을 바라보았다.

본인은 잘한다고 주장하고, 작년에 같은 반이었던 애는 기겁하며 질색하고 있고……

"직접 보면 알겠지, 뭐."

유민하는 어깨를 으쓱이고선 다시 최성훈에게 말을 걸었다. 같은 C반이다 보니 사실 신서진 못지않게 걱정되는 녀석이었다.

"최성훈, 너도 드럼 쳐 봤지?"

"…초짜 수준이긴 한데. 쳐 보긴 했지. 중학교 때 밴드부였거든."

"다행이네. 박자감은 좋겠다."

최성훈의 의외의 경력까지 더해지면서 연습실 내에 후끈, 열기가 달아오른다.

저벅저벅.

연습실 앞으로 걸어 나온 유민하가 자세를 잡았다.

난타까지 하려면 남은 시간이 빠듯하다.

"자, 그러면 시작해 보자."

시계를 힐끗 본 다른 녀석들도 차례로 북 앞에 선다.

"그래, 연습 시작하자!"

"제대로 해 보자고. 파이팅!"

그렇게 연습 준비는 완료.

모두가 북채를 쥔 채 기다리고 있자, 유민하 역시 양손에 북채를 쥐고선 입을 떼었다.

드럼을 배운 최성훈을 제외하고는 타악기 자체가 아예 처음인 녀석들도 있다.

뭐, 굳이 배워 본 거라면 작년의 장구 정도?

그것도 도움은 꽤 되겠지만, 일단 시작은 기초다.

"그러면 가장 기초적인 리듬부터 시작할게."

오른팔을 주물거리며 말을 뱉었다.

유민하가 먼저 들어가려는 건 난타의 가장 기초적인 리듬 중하나.

"강! 약약약. 세게 한 번 치고, 나머지 세 번은 약하게 가는 거야. 뒤에 나올 리듬도 이거 응용한 게 많으니까 익혀 둬야 해. 기억해, 한 번 세게 치고, 세 번은 약하게."

"어… 어… 웅!"

말로만 설명하니 이다영이 쭈뼛거린다.

이쪽은 시작도 못 했고.

저쪽은…….

쾅!

두두두둥.

"이렇게?"

최성훈은 북채를 무슨 드럼 채 잡듯이 쥐고는 괜히 허세를 부리며 냅다 갈겨 댔다. 유민하는 인상을 찌푸리며 손사래를 쳤다.

"그거 아니야!"

혼자는 알아서 잘할지언정, 설명은 아직 낯설다.

어디서부터 어떻게 설명해야 할지.

유민하는 긴장한 기색으로 북채를 움켜쥐었다.

순간, 신서진과 눈이 마주쳤다.

무슨 선생처럼 흐뭇하게 보고 있는 얼굴.

유민하는 침을 삼키며 미간을 찌푸렸다.

'감시당하는 느낌인데.'

뭔가 더 잘해야 할 것 같다.

유민하는 자세를 다시 잡고선 말을 이었다.

이번에는 시범과 함께였다.

"강! 이렇게, 한 번 내려칠 때 스냅을 잘 줘야 하거든? 낚시하 듯이. 내려치면서 바로 다시 낚아채는 느낌으로!"

둥!

유민하가 오른팔을 높게 들어 올리고선 손목에 스냅을 준다.

별거 아니지만 짧은 스냅만으로도 박자가 미세하게 쪼개진다.

거기에 더해지는 원래의 리듬.

둥. 두두두.

아까까진 어쩔 줄 몰라 하고 있던 이다영이 어설프게 따라 했다.

둥. 두두두.

"이게 기본 박자라고? 어려운데⋯⋯."

"잘하고 있어."

유민하는 어색한 칭찬을 입에 올리고선 슬쩍 웃었다.

"다시 한번 더!"

둥. 두두두.

"이거지?"

춤을 잘 춰서인지 워낙에 박자감을 타고난 이유승은 곧잘 따 라 하고.

"최성훈, 너도 그거 맞아."

"오오, 진짜? 나 소질 있나 본데? 캬, 밴드부 최성훈 아직 안 죽었나 봐?"

최성훈도 칭찬 한마디에 날뛰면서도 제대로 박자를 잡아 낸다.

"…제법인데?"

가르치는 건 처음인데 의외로 재밌다.

유민하는 그렇게 한 명씩 훑으면서 자세를 교정하고, 박자를 맞춰 주고.

기초적인 스냅을 제대로 잡을 수 있도록 도와주기 시작했다.

"어, 그거 맞아!"

"이유승, 방금 전 살짝 엇박이었어."

"다영아, 한 번만 더 해 보자."

애들은 난타를 손으로 두들기고, 유민하는 발로 뛰며 가르친다.

정신없이 두리번거리던 유민하의 시선은 다시 신서진에서 멈췄다.

둥. 두두두.

유민하가 별다른 말을 하지 않아도 저 알아서 박자를 타고 있는 모습.

'쟤, 박치야.'

박치라면서.

박치가 아닌데?

"이런 식으로 변형해서 쳐도 되나?"

혼자서 박자 쪼개기까지 들어가서는 자유자재로 북을 가지고 놀고 있다. 날것처럼 느껴지는 비트는 난타에서 흔히 쓰지 않는 것들이라, 처음 배워 보는 것임은 분명한데……

신서진.

"쟤는 진짜 뭐냐……."

지금껏 들어 온 소문과는 조금, 아니, 많이 다른 녀석이라서.

볼 때마다 낯설 뿐이다.

"유민하, 이거 맞아?"

잠시 멍때리고 있었던 유민하가 신서진의 물음에 고개를 확 돌렸다.

실력은 없으면서 거만할 뿐이었던 문제아 신서진이.

쉬지 않고 북채를 두드리며 진지하게 물어 온다.

"조금 더 세게 치는 게 맞으려나? 어떻게 생각해?"

"그러니까… 망치질하듯이 처음 내려칠 때 힘을 실어서 치면 되거든."

쿵.

"이렇게?"

유민하는 대답 대신 고개를 끄덕였다.

사실 안 알려 줘도 될 수준이었다.

자기가 처음 알려 줬을 때부터 혼자 알아서 하고 있었으니까.

이 무대 기획도 그렇고……

지금의 박자감도 그렇고……

"너, 꽤 잘하는구나."

유민하는 가볍게 엄지손가락을 치켜올리며 말을 뺐었다.

어디 가서 듣기도 힘든, 그렇게 희귀하다는 유민하의 칭찬.

나름의 용기를 내어 건넨 칭찬이었다.

그런데.

신서진이 고개를 끄덕이며 받아쳤다.

"너도 잘 가르치더라."

"…응?"

"박자도 잘 타네."

이, 이걸 이렇게?

"노래도 꽤 하더만. 완벽하진 않지만."

신서진의 짧은 칭찬이 더해지자 유민하의 얼굴이 일그러진다.

방금 사족으로 붙인 말은 진짜 재수 없었어.

"…아."

"또 뭐가 문제야?"

칭찬해 줘도 난리다냐.

싸늘하게 식어 가는 유민하의 얼굴에, 신서진은 이해가 안 된다는 듯 되물었다.

유민하는 아랫입술을 꽉 물고선 말을 뱉었다.

"너, 그냥 짜증 나."

이유는 많다.

"잘 가르쳐? 박자도 잘 타? 뭐… 노래도 꽤 해?"

"다 맞는 말이잖아?"

"노래는 꽤 하는 게 아니라, 엄청 잘하는 거지! 너, 이렇게 잘하는 사람 어디서 봤어?"

"많이 봤지."

몇천 년 동안 노래 잘 부르는 인간 하나 못 봤을까 봐.

신서진의 지극히 현실적인 대답에 유민하는 인상을 찡그렸다.

"그럴 리가 없는데?"

"자만은 문제야. 겸손해지도록."

"야!"

결국 언성이 높아진다.

부들부들.

"너… 진짜……."

짜증 나는 이유.

그래, 사실 엄청 많은데.

어찌 보면 하나일지도 모른다.

유민하는 한숨을 내쉬며 머리를 감싸 쥐었다.

"재수 없게 맞는 말만 해서 짜증 나."

*   *   *

오전 9시를 살짝 넘긴 시각.

주영준 선생이 발을 질질 끌면서 음악실 안으로 들어왔다.

임시 C반의 첫 보컬 수업.

재배치고사를 앞두고 개인의 보컬 역량을 일일이 짚어 주는 중요한 시간이었다.

"다들 연습했어?"

주영준 선생은 일렬로 모인 학생들을 힐끗 돌아보고선 물었다.

그와 눈이 제대로 마주친 앞자리의 학생들은 눈치를 살피며 고개를 떨구었다.

'대충 돌아가는 분위기 알겠네.'

첫날부터 느꼈지만, 이 학교 학생들은 대부분 주영준 선생을 무서워한다.

까다로운 성격에 툭툭 뱉어 대는 말투. 어린애들이라면 자연히 어려워할 수밖에 없는 선생 타입이다.

신서진은 허리를 꼿꼿이 편 채 제자리에 서 있었다.

"대답이 왜 없어? 곤란한데. 단체로 다시 C반에서 모이기로 약속이라도 한 거냐? 어, 니들이 무슨 도원결의야?"

"……."

"임시 반장 누구였지?"

"저요……."

임시 반장이랍시고 손을 든 건 앞자리의 최성훈.

'저 녀석이?'

신서진은 사뭇 놀란 얼굴로 미간을 찌푸렸다.

개학 첫날, 주영준 선생의 악담에 정신이 팔려 있어서 몰랐다.

늘 까불거리던 녀석이 잔뜩 눈치를 살피고선 앞으로 나왔다.

한 명을 시범으로 시킬 생각이었던지, 주영준 선생은 고개를 까닥이며 말을 뱉었다.

"어, 그래. 네가 나와서 한번 불러 봐라."

본인 입으로 춤 전공이라 했던 녀석.

밤 늦게까지 난타를 두들기느라 힘들었을 최성훈이 축 처진 어깨로 걸어 나온다.

주영준 선생은 피아노 위에 손을 올린 채 최성훈을 돌아보았다.

"간단히 교가야. 가사 알지?"

"…당연히 까먹었어요."

"아주 자랑스럽게도 말한다. 야, 임시 반장!"

"네?"

"너네 조 선곡 끝났어? 무슨 곡으로 갈 거야?"

"저희 리셉터의 하늘 바다요."

"준비해. 그걸로 간다."

동동.

피아노 건반을 가볍게 두드리자, 최성훈이 긴장한 기색으로 입을 오물거렸다.

보컬 평가에서만 늘 최하위. 유독 박한 평가를 받았던 최성훈이기에, 주영준 선생 앞에서 단독으로 노래 시범을 보이는 것은 죽을 만치 괴로운 일이다.

아니나 다를까.

푸르른 하늘이 바다처럼 느껴졌어

뚝.

첫 소절을 부르자마자 주영준 선생의 반주가 끊겼다.

"다시."

"넵."

푸르른 하늘이 바다처럼……

"거의 뭐 금방 하늘로 승천할 것 같은 발성인데. 1학년 때 누가 그런 식으로 가르쳤어? 최서연 선생이?"

"아뇨……."

"기본부터 틀렸어."

후, 한숨을 내쉰 주영준 선생은 차분히 최성훈의 문제점을 지적하기 시작했다.

말은 차갑게 해도 곡을 보는 시선은 누구보다 예리하다. 기본기가 전혀 잡혀 있지 않는 최성훈의 발성. 보컬을 등한시하느라 생긴 기초적인 문제점들과 몸에 배어 있는 잘못된 호흡법까지.

주영준 선생은 그 자리에서 빠르게 짚어 내고는 최성훈을 돌려보냈다.

"한 명씩 다 볼 거야. 이대로는 C반 못 벗어난다, 니들."

전부는 아니더라도 몇 명이라도 구제하는 것이, 주영준 선생 나름의 목표였다.

그런 좋은 뜻과는 별개로 음악실의 분위기는 싸늘히 얼어붙었다.

주영준 선생은 다음 먹잇감을 찾아 적막이 감도는 음악실을 둘러보았고.

당연히 타깃은 한 사람이었다.

"신서진, 나와 봐라."

첫날부터 스타가 되겠다며 패기 넘치게 주영준 선생의 말을 받아친 맹랑한 학생.

이유는 알 수 없지만 어딘가 달라진 듯한 녀석.

"네, 알겠습니다."

신서진 역시 저를 시킬 줄 알았다는 듯 웃으면서 앞으로 나왔다.

최성훈과 마찬가지로 이번에도 선곡은 리셉터의 〈하늘 바다〉.

신서진은 피아노 옆에 선 채 주영준 선생을 돌아보았다.

"자신 있냐?"

주영준 선생은 신서진을 떠보듯이 물었다.

그 말에 신서진은 고개를 갸웃거리며 답했다.

"자신 없는데요."

"자신이 없어? 패기 넘치게 말할 때는 언제고. 너, 스타 되겠다며."

주영준 선생의 한마디에 뒤편의 학생들이 쿡쿡 웃어 댔다.

하필 포부 넘치는 멘트가 모두의 뇌리에 박힌 탓에, '스타' 두 글자만 나와도 숨이 넘어가라 웃어 댄다.

신서진은 어깨를 으쓱이며 저들의 웃음소리를 받아쳤다.

"그건 이제부터 되려고요. 제가 이미 스타인 건 아니잖아요."

이걸 이렇게 당당하게?

주영준 선생은 기가 찬다는 듯 웃음을 흘리며 말했다.

"그래, 너 하고 싶은 대로 해라."

사실 신서진은 솔직하게 대답했을 뿐이었다.

노래 실력 자체에 자신이 없는 건 아니다.

신의 힘이 깃들어 있는 부드러운 미성의 목소리. 신서진은 시선을 사로잡는 목소리 덕에 어느 정도 먹고 들어가는 부분이 있었다.

다만 그 발성을 현대적으로 해석하는 것이 어려울 뿐.

신서진은 주영준 선생의 한마디, 한마디에 주의를 기울인 채 배워 볼 생각이었다.

주영준 선생 역시 신서진에 온 정신을 기울인 채 건반 위에 손을 얹는다.

디리링.

가볍게 시작하는 피아노 음.

신서진은 그 선율을 따라 자연스레 반주 위로 제 목소리를 얹기 시작했다.

푸르른 하늘이 바다처럼 느껴졌어

〈하늘 바다〉의 경쾌한 첫 소절.

드라이브 느낌이 물씬 나는 노래이니만큼, 시원시원하게 부르는 것이 이 노래의 기본이다.

신서진의 실력은 객관적으로 최성훈 이하. 하지만 첫 소절부터 반주를 멈출 줄 알았던 주영준 선생은 의외의 가창력에 멈칫했다.

끝없이 헤엄치고
쉴 새 없이 날아가도
닿지 않을 것만 같아서
가끔은 두려워

기본적인 발성이 탄탄하다. 입학 시험 당시 제가 직접 평가했던 형편없는 신서진이 맞나 싶을 정도로, 어색하지 않은 호흡이 멜로디를 따라갔다. 주영준 선생은 저도 모르게 미간을 찌푸리며 피아노 건반에 힘을 실었다.

곧바로 독설이 나올 줄 알았던 신서진의 독창.

뒤에서 그 모습을 지켜보고 있던 C반 학생들은 얼빠진 얼굴로 두 눈을 굴렸다.

"……"

그것은 주영준 선생 역시 마찬가지다.

두어 소절을 더 들으며 고개를 까닥이던 주영준 선생은 건반 위에서 손을 떼며 말했다.

"거기까지."

더 듣지 않아도 충분하다.

"많이 늘었네."

많이 늘었다는 표현이 맞을지 모르겠다.

솔직히 경악스러울 정도니까.

"숨이 딸려서 이 정도 곡에는 헐떡거리던 애가 1절을 다 부르고. 발성도 이전보단 훨씬 좋아졌어."

워낙 보컬로 날고 기는 애들이 많으니 상위권의 실력이라 평하긴 애매하다.

하지만, 과거의 신서진과 비교한다면…….

그래, 거의 사람을 바꿔 낀 수준이다.

"조금은 놀랐다."

스타가 되겠다는 헛소리.

학교를 떠난 시간 동안 머리라도 다쳐서 온 줄 알았더니, 입만 살아 있었던 건 아닌 모양이었다.

아무리 좋게 말해도 재능이 있다고는 말할 수 없던 아이.

그리 열심히 하는 녀석이 아니기도 했지만, 해도 안 되는 녀석이라 생각했다.

그런 애가 이 정도의 비약적인 발전을 이루어 내려면 얼마나 피나는 노력을 했을지 안 봐도 뻔했다.

적어도 그 노력에 한해서는 칭찬해 주고 싶었다.

"많이 늘었네. 열심히 연습했나 보군."

"네, 감사합니다!"

아, 그리고.

"하나 짚어 줄 게 있는데."

"네?"

신서진이 생글거리며 자리로 돌아가려던 순간, 주영준 선생이 그를 붙들었다.

열심히 하려 하니 하나라도 더 알려 주고 싶어지는 법.

주영준 선생은 신서진의 노래를 들으며 마음에 걸렸던 부분을 짚었다.

"발성은 네가 독학으로 배운 거냐?"

"네. 그런데요?"

"기본기는 잡혀 있는데, 발성은 조금 다른 방식으로 연습하는 게 좋을 것 같다."

이걸 뭐라 해야 하지…….

"가요보단 성악에 가까운 느낌이야."

주영준 선생의 정확한 지적에 신서진은 두 눈을 끔뻑였다.

리셉터의 〈하늘 바다〉는 밴드곡인 데다 시원시원한 발성으로 부르는 곡이라 그나마 티가 덜 났을 뿐. 짙은 감정선을 요하는 발라드 곡이었다면 방금 전 신서진의 발성의 문제점이 두드러지게 나타났을 것이다.

호흡도 요즘 가요와 달리, 다소 특이하게 쓴다. 한 번에 숨을 많이 끌어와서 터뜨리듯 발성하는 스타일. 어디서 배워 온 건지는 몰라도 성악 쪽으로 빠질 게 아니라면 교정해야 할 필요가 있었다.

"가요를 많이 안 들어서 생긴 문제 같으니까, 지금부터라도 자주 들으면서 발성 다시 연습해 봐라. 일단 수업 시간에 배운 대로 연습. 최대한 지금 몸에 밴 습관은 버리려고 노력해 봐라."

"넵!"

주영준 선생은 피드백을 마치고선 신서진을 돌아보았다.

뭐, 다른 말은 차치하고.

"수고했다."

주영준 선생은 씨익 웃으며 다시 건반 위에 손을 올렸다.

*　　　*　　　*

텅 빈 연습실.

점심 시간에 3층의 연습실에 올라온 신서진은 가볍게 목을 주물거렸다.

목부터 풀고선 바로 연습이다.

오늘 수업 시간에 주영준 선생이 가르쳐 줬던 기초 발성법. 그걸 바로 테스트해 볼 생각으로 연습실을 찾았다.

신서진은 숨을 고르고선 가볍게 말을 뱉었다.

목소리가 시원시원하게 튀어나온다.

"아— 아아."

발음과 발성에 집중해서 반복하라고 알려 준 말이 있었다.

기억도 안 나서 적어 왔다.

아에이오우오아에이.

더럽게 긴 말을 최대한 정확하게, 흔들리지 않고 발성하는 것이 오늘의 연습이었다.

원래는 1학년 때 다 뗐을 만한 내용이었지만, 여전히 발성에 문제가 많은 C반이라 주영준 선생이 다시 한번 수업할 수밖에 없었다. 오히려 신서진에게는 그 점이 다행이었지만 말이다.

신서진은 스케일을 올려 가며 주영준 선생이 알려 준 발성법대로 연습을 시작했다.

가슴은 쫙 펴고, 한 번에 호흡을 끌어서.

천천히 뱉어 내듯이.

"아에이오—우—오아에이—"

우—를 발음할 때쯤 서서히 떨어지는 호흡을 가다듬고, 최대치로 음을 끌어올린다.

탄탄한 음이 몸 안의 길을 따라 부드럽게 치고 올라오는 듯한 느낌.

"아에이오—우—오아에이—"

신서진은 두 어번 호흡을 뱉어내며 조금씩 음을 올리기 시작했다.

당연하지만 고음으로 올라갈수록 써야 하는 호흡도 늘어난다. 폐부를 쥐어짜 내는 듯한 착각마저 들 정도로, 신서진은 할 수 있는 고음의 최대치를 올려 보려 했다.

"잘 올라가네."

정확히 스케일이 어찌 되는지 모르지만, 스스로 만족스러울 수준까지는 올라갔다.

신서진은 고개를 끄덕이며 악보를 한 손에 들었다.

문제는 재배치고사 담당 곡인데…….

"여전히 발성이… 변한 느낌이 아니야."

신서진은 차분히 문제점을 짚었다.

고음은 잘 올라간다. 호흡을 쓰는 데에도 문제는 없다.

하지만, 여전히 가요보단 성악에 더 가깝다는 주영준 선생의 말엔 고개가 끄덕여진다.

K—POP을 들은 경험은 적었으나, 그 차이는 어렴풋이 알 수 있었다.

뭔가 달라.

확실히 다르단 말이지.

신서진은 인상을 찌푸리고선 중얼거렸다.

"어떡하지?"

바쁜 주영준 선생을 허구한 날 붙잡고 일대일 과외를 해 달라 할 수도 없고.

어떻게든 제 선에서 해결해야 할 문제인데.

주변 사람들의 얼굴을 한 명씩 곱씹어 보던 신서진은 작게 탄성을 터뜨렸다.

"아!"

가장 만만한 상대가 하나 떠올랐다.

이 정도는 가르쳐 줄 만한 실력을 지니면서도, 붙잡고 늘어지면 알려 줄 것 같은 사람.

전령의 신의 촉이 말한다.

그런 녀석이 있다고.

신서진의 얼굴에 화색이 돌았다.

"유민하."

얘, 어디 갔지?

＊　　　　　＊　　　　　＊

같은 시각, 유민하는 급식실에서 여유롭게 밥을 먹고 있었다.

유민하의 건너편에는 같은 A반 소속 이유승이 앉아 있다.

안무도 짜야 하고, 난타 연습도 해야 하고. 보컬은 당연히 기본이고.

해야 할 일들이 산더미기에, 점심 시간에도 재배치고사 얘기를 뺴놓을 수가 없었다.

이유승은 수저를 내려놓으며 유민하에게 물었다.

"오늘 연습은 언제 해? 난타장 빌려서 새벽까지 할 거야?"

"안무 연습도 해야 할 것 같지?"

"응. 내가 대강 시안 짜고 있는 중이긴 한데. 아무리 밴드곡이어도 퍼포먼스는 어느 정도……."

안무 시안 방향을 얘기할 생각으로 관자놀이를 꾹꾹 누르고 있던 이유승의 시선이 한 곳에 닿았다.

"쟨 뭐냐?"

이유승이 인상을 찌푸리자, 유민하는 그의 시선이 향한 쪽으로 고개를 돌렸다.

"…신서진?"

흔들흔들─.

신서진이 세상 밝은 얼굴로 손을 흔들고 있다.

유민하는 이유를 알 수 없는 불안감에 목소리를 낮췄다.

"왜 저러는 거야?"

폴짝폴짝!

이젠 아예 봐 달라는 듯 방방 뛰고 있다.

이 시간에 자신을 찾을 이유가 없을 텐데.

역시 불안하다.

"설마, 나 찾는 거 아니지?"

맞다.

"유민하!"

"야, 유민하!"

"유─민하아아─!"

하필이면 발성 연습을 마치고 온 터라 유난히 쩌렁쩌렁한 목소리.

급식실 중앙에서 제 이름이 우렁차게 울려 퍼지자마자.

유민하는 기겁하며 고개를 푹 숙였다.

"미친, 부끄러워."

Chapter. 2

"유… 민… 읍읍!"

후다다닥.

유민하는 급식실 한가운데에서 자신을 애타게 찾고 있는 신서진의 입을 틀어막으며 그를 질질 끌고 왔다.

정말이지 부끄러워 죽는 줄 알았다.

목소리는 왜 이렇게 우렁찬지.

유민하는 아랫입술을 꽉 깨물고선 신서진의 어깨를 밀었다.

"야, 쪽팔리게. 뭘 그렇게 애타게 찾아!"

"네가 필요했으니까. 네가 도와줘야 할 일이 있어서."

"뭐? 이젠 부탁도 당당하게 하네?"

유민하는 기가 막히다는 얼굴로 탄식을 뱉었다.

신서진은 급식실에서 유민하의 이름을 외친 것에 대해 사과했다.

"미안. 전직이 배달… 쪽이라. 일단 냅다 이름부터 부르는 게 습관이 되어서."

"요즘은 배달도 언택트거든?"

"…그쪽은 아니었어."

올림포스에서는 반경 몇 km부터 냅다 부르는 게 국룰이었단 말이다.

그뿐만인가. 늘 직접 발로 뛰었다.

신서진은 전령 배달부로 갈려 나가던 자신의 과거를 회상하며 질색했다.

"역시 때려치우길 잘했지."

"네 알바가 어땠는지 그건 내가 모르겠고. 갑자기 나를 왜 찾은 거야? 연습 때문에? 그건 이따 저녁에 불렀어도 됐잖아."

뭔가 급하니까 급식실까지 찾아와서 이 깽판을 부렸을 텐데.

유민하는 고개를 갸웃거리며 신서진을 올려다보았다.

신서진은 그런 유민하를 향해 망설임 없이 말을 뱉었다.

"연습 중인데, 발성을 해야 할 부분에서 계속 막혀서."

"어……."

사정은 알겠는데…….

유민하는 두 눈을 끔뻑이며 물었다.

"그래서 어쩌라고?"

"알려 달라고."

뭐?

"내가… 너한테?"

"응!"

"뭐, 뭐가 그렇게 당당해?"

"네가 알려 줄 것 같으니까?"

"으… 으응? 누구 맘대로?"

유민하는 놀라울 정도로 뻔뻔한 신서진의 말에 기겁했다.

조별 평가만 있는 것도 아니고 개인 평가까지 있다.

제 연습 하기에도 바쁠 시간에 신서진의 기초 발성까지 잡아 달라니.

서을예고 학생들 중에서 그 정도로 이타적인 사람이 몇이나 있을까.

다들 제 살기 바빠서 남 알려 줄 시간 따위는 없다.

유민하 역시 그건 마찬가지였다.

이미 탄탄하게 잡혀 있는 보컬. 보나마나 상위권인 개인 평가. 다른 학생들보다 여유로운 편인 건 맞지만, 대체 무슨 이유로 신서진에게 시간을 써야 한담?

유민하는 지극히 현실적인 이유로 신서진의 부탁을 거절했다.

"…안 알려 주면 어쩔 수 없지."

유민하의 말에, 신서진은 조금도 아쉽지 않은 얼굴로 조용히 중얼거렸다.

"뭐, 내가 그렇게 조화의 중요성을 강조했던 것 같은데……. 팀에서 나 하나 발성이 특이해도……. 대충 묻어는 가겠지."

응?

"점수가 깎여도 어쩔 수는 없는 노릇이고. 인간이 늘 완벽할 수는 없는 거니까……."

으응?

"바로 스타가 되지 못하더라도 이번 실패를 도약의 발판으로……."

"잠깐만!"

유민하는 신서진이 제 속을 살살 긁고 있다는 걸 알고 있었다.

C반만 탈출하면 되는 신서진과 달리, 자신은 잃을 게 많다.

신서진의 보컬 실력이 어느 정도 수준은 되지만.

만약 마음에 걸리는 발성 문제로 화음에서 삐그덕이 난다면.

그게 점수에 큰 영향을 끼친다면.

곤란하다.

"알려 주면 되잖아."

"역시 배려심 깊은 인간이군. 새로 봤어."

"…네가 협박한 거잖아, 방금!"

"그럴 리가?"

신서진은 영문을 모르겠다는 표정으로 어깨를 으쓱였다.

"나는 그저 너의 호의를 받아들였을 뿐……."

"닥쳐."

"응."

신서진 역시 괜히 유민하의 화를 더 돋워서 좋을 게 없다는 걸 알았기에 생글거리며 입을 닫았다.

그렇다고 이미 분노가 치밀어 오른 것이 쉽게 사라지진 않지만.

이 개자식이, 진짜.

유민하는 주먹을 세게 움켜쥐고선 숨을 골랐다.

이미 질러 버렸으니 한 입으로 두 말을 뱉을 생각은 없었다.

신서진의 말대로 조별 평가를 생각하면 알려 주는 게 맞기도 하고.

물론······.

물론 개열받는 건 다른 문제다.

유민하는 후— 하고 앞머리를 입으로 불어 넘기곤 신서진의
팔을 잡아끌었다.

시간이 넘쳐흐르는 것도 아니고.

점심 시간이라도 짬 내서 해야지.

"따라와, 알려 줄 테니까."

*　　　　*　　　　*

그래서 다시 3층의 연습실로 올라왔다.

혼자 연습한 대로 〈하늘 바다〉의 1절을 불러 본 신서진이 두
눈을 반짝이며 유민하를 돌아본다.

일단은 잘 들었다.

유민하는 피아노 의자에서 다리를 까닥이다 입을 열었다.

"주영준 쌤이 수업 때 네 발성을 지적했다고?"

사실 강당에서 신서진의 보컬을 간단히 들었었다. 그렇기에
어느 정도 발성 스타일이 다르다는 건 짐작하고 있었다. 하지만,
그때의 신서진은 유민하의 발성을 모방하듯 노래를 불렀다.

〈하늘 바다〉를 연습하면서는 아예 다른 발성으로 재해석을
시도했다.

음악을 전문적으로 배운 적이 없는 신서진이기에 의도한 부
분은 아니었고, 본능적인 감에 가까운 판단이었다.

어찌 되었건 앞으로 줄곧 유민하의 발성을 무작정 따라 할 수

는 없으니 옳은 판단이다.

지금쯤이면 신서진 고유의 발성을 어느 정도는 확립해야 할 시기였다.

"왜 성악 같다고 하셨는지는 알 것 같아."

신서진의 장점은 목소리다.

듣고 있으면 사람을 빨려 들어가게 만든다. 거기에 더해 호흡을 많이 끌어 쓰는 기존의 발성이 더해지니…….

굉장히 경건해지고.

두 손을 모아야 할 것 같고.

이 노래를 듣는 것만으로 감사해야 할 것 같고.

또…….

"뭔가 신전에서 부를 것 같은 느낌이 들어."

"…예리한데?"

"응?"

"아니, 아무것도 아니다."

신서진은 머쓱하게 웃으며 말끝을 흐렸다.

유민하는 피아노 앞에 놓인 〈하늘 바다〉 악보를 손에 들었다.

뭔가 끄적이긴 했는지 알 수 없는 낙서들이 있긴 하나, 전체적으로는 깨끗하다.

유민하는 악보를 내려다보며 물었다.

"주영준 쌤이 가요를 많이 들어 보라 하셨댔지?"

"오늘부터 최대한 많이 들어 볼 생각이었어."

"분석하는 방법은 알아?"

"…그런 방법도 있나?"

물론 그냥 들어도 상관은 없지만.

"살면서 가요는 숱하게 들었을 거 아니야. 멍청하게 가만히 듣고 있는다고 그게 도움이 될 것 같아?"

이쪽은 살면서 가요를 들어 보질 못한 편이지만.

태클을 걸기엔 애매해서 고개를 끄덕였다.

"그래서 분석하는 거야."

유민하는 악보를 손가락으로 튕기며 말을 이었다.

이유승은 춤이 전공이니 그쪽에 진심이고, 자신은 보컬 전공이라 노래에 진심이었다.

서울예고의 보컬 1위를 차지한 데에는 타고난 재능 덕분도 있겠지만, 유민하는 한 번도 노력을 소홀히 한 적이 없었다.

주섬주섬.

유민하는 클리어 파일에서 제 악보를 꺼냈다.

신서진과 같이 뽑았던 리셉터의 〈하늘 바다〉 악보였다.

유민하는 제 악보를 신서진의 눈앞에 들이밀고선 웃었다.

"내 악보야. 보여?"

와.

감탄이 절로 나오는 악보였다.

가사 하나하나에 체크된 디테일과 알 수 없는 기호들. 깜지처럼 악보 전체를 뒤덮어 놓은 메모까지. 악보 위로 노력의 흔적이 여실히 보였다.

유민하는 악보를 손으로 가리키며 말했다.

"가장 먼저 노래를 들으면서 호흡을 체크했어."

유민하는 V자 표시로 표시해 둔 부분을 눈짓했다.

"모든 연습에서 기본이 되는 건 원곡이야. 편곡을 하든, 스타일을 바꾸든 그건 같아. 애초에 이 노래를 만들 때 작곡가가 추구했던 방향. 우리는 그 그림을 존중해 주는 거야."

작곡가가 설계해 뒀다면 생각이 있었겠지.

유민하는 그리 생각하기에 악보를 받자마자 호흡을 체크했다.

원곡 가수가 숨을 쉬는 부분, 쉬어 가는 부분.

감정을 실을 때 느껴지는 미세한 호흡까지도 빠짐없이 정리한다.

"그중에 취할 건 취하고, 뺄 건 빼고. 불러 보면서 내 방식대로 가닥을 잡는 거야."

신서진은 호흡의 스타일 역시 성악에 가까웠다.

호흡에 따라 노래의 분위기가 전혀 달라질 수도 있기에 꼭 챙겨 둬야 할 부분이었다.

"예를 들어 여기서 원곡은 호흡을 스타카토처럼 끊어서 처리하거든? 너는 한 번에 다 이어 부르려 하니까 느낌이 다른 거야. 아! 아! 아! 아! 하고 임팩트를 주는 거랑 아! 한 번에 부르는 건 다르잖아? 애초에 세심하게 들었으면 이렇게 부르진 않았을 거야."

노래를 분석하는 법을 몰랐기에 신서진이 서툴렀던 부분을 지적한다.

"호흡을 체크한 다음엔 발성을 체크했어. 가성으로 불렀는지, 흉성으로 불렀는지. 어디서 자연스럽게 흉성에서 가성으로 넘어가는지. 어떻게 부르냐에 따라 느낌이 전혀 달라."

유민하의 빼곡한 악보는 숱한 연습의 결과였다. 원곡을 수십 번은 돌려 가면서 깨달은 내용들이고.

신서진은 단 한마디도 놓치지 않겠다는 듯 유민하의 말에 집중했다.

"그런 식으로 하는 거였군."

"어. 잘 모르겠으면 내 악보 보면서 불러 볼래?"

"줘 봐. 한번 해 볼게."

엄청 틱틱거릴 것처럼 끌고 와 놓고, 막상 연습을 시작하니 최선을 다해 가르친다.

신서진은 그런 유민하가 대견하면서도 고마웠다.

결코 좋다고 말할 수는 없는 사이지만, 그렇다고 싫은 것도 아닌 사이.

당당하게 부탁하긴 했지만, 제 시간을 내어 저를 도와주고 있다는 것쯤 알고 있다.

짝, 유민하는 손뼉을 치고선 박자를 타기 시작했다.

나머지 한 손은 건반 위에 얹고선 반주를 준비한다.

유민하는 벽에 걸린 시계를 힐끗 확인하고선 말을 뱉었다.

"자, 그러면 시작하자."

"알았어."

신서진은 미소를 지으며 악보 위의 메모를 천천히 훑었다.

한없이 진지해진 표정은 노래를 할 준비를 이미 마쳤다.

처음 연습을 시작했을 때만 해도 이러진 않았는데…….

조별 평가에서 1등을 해야 할 이유가 생긴 듯했다.

*   *   *

그렇게 3일 뒤.

그 시간 동안 보컬에만 집중했던 것은 아니다.

장장 3일을 스틱만 잡고 연습했다.

북채가 연필보다 익숙해질 정도로 연습에 진심이었다.

학교엔 북이 없으니, 최성훈이 북채로 교탁을 두들기고 다니다가 주영준 선생에게 걸린 적도 있었다.

어쨌든 다들 열심히 했으니 늘긴 늘었을 터.

오늘은 중간 체크를 위해 유민하가 잡아 둔 난타장에 모이는 날이었다.

매일 올 수 없는 곳이니만큼, 오늘 이유승이 짜 둔 안무와 함께 합을 맞춰야 했다.

이유승은 건물 난간에 기댄 채 유민하와 대화를 나누고 있었다.

"초반에 난타로 리듬을 타고, 바로 춤으로 이어지면 돼. 안무는 미리 연습해 뒀지?"

"응, 거의 다 외웠어."

"동선은 오늘 보면서 맞추면 되니까 상관없겠네. 애들도 다 연습해 왔겠지?"

말이 무섭게 저편에서 최성훈과 이다영이 헐떡거리며 달려왔다.

이유승은 혀를 쯧, 차고선 최성훈에게 물었다.

이다영은 보나마나 제 할 일 알아서 깔끔하게 할 성격이고.

정신없는 최성훈은 조금 걱정되니까.

"연습했지?"

"어? 싹 다 외워 왔어!"

리무진이니 뭐니, 얹혀 가겠다고 그렇게 타령하던 녀석이 나름 연습은 열심히 해 온 듯했다.

이런 쪽의 언행 불일치는 감사하다.

이유승은 고개를 끄덕이며 손목시계를 확인했다.

6시 10분이 넘어간 시각.

약속 시간보다 벌써 10분을 넘겼는데, 코빼기도 안 보이는 사람이 있다.

"야, 신서진은 어디 갔어?"

"어……. 오늘 우리 반 청소가 조금 늦게 끝나긴 했거든?"

그래서 최성훈도 살짝 늦었다.

이유승은 최성훈에 말에 미간을 찌푸리며 되물었다.

"너랑 같이 안 왔어? 데려왔어야지."

"따로 왔지. 전화해 볼까? 아, 근데 나 얘 전화번호 없는데……."

"하, 연습해야 하는데 이게 뭐 하는 거냐. 시간 좀 맞춰서 와라. 하기야 신서진이니까 틈만 나면 이러는……."

이유승이 한숨을 내쉬자, 유민하도 의아한 얼굴로 중얼거렸다.

"그래? 연습 열심히 하길래 늦을 것 같진 않았는데."

자기랑 연습할 때도 시간을 못 맞춘 적은 없었다.

일찌감치 기다려서 먼저 더 연습했던 녀석이지.

불성실하다는 주변의 이미지와는 전혀 다른 모습을 보여 줬었다.

그러니, 유민하는 다른 쪽으로 생각이 들었다.

"무슨 일 생겼나……?"

걱정이 된 유민하가 두 눈을 굴리며 말끝을 흐리던 순간.

"어?"

그녀의 시선에 신서진이 닿았다.

연습장에서 얼마 떨어지지 않은 골목길에서 네 명의 학생들에 둘러싸여 있는 모습. 딱 봐도 껄렁해 보이는 중학생들이 건들거리며 고개를 까닥이고 있다.

나름 코앞에 있긴 했었는데…….

"쟤, 뭐 하고 있는 거야?"

설마.

돈 뜯기냐?

*　　　　　*　　　　　*

껄렁껄렁하게 걸친 추리닝 저지. 신발은 제대로 신지도 않았는지 아예 구겨진 상태고…….

학생은 학생인 것 같은데 교복은 넥타이를 다 풀어 놓고 입었다.

전체적으로 봤을 때 행실이 그리 좋아 보이지는 않는 옷차림.

한쪽 손을 주머니에 꽂아 넣은 한 녀석이 고개를 까닥이며 입을 열었다.

"아, 저희가 버스를 타야 하는데. 돈이 없어서요."

네 명의 남학생.

"……."

신서진은 대답 대신 그들의 교복을 스캔했다.

영우중?

영우중이면 서울예고 근처에 위치한 중학교다. 중학생들이 돈이 없어서 자신에게까지 찾아온 듯한데…….

역시 인간은 겉모습으로 판단해서는 안 된다.

저래 보여도 불쌍한 애들이었던 것이다.

"안됐다……."

"네?"

신서진이 짠하다는 듯 그들을 바라보자, 가운데 선 남학생이 두 눈을 끔뻑였다.

돈 좀 뜯으려니까 그 아련한 눈빛은 뭐야?

당황도 잠시, 녀석은 다시 아까처럼 표정을 바꾸었다. 목소리가 이제는 조금 강압적으로 바뀌었다.

"안타깝죠? 그러니까 적선하는 마음으로다가 버스비 좀 내 주세요."

"야, 공손하게 말하면 안 줘, 요새는."

"조용히 해. 지금 꼬시고 있잖아."

지들끼리 숙덕거리면서 어색하게 웃다가 다시 신서진에게 향하는 시선. 넥타이를 목 한참 아래까지 걸쳐 놓은 녀석이 비릿하게 웃으며 입을 뗐다.

"버스비 만 원인데요. 조금 더 주셔도 돼요."

"…버스비가 만 원이군."

신서진은 큰 사실을 깨달았다는 듯 고개를 끄덕였다.

한국의 물가를 짐작하는 게 어려웠던 터라 이런 얘기를 들으면 되는 대로 머릿속에 집어넣는 편이었다.

좋은 정보를 준 건 감사하지만, 유감스럽게도 돈을 줄 수는 없는 처지다.

올림포스에서 금덩어리라도 몇 개 슥삭 하고 왔으면 좋았을 텐데. 지금은 아무리 뒤져 보아도 돈이 없다.

신서진은 가볍게 쯧, 혀를 차고선 말을 뱉었다.

"근데 없어."

신서진은 텅 빈 주머니를 탈탈 털고선 어깨를 으쓱였다.

"젊었을 때 하는 고생도 나쁘진 않아. 이 기회에 버스 타지 말고 걸어가. 운동도 되고 좋네. 서울에서 부산까진 쉽게 가잖아?"

아, 나는 날아서 쉽게 간 건가?

"부산까지는 힘들지도……."

"…뭐라는 거야?"

"어쨌든 수고해라."

돈이 없어서 불쌍한 녀석들.

자신도 이리 불편한데, 어린 인간들은 얼마나 더 힘들까.

쓰담쓰담.

신서진은 가운데에서 얼빠진 녀석을 향해 머리까지 쓰다듬어 줬고, 당연히 약이 오른 놈들이 가만히 있을 리 없었다.

탁.

뒤늦게 신서진의 손길을 쳐 낸 학생이 싸늘하게 말을 뱉었다.

"이 새끼가 우리를 아예 가지고 노는데?"

"야, 됐어. 가방 벗겨 봐. 털면 나오겠지."

"아이 씨……. 좋게 말하면 만 원 정도는 줄 수 있잖아?"

네 명의 학생들이 욕설을 뱉으며 주위를 둘러싸자, 신서진은 두 눈을 끔뻑였다.

음?

버스비가 부족한 가엾은 중학생들인 줄 알았건만.

'…공갈?'

아주 몹쓸 녀석들이었다.

욕을 말끝까지 없던 어린 놈 하나가 조소를 머금은 채 말을 던졌다.

"서을예고니까 돈 많겠네. 왜 없는 척을 할까."

"형, 무슨 과예요? 실음과? 아니면 연영과? 우리 형이 거기 다니는데…… 신서진이라. 2학년 같은데 형한테 이를까?"

"야, 학교 생활은 편하게 하게 해 드려. 돈만 조금 주시면 돼요. 버스비로 쓸 거라서."

"택시비로 할 거야, 새끼야."

이것들을 어떻게 조져 놓을까.

제 앞에서 건방지게 조잘대는 것들을 천천히 둘러본 신서진은 미간을 찌푸렸다.

어린애들이라 그런지 이런 상황에서도 허점이 보인다.

신서진은 한숨을 내쉬며 입을 때었다.

"기본들이 안 되어 있네."

남의 물건을 슥삭, 한 적은 많지만 거기엔 나름의 철칙이 있다.

지극히 고리타분하고도 뻔한 조언일 수 있으나…….

"남의 돈이 탐이 날 땐 말이야……."

"뭐? 참으라고? 양심은 갖추라고?"

아니, 그런 게 아니다.

"안 들키게, 슥삭."

"응?"

"상대가 모르게 빼돌리는 거다."

대놓고 다가오면 누가 내주겠나.

"…그럼 누구부터 맞을래?"

"시발. 혼자서 무슨 허세야."

"형, 학교에서 언어터지고 다닐 것 같은데요?"

진지한 경고에도 말을 듣지 않는 녀석들.

"너부터 가자."

이놈이 가장 까불거리던데.

신서진의 시선이 센터에 선 녀석을 향해 멈추었고.

그 타이밍에 그를 발견한 건 유민하였다.

"야, 신서진!"

"어?"

"미친. 서울예고 또 떴다."

새로운 목소리의 등장에 네 명의 학생들은 놀란 얼굴로 고개를 돌렸다. 유민하 옆에서 나란히 따라오는 신서진의 조원들.

그중에서도 가죽 재킷을 걸친 채 어기적어기적 걸어오는 이유승을 발견한 순간…….

"……."

다들 일제히 입을 닥쳤다.

"무슨 일이야?"

이유승은 신서진의 가방끈을 잡아당기고 있는 한 남학생을 돌아보았다. 초록색 명찰에 박혀 있는 이름 석 자를 확인했다.

강하원.

모르는 애였지만, 녀석은 자신을 알고 있는 것 같았다.

"이유승……. 저 형, 싸움 존나 잘하지 않아?"

'나는 싸웠던 적이 없는데?'

이유승은 강하원의 중얼거림에 고개를 갸웃거렸으나, 이미 안색이 하얗게 질린 놈들은 튈 준비를 하고 있었다. 신서진이 손을 봐 주기도 전이었다.

확실히 웃지 않는 이유승의 인상은 냉랭하기 그지없다.

튀려던 놈들은 기어코 발을 빼기 시작했다.

"야, 튀어! 겁나 무서운 형이잖아."

강하원의 외침을 신호 삼아 나머지 세 녀석이 후다다닥 뒤로 달렸다.

꽁무니 빠져라 달려가는 뒷모습.

"이걸 도망가?"

"야, 너 쟤네 몇 번 때렸어?"

"아니, 오늘 처음 보는데……."

"골 때리네, 요즘 중딩들이란."

유민하와 이유승은 혀를 차며 뒷모습을 지켜보았고, 신서진 역시 의아한 얼굴로 우두커니 서 있었다. 그런 신서진을 발견한 유민하가 한숨을 내쉬었다.

"너는 중학생한테도 돈을 뜯기냐?"

"안 뜯겼는데?"

"방금 뜯길 뻔했잖아! 얼마나 만만히 봤으면……!"

"싸우면 내가 이긴다."

"허세는 진짜……."

허세가 아니라 전부 사실이나, 유민하는 믿기 힘들어하는 눈치다.

신서진은 고개를 돌려 이유승에게 물었다.

"근데 버스비가 만 원인가?"

"넌 또 갑자기 무슨 개소리야?"

"…사기당했네. 쯧, 못돼 먹은 인간들이 많아."

어쩐지 눈빛들이 싸하더라.

자신을 이상하다는 듯 돌아보는 이유승의 시선을 받아치며 신서진은 발걸음을 재촉했다.

버스비고 나발이고, 지금 그게 중요한 게 아니다.

"연습하러 가자."

＊　　　　＊　　　　＊

지난번과 같이 어두운 조명으로 반기는 난타장.

신서진은 연습 때문에 조금은 닳아 버린 북채를 손에 쥐었다.

유민하는 가볍게 손뼉을 치고선 말을 뱉었다.

"다들 어느 정도 연습해 왔으니까 바로 노래랑 같이 간다? 노래도 부를 수 있으면 일단 불러!"

"접수!"

"시작하자!"

신서진은 대답 대신 북채를 빤히 내려다보았다.

기본적으로 현을 다루는 악기에 자신이 있었지만.

이런 식으로 두드리는 악기는 제법 낯설었다.

하지만, 그래서 더욱 끌렸다.

유민하가 스피커에 핸드폰을 연결하고 노래를 틀 준비를 마쳤다.

이제 정말 시작하겠다는 손짓.

다들 황급히 자리를 잡는다.

쾅쾅.

지난 3일을 내리 이 북채만 잡았다.

이제 이걸로 눈앞의 북을 두드리기만 하면 된다.

"다들 집중해!"

가장 중요한 첫마디.

하나, 둘, 셋.

유민하의 싸인과 함께 부드러운 목소리가 흘러나온다.

푸르른 하늘이 바다처럼 느껴졌어

그 품에 안겨 하루를 자고 싶었어

믿고 듣는 보컬다운 맑은 목소리.

생각보다 괜찮은데, 싫었던 목소리가 그새 많이 달라져 있었다.

그러니까, 한마디로 말해서…….

좋다.

이 록 사운드와 생각보다 너무 잘 어울려서.

신서진은 저도 모르게 넋을 놓을 뻔했으나.

화려한 난타 소리가 정신을 깨웠다.

설레는 내 마음이

파도처럼 요동치고 있어

쾅쾅쾅.

파도처럼 요동치는 묵직한 타격음.

심장을 때리듯 절묘하게 파고드는 리듬에 어느새 몸을 맡기게 됐다.

신서진은 북채로 난타를 힘차게 두들겼다.

강. 약약약.

박자에 맞춰서 더해지는 타격음. 여러 리듬을 조화시켜 노래의 기본 틀을 만든다. 드럼 대신 이 곡을 빛내기 위해 준비한 난타.

실제로도 비슷한 역할을 소화하고 있었다.

눈부신 네 모습이
햇살처럼 빛나고 있어

유민하와 연습했던 파트.

신서진은 악보에 빼곡히 체크해 두었던 발성과 호흡을 기억했다.

여기선 어떻게 불러야 할지. 혀의 위치는 어디쯤 두어야 할지. 숨은 어느 부분에서 들이쉬고 내쉬어야 할지.

그런 것들을 의식하는 것 자체가 처음엔 어려운 일이었으나, 지금은 어렴풋이 머리로 그릴 수 있게 되었다.

신서진은 머릿속의 그림대로 제 파트를 소화해 냈다.

시원시원하면서도 깔끔한 보컬. 청량한 밴드곡과 잘 어울리는 깨끗한 목소리.

이번에는 제법 마음에 들었다.

신서진은 북을 두드리며 가볍게 웃었다.

처음에는 애들 장난이라고 생각했는데.

그저 이곳에서 살아남아 A반에 가고.

데뷔해서 평안한 노년을 즐기는 게 목표였을 뿐인데.

뭘까, 이 감정은.

쿵쿵.

인간처럼 심장이 빠르게 뛰기 시작했다.

두려움인가, 떨림인가.

아니, 설렘이었다.

왼편에서부터 때리는 이유승의 난타 소리가 자연스레 최성훈에게 전달되고, 노래를 부르고 있는 이다영에게까지 이어진다.

마치 물결처럼 흘러내리는 완벽한 조화.

이 무대를 처음 구상했을 때, 유민하가 그렸던 장면이 바로 이거였을까. 유민하의 두 눈이 신서진을 보며 반짝이기 시작했다.

그것도 잠시.

빠르게 몰아치는 리듬.

그 와중에도 쉴 새 없이 무대를 흔드는 우리.

너 나 할 것 없이, 북채를 내려놓고 앞으로 향했다.

끝없이 헤엄치고
쉴 새 없이 날아가도
닿지 않을 것만 같아서
가끔은 두려워

가벼운 안무일 뿐이었지만, 뜨거운 떨림 때문일까.

숨이 빠르게 차올랐다.

신서진은 마이크를 손에 쥐고서 허공을 향해 싱긋 웃어 보였다.

그래도 달리고 싶어

바다 같은 저 하늘을

마지막 소절이 그의 입에서 힘차게 흘러나왔다.

과하지도 약하지도 않은, 적당한 흐름으로.

그리고.

알 수 있었다.

방금 전, 그들의 첫 번째 합은 꽤나 근사했다는 것을.

아니, 이 정도면 꽤 완벽했다는 것을.

"……."

그 여운에, 단체로 마치 짠 것처럼 조용해졌다.

두근거리는 리듬이 주는 여운이 자꾸만 심장을 때리고 있었으니까.

"어우… 야!"

그 숨 막히는 정적을 깨고 최성훈이 먼저 탄성을 터뜨렸다.

"우와아아! 우리 대박인데?"

"…방금 뭐야?"

"꺄아아악!"

그제야 너 나 할 거 없이 달려들어 내뱉는 환호성.

유민하는 주먹을 꽉 쥐며 소리를 내질렀다.

"하이 파이브!"

"이거지, 그래!"

짝.

정신없이 서로를 마주 보며 하이 파이브를 하던 순간.

신서진은 유민하와 마주 서고는 멈칫했다.

"……!"

"아."

머쓱.

유민하가 어색한 얼굴로 손을 내렸다.

아무 생각 없이 신서진과 하이 파이브를 하려던 게 여간 자존심 상한 게 아닌 기색이다.

"크흠."

헛기침을 하며 뒤로 물러서 버린다.

그렇게 가 버리나 싶었는데.

어라?

갑자기 제 주먹에 손가락을 톡 부딪힌다.

한국식 인사법인가.

신박한데?

"…이건 뭐냐?"

"파이팅이라고."

어깨를 으쓱이며 냉랭하게 돌아서는 저 성질머리.

"저건 또 뭐야, 밍밍하게."

피식, 절로 웃음이 나왔다.

*   *   *

연습의 여운은 상당했다. 밤을 새겠다는 각오로 쉼 없이 이어 졌던 연습.

다들 녹초가 되어서야 기숙사에 돌아갔고, 다음 날 아침까지 도 반쯤 기절해 있었다.

그렇게 점심시간.

신서진은 같은 반인 최성훈과 함께 1층 급식실로 향했다.

수업 시간 내내 자고 있던 녀석의 눈빛에도 다시 총기가 돌기 시작했다.

"와, 생각해 보니 수요일이잖아? 오늘 메뉴 뭐지?"

"치킨 마요, 라고 써 있네. 그건… 무슨 마요일까."

"뭐? 치킨 마요? 진짜?"

최성훈은 메뉴를 확인하자마자 신나서 앞으로 뛰어갔다.

"야, 따라와! 빨리 받아야 해, 이런 건!"

늦게 오면 조금밖에 못 받는다며 재촉하는 최성훈.

뒤처지고 싶진 않아서 애들을 따라 종종걸음으로 줄을 섰다.

"치킨 마요라……."

신서진은 메뉴의 이름을 입안에서 굴렸다.

늘 낯선 메뉴가 기다리고 있지만, 일주일 동안 급식을 먹어 보고 알았다.

괜히 이 나라의 학생들을 급식이라고 부르는 게 아님을.

바로, 10대의 대표 메뉴 그 자체.

음식을 받고 자리에 앉자마자, 신서진은 고귀한 급식을 내려다 보며 나직이 감탄했다.

"와."

입에 닿기만 해도 스르륵 넘어가는 훌륭한 과일주스와.

오늘의 메인, 치킨 마요 덮밥.

윤기 나는 마요네즈 소스가 양념된 치킨 덮밥을 이불처럼 포근히 덮고 있다. 급식실의 조명에 빛나서인지 유독 반지르르해 보이는 때깔. 벌써부터 군침이 도는 비주얼이다.

슥슥.

밥을 고루 섞은 뒤 한입에 크게 밀어 넣으면……

"역시 나는 행복한 급식충이야."

"…뭐?"

진심 어린 한마디를 던졌을 뿐인데, 최성훈 이 자식이 왜 불편하게 돌아보고 있는 걸까.

신서진이 두 눈을 끔뻑이자 달갑지 않은 말이 돌아왔다.

"진짜 미친놈인가?"

"밥이 안 당겨?"

"그런 이상한 말은 어디서 배웠냐."

"인터넷에서."

오물오물.

요새 애들은 쓰는 말이 너무 어려워서 하나하나 다 찾아봐야 했다.

대충 훑어만 보긴 했지만, 이럴 때 쓰는 말이 맞겠지 뭐.

할 말이 있다는 듯 빤히 이쪽을 쳐다보고 있는 최성훈을 무시하고, 신서진은 기름진 치킨을 천천히 음미했다.

간이 짭짤하니 절로 침이 고이는 맛이다.

이리도 훌륭한 음식을 자기네들끼리 먹었다니.

신서진은 올림포스에도 MSG 가득한 식사를 도입해야 한다고 생각하다가…….

'그거 배달은 내가 하나?'

다시 울적해졌다.

그래, 역시 남이 만들어 준 거 먹는 게 최고지.

신서진은 마요 소스가 잘 비벼진 덮밥을 한입 크게 입에 넣고선 말했다.

"혈관 막히는 맛이 일품이네."

그렇게 옹기종기 모여 앉아 MSG 가득한 식사를 평화롭게 즐길 무렵이었다.

웬 불청객 하나가 끼어들었다.

*   *   *

"야, 유민하."

길쭉하니 얍삽하게 생긴 낯선 얼굴.

신서진은 시선을 내려 명함을 확인했다.

이영상.

그제야 저 친구의 이름이 떠올랐다.

강당에 있을 때 얼핏 들은 이름이었던 거 같은데.

"왜?"

유민하와는 같은 A반이다.

보컬 주력인 그녀와 달리, 이쪽은 이유승처럼 퍼포먼스 쪽.

다만 아쉬운 점이 있다면 만년 2등이라는 점이랄까.

신서진은 가만히 치킨을 오물거리며 며칠 전의 기억을 끄집어 냈다.

'유민하, 이유승 팀에 신서진 들어갔더라. 이길 만하지 않냐, 이번엔?'

'이야, 그 1급수에 미꾸라지가 기어 들어간 거야? 그럼 해 볼 만하지.'

'내가 반드시 이유승 그 자식, 이번엔 미끄러뜨린다.'

맞아, 그랬었지.

선명히 대화의 내용을 기억해 내자, 눈앞의 길쭉이가 그닥 달 갑게 느껴지질 않았다.

아까부터 은근히 저를 향하는 시선도 그랬고.

"연습은 잘돼 가? 옆에 있는 친구들이 같은 조?"

힐끗.

신서진과 최성훈, 이다영을 천천히 훑는 기분 나쁜 눈길.

유민하는 신경질적인 목소리로 말을 뱉었다.

"어, 그런데? 이건 뭐야, 염탐?"

"아이, 말이 섭하네. 관심이지, 관심."

껄껄.

이영상은 어린애답지 않은 능글맞은 웃음으로 유민하의 옆자 리에 앉았다. 유승은 그런 이영상을 은근히 쏘아보았다.

"너네 죽인다더라, 라인업?"

"뭐?"

"…진짜 죽이긴 하네."

이번에도 눈빛이 자신을 향한다.

하, 신서진.

대체 이 몸은 얼마나 동네북이었던 거냐.

입안에서 달달하게 맴돌던 치킨 마요가 퍽퍽하게 느껴지는 순간이었다.

탁.

수저를 내려놓은 유민하가 살벌한 눈빛으로 이영상을 노려봤다.

"그게 다야?"

"뭐?"

"유승이랑 한판 붙고 싶으면 둘이 나가서 싸워. 괜히 나 사이에 두고 말 전하지 말고."

막상 이유승을 그렇게 싫어하면서도 면전에서는 아무 말도 못 한단 말이지.

그 비겁함을 지적하는 유민하의 한마디에 이영상의 얼굴이 붉어졌다.

"하, 그런 거 아니야."

애써 웃어 보이는 얼굴이 어째 부자연스럽다.

아니긴 뭐가 아니야.

정확히 맞아 들어간 거 같은데.

신서진은 속으로 혀를 차고선 덮밥을 한입 밀어 넣었다.

지금 급식실의 분위기는 싸늘하기 그지없었다.

신서진의 왼편에 앉아 있던 이유승의 시선 역시 아까와는 비교도 안 될 정도로 따가워졌다.

정상들의 기 싸움.

신서진은 피곤하기만 할 뿐이었다.

'치킨 마요 덮밥이나 마저 먹어야겠다.'

별생각 없이 밥 한 숟가락을 퍼먹으려는데.

이영상이 뜻밖의 도발을 던졌다.

"할 말은 따로 있었거든."

"무슨 말?"

"우리 조 연습하는 거 보러 올래? 점심시간 끝나고."

10초가량 이어진 정적.

제대로 된 도전장에 유민하는 잠시 멈칫했다.

하지만, 그것도 잠시.

자존심이 상했는지 날이 선 한마디가 튀어나왔다.

"됐어, 필요 없거든."

상대의 전력을 알 수 있는 기회다.

궁금했겠지. 하지만, 덥석 받아먹자니 체면이 안 서고.

"진짜?"

저렇게 빤히 보이는 수에 걸려들 필요 없다.

그렇게 판단했는지 마저 숟가락을 드는 유민하였지만.

그건 A반 1등의 입장이지, 신서진은 아니었다.

저렇게 대놓고 무시하는데.

그래, 그 실력 궁금하긴 하네.

"난 보러 갈게."

휙.

동시에 신서진을 향하는 부담스러운 시선들.

유민하의 얼굴이 팍 구겨진다.

'미쳤나 봐, 네가 거기서 왜 나서.'

그렇게 말하는 눈빛이 역력하다.

하지만, 신서진은 싱긋 웃으며 유민하를 돌아보았다.

이건 아폴론의 조언 때문이다.

'야, 너두 인싸 될 수 있어'의 10번째 장, 첫 페이지.

오래전부터 동아시아에서 전해져 내려오는 말이 있단다.

적을 알고 나를 알아야 싸움에서 이길 수 있다던가.

"자포자기면 백전백승이래."

"……?"

꽉.

신서진은 자리에서 일어나 이영상을 빤히 내려다보았다.

제대로 물이라도 먹은 얼굴로 천천히 고개를 끄덕이는 길쭉이.

"그… 자포자기할 거냐."

"그야 당연한 말을."

악수를 내밀며 길쭉이의 손을 꽉 쥐었다.

어색한 미소가 그의 입가에 걸렸다.

맞지?

싱긋 웃으며 유민하를 돌아보자.

선분홍색 입술이 작게 중얼거린다.

"뭐야, 저 당당한 등신은."

*　　　　　*　　　　　*

"…지피지기였군."

아폴론 이 등신 새끼.

인세에 온 지 겨우 몇 년 된 녀석한테 제대로 된 통역을 바라는 것이 잘못되었다.

뜻밖에 멍청이가 된 것에 짧은 탄식을 터뜨리며 옆에 붙어 있는 최성훈의 어깨를 토닥였다.

"아까 내가 많이 멍청해 보이지 않았나? 실수였다, 실수."

"너는 원래도……."

그 입은 닥치고.

신서진은 지팡이로 머리를 때려 놓고 싶은 마음을 억누르며 유리문을 나섰다.

벌써부터 학교 뒷마당은 북적북적하다.

"대박, 오늘 여기서 2학년 공연해?"

"갑자기? 원래 매주 목요일에 하는 거 아니었어?"

"실음과래?"

"응, 그렇대. 실음과 2학년이라던데?"

조잘조잘.

신서진은 여자애들의 수다를 들으며, 교복 입은 학생들이 몰려 있는 곳을 비집고 들어섰다.

커다란 돌이 뒤편을 단단히 받치고 있는 조그마한 소극장.

점심시간 끝나고 보여 주겠다는 무대를 여기서 한다는 소리였나.

유민하와 이유승은 아까부터 줄곧 냉랭한 얼굴이다.

만년 2등이었던 이영상의 도발이 여간 언짢은 게 아닌 모양.

"어, 왔네?"

길쭉이가 생글거리며 이쪽을 향해 손을 흔들었다.

"C반 애들도 데리고 왔네?"

덧붙이는 말은 더 가관이다.

별생각 없는 최성훈은 해맑게 고개를 끄덕이고 있었지만, 신서진은 아니었다. 처음 서울예고에 입학했을 때야 C반이니 무시해도 못 알아먹었지만.

이제는 알고 있다.

같잖은 우월감에서 나오는 지적이라는 것을.

묘하게 일그러지는 신서진의 표정을 확인한 유민하가 차갑게 말을 더한다.

"깝칠 거면 실력 보여 주고 깝쳐."

역시 이런 상황에서 빛을 발한다, 저 성질머리.

능글맞게 웃어 대던 길쭉이도 흠칫하며 손사래를 쳤다.

"왜 그래, 무섭게."

"보여 줘 봐, 어디 한번."

1학년들이야 깜짝 공연인가 싶어서 몰려든 거 같지만.

2학년들은 아니었다.

"쟤네 재배치고사 곡 오픈하는 거야?"

"에이, 설마."

"이렇게 공개적으로?"

"글쎄, 미리보기 아닐까."

저마다 상대 팀을 스캔하느라 정신이 없다.

이번 반배치고사의 총 12팀 중에서 세 팀만 가산점을 받고.

우승한 한 팀만 전원 A반 자동 배정이니까.

이 자리에 있는 모두가 간절한 것이다.

사실상 상위 세 팀이 A반을 독식하는 것이나 다름없으니까.

덕분에 이곳은 평화로워 보이는 전쟁터가 됐다.

"자, 안녕하세요. 여러분."

그 시선을 의식한 길쭉이가 웃으면서 마이크를 들었다.

"저희는 실음과 2학년 3조입니다."

"와아아아!"

특강을 들으러 학교에 왔을 뿐이었던 1학년들은 계 탔다는 듯 비명을 질러 댔고, 이영상은 익숙한 환호성에 손을 들어 보이며 화답했다.

"오늘 날씨가 참 좋죠?"

"네에에!"

"이렇게 푸른 하늘을 보니 떠오르는 노래가 있어서, 학우분들과 나누고 싶어지더라고요."

"꺄아아아!"

"들려줘! 들려줘! 들려줘!"

아까부터 뒤편의 움직임이 여간 부산스러운 게 아니다.

맨 뒤의 남자애는 드럼을 세팅하고 있고, 일렉기타를 손에 쥔 애들도 음을 조율하느라 정신이 없다.

의외의 광경에 이다영은 나직이 말을 뱉었다.

"쟤네… 밴드 하나 봐."

기어 들어갈 듯한 작은 목소리지만.

놀란 눈빛은 고스란히 신서진에게 전달되었다.

"그러게."

퍼포먼스가 중요하다고 유민하가 하도 강조해서.

저 친구들도 퍼포먼스를 들고 올 줄 알았더만.

"쟤네는 저게 키인가 보지."

튀기 위한 악기.

뭐, 아직까진 나쁘지 않다.

신서진은 흥미로운 눈길로 길쭉이를 응시했다.

"도전곡을 보여 주려나."

"과연……. 쟤네는 무슨 곡일까?"

"여기서 도전곡 오픈하는 건 진짜 멍청한 짓인데."

유민하와 이유승은 달갑지 않다는 듯 말을 얹었다.

그렇게 투덜거리며 저들의 무대를 지켜보고 있던,

바로 그 순간.

그의 입이 벌어지며 예상치 못했던 한마디가 튀어나왔다.

"딱 이 순간과 같은 노래죠."

"……."

"리셉터의 하늘 바다. 들려 드리겠습니다."

이런 식의 도발이었어?

허억.

최성훈의 입에서 짧은 탄식이 흘러나왔다.

다른 친구들의 표정은 볼 것도 없었다.

"하… 하늘 바다를 한다고?"

연습하는 우리 모습을 본 건지, 어디서 주워 들은 건지는 몰라도.

우리 곡을 전해 듣고 원 펀치를 날리는 게 분명했다.

우리 무대는 이랬는데.

너네는 어떻게 보여 줄 거야?

이미 한번 무대를 보여 준 만큼.

학우들의 기대는 낮아질 수밖에 없었다.

그것도 같은 곡이라면.

멘탈을 흔들기 위한 완벽한 계획.

이유승과 유민하의 얼굴이 동시에 구겨졌다.

"…비겁한데."

신서진은 싸늘한 눈빛으로 길쭉이를 쏘아보았다.

*　　　　*　　　　*

이영상 팀의 무기가 밴드는 맞는 듯했다.

급하게 합을 맞췄다기엔 제법 그럴싸한 무대였으니까.

"꺄아아아!"

퍼포먼스 위주라더니만 제법 화음도 잘 넣는다.

관객들의 호응을 불러일으키기엔 충분한 무대였다.

록 장르의 노래다 보니, 풍부한 밴드 사운드가 어우러지자 꽤 유쾌하게 다가왔다.

경쟁자의 무대만 아니었다면 함께 콧노래를 흥얼거렸을지도 모르는 일이었다.

"와, 미쳤는데?"

"우승 후보 납셨네. 장난 아니다."

길쭉이가 쏘아 올린 작은 공은 제법 큰 파급력을 가져왔다.

처음에는 무대를 칭찬하던 2학년들의 시선이 이내 이쪽에 쏠리기 시작했으니까.

수군대는 말들이 귓가를 때렸다.

"야, 근데 있잖아. 저거 유민하 팀 노래 아니야?"

"하늘 바다?"

"맞을… 걸? 표정 봐 봐, 완전 썩은 거 같은데."

그랬다.

잘근잘근.

유민하는 분이 풀리지 않는다는 얼굴로 아랫입술을 씹어 대고 있었다.

저기, 그러다가 피 날 거 같은데.

"여러분, 어땠어요?"

"너무 좋아요!"

"와아아아!"

대놓고 우리 팀의 멘탈을 흔들기 위한 노골적인 공격.

오늘 합만 맞춰 보지 않았어도 저 공격에 홀딱 넘어가 버렸을지도 모른다.

하지만, 지금은 아니었다.

신서진은 피식 웃음을 흘리며 이영상을 바라봤다.

"별것도 없네."

뭐, 근사했다.

하지만, 그래 봤자 그 정도일뿐.

자신들이 만들어 냈던 연습 무대가 쿵쿵 심장을 울려 댔다면, 이건 그 근처에도 닿지 못했다.

그런데, 얘는 왜 이리 화나 있는 거야.

신서진은 씩씩대는 유민하를 향해 넌지시 말을 던졌다.

"설마 밀렸다고 생각하는 건 아니지?"

제 한마디에 싸늘한 대답이 돌아온다.

"그럴 리가 있나."

그럼 그렇지.

이래야 그 성질머리지.

후.

앞머리를 바람으로 불어 버린 유민하는 나직이 말을 뱉었다.

"겨우 이 정도 실력으로 나댄 게 같잖아서."

"그래?"

빤히 이쪽을 돌아보는 유민하.

신서진은 싱긋 웃으며 어깨를 으쓱였다.

"그럼 내가 보여 줄까?"

"어… 어어?"

이건 좀 무서운 말이었나.

자신만만하던 유민하의 얼굴이 순식간에 사색이 되었다.

"왜… 굳이… 갑자기… 그런 짓을?"

"보여 줄게."

"야, 너 대체 뭐를 하려고!"

"……."

"야! 야… 신서진!"

뒤늦게 말리려는 유민하의 눈길을 무시하고.

저벅저벅.

신서진은 당당히 무대 위로 걸어 나갔다.

순식간이었다.

무대를 둘러싸고 있던 학생들의 시선이 일제히 이쪽으로 쏠렸다.

"…뭐야?"

"신서진?"

"C반 신서진이 왜 저기 있⋯ 냐?"

신서진을 은근히 무시하는 시선.

대놓고 무시하는 시선.

급기야 경멸하는 시선들을 지나쳐.

획ㅡ.

그는 능글맞은 길쭉이가 쥐고 있던 마이크를 뺏어 들었다.

길쭉이가 인상을 찌푸리며 날이 선 말을 뱉었다.

"야, 너 뭐 하는 짓이야."

"무대 끝났잖아."

"그, 그런데?"

신서진은 당당히 이 자리에 모인 학생들을 천천히 돌아보았다.

수군수군.

신서진의 등장으로 크게 술렁이기 시작한 학생들.

지금 무대를 해야 하는데 이렇게 소란스러우면 곤란하다.

일단 정리부터 해야 할 필요가 있겠다.

"야."

신서진은 사태 파악도 못 한 채 멍하니 서 있는 멍청한 녀석을 향해 말을 뱉었다.

"그럼 꺼져."

"어⋯ 어엉?"

"나 무대 해야 하니까."

보여 주면 된다.

실력으로 확실하게.

　　　　　*　　　　　　*　　　　　　*

　신서진은 돌로 된 발판 위에 올라섰다.

　마이크를 손에 쥔 채 자신을 뚫어져라 향하는 불편한 시선들
을 훑었다.

　소근소근.

　조용히 말해도 다 들린다.

　"쟤가 돌았나?"

　입가에 조소를 머금은 채 비웃는 눈빛.

　비단 3조 싸가지들만이 아니다.

　이전의 신서진이 어떤 인생을 살아왔는지 세세히는 몰라도.

　전교생이 싸늘한 시선으로 이쪽을 보고 있으니 감이 잡힌다.

　"C반 신서진 맞지?"

　"맞잖아. 민폐지, 민폐. 천하의 유민하가 얼마나 속 터질까?"

　"어후."

　"그래도 저렇게 나서는 애는 아니지 않았냐."

　"휴학하고 돌아와서 미쳤나 보지."

　"…실력도 안 되는 게."

　이 갑갑한 시선들 속에서 어떻게 무시당해 왔는지.

　이 몸의 억울함을 풀어 주기 위해서라도, 오늘 그는 전력을 다
할 생각이었다.

　똑바로 지켜봐.

　다신 그 소리 나불대지 못하게 해 줄 테니까.

하나하나 신경 쓰는 대신, 신서진은 단호하게 마이크를 잡았다.

"반주 좀."

한마디를 던지니 기타 치던 녀석이 어이 없다는 듯 피식 웃었다.

급기야 드럼 채를 쥐고 있던 놈은 고개를 갸우뚱하며 독설을 날렸다.

"명령하는 거야? 돌았구나?"

"부탁하는 거지. 협박에 가깝겠지만."

"허……?"

드럼채를 쥔 놈이 인상을 찌푸리며, 이영상이 대수롭지 않다는 듯 말을 얹었다.

"야, 그냥 해 줘. 어차피 망할 텐데."

"아이 씨. 더럽게 귀찮게 구네."

못 이기는 척 기타를 잡은 3조 녀석들.

신서진은 그쪽을 흘깃 돌아보며 확인했다.

음은 정확하고, 방금 무대를 마친 터라 조율도 완벽하다.

디리링.

그들의 손끝에서 리셉터의 하늘 바다가 다시 흘러나온다.

걱정했던 것과는 다르게 제법 수준급의 반주다.

신서진은 고개를 까닥이며 싱긋 웃었다.

가벼운 기타 멜로디에 드럼 소리가 얹어진다.

발을 구르며 리듬에 몸을 맡기기 시작했다.

난타 버전으로 바꿨을 때도 죽였지만, 뭐, 이 버전도 나쁘진 않다.

"……."

살벌하게 노려보고 있는 유민하에게 싱긋 웃어 주고.

신서진은 마침내 천천히 입을 뗐다.

리라를 들고 무수한 요정들을 현혹하던 그때처럼.

연습 때와는 달리 목소리에 힘을 실었다.

푸르른 하늘이 바다처럼 느껴졌어

그 품에 안겨 하루를 자고 싶었어

묵직하면서도 부드럽게 흘러나오는 첫 소절.

"……!"

비웃음을 머금고 있던 학생들의 표정이 멍해진다.

구석에 서 있던 이영상은 믿기지 않는다는 듯 두 눈을 끔뻑였다.

그럴 리가 없는데.

신서진의 실력이야 익히 봐 왔는데.

"뭐야?"

설레는 내 마음이

파도처럼 요동치고 있어

잔잔한 호수에 돌 하나를 던진 것처럼.

짧지만 엄청난 파장을 가져올 3분 47초의 노래.

신서진은 마이크를 조심스레 움켜쥐고선 탄탄한 발성을 내질렀다.

이곳에서 먹히는 음악이 어떤 건지.

그는 아직 정확히 몰랐다.

하지만.

음악은 어디에서든 사람의 마음을 움직이는 힘이 있다.

언어가 달라도, 문화가 달라도.

비록 생각이 달라도.

"…대체."

자신을 무시하던 이들의 마음까지도 움직일 수 있는 게 바로 음악이다. 이영상은 허탈한 웃음을 터뜨렸다.

노래가 좋아서였다.

자신들이 했던 것과는 비교도 되지 않을 정도로.

같은 무대, 같은 환경, 같은 반주.

바뀐 건 보컬뿐인데.

그것도 그 보컬이 C반의 신서진인데.

대체 왜…….

'말도 안 돼.'

경쾌한 리듬을 따라, 신서진은 한 음 한 음을 정성스레 뱉었다.

난타를 하면서도 소화했던 보컬이다. 마이크만 가만히 잡고 노래를 부르니, 더 쉽게 느껴질 수밖에.

신서진은 호흡을 고스란히 살리며 시원시원하게 고음을 내질렀다.

설레는 내 마음이
파도처럼 요동치고 있어
눈부신 네 모습이

햇살처럼 빛나고 있어

"…신서진 맞아?"

"뭐야, 저게."

수군대는 말이 무슨 말이든 상관없다.

적어도 이 무대를 저들의 뇌리에 각인시키는 것쯤은, 자신 있었다.

C반 신서진이 아니라.

두 번 다시 올려다보지 못할 올림포스의 신 헤르메스로.

노래가 한 소절씩 이어질 때마다.

굳어 있던 유민하의 표정이 조금씩 밝아졌다.

그리고, 이내.

여지껏 보지 못했던 미소로 환하게 웃기 시작한다.

아까 무대에 올라설 때만 해도 물가에 내놓은 어린애만큼 걱정됐었는데.

지금 저 무대 위의 그는 화려한 프로 가수 그 자체였다.

"야, 서진이 진짜 잘한다."

"연습이 효과가 있었네."

"…저 정도였나?"

최성훈도 믿기지 않는다는 듯 두 눈을 끔뻑였다.

이들도 이렇게 놀랄 정도면, 아예 연습 때 모습조차 보지 못했던 다른 학생들의 반응이야, 뭐.

이영상과 크게 다를 게 없었다.

단체로 기절하기 일보 직전이다.

"휴학한 동안 어디가서 머리라도 맞고 온 거야?"

"돌았는 줄 알았는데 제대로 돌았나 봐."

"…잘 부른다."

두두둥.

빠르게 드럼을 몰아치던 드러머의 손에도 감정이 실리기 시작한다. 눈앞에서 펼쳐지는 기적이 믿기지 않는다는 듯, 연신 입을 벌리고 있다.

하지만, 그러면서도 드럼 채는 차마 놓지 못한다.

설레는 내 마음이
파도처럼 요동치고 있어

이 역사적인 무대를 망칠 수 없었으니까.

빠르게 몰아치는 리듬.

고음으로 올라갈수록 상당히 난도 있는 곡이지만.

시원시원하게 뻗어 나가는 발성에 사방에서 탄성이 울려 퍼진다.

그리고 이런 관심쯤이야.

뭐, 익숙했다.

신서진은 싱긋 웃으며 손을 흔들었다.

이만 하면 최선을 다했던 무대.

저들에게 어떻게 전달됐을까.

"와아아아아악!"

"꺄아아아!"

"신서진! 신서진! 신서진!"

반응을 보니 잘 전달된 거 같다.

신서진은 무대에서 내려와 주위를 둘러보았다.

아까는 조소를 머금고 있던 소극장 내의 분위기가 180도로 바뀌어 있다.

이건 예상 못 했겠지.

저들의 기억 속 신서진은 허접한 C반 찌질이였을 테니까.

'아, 너무 열심히 했나?'

좀 봐 가면서 할 걸 그랬다.

신서진은 피식 웃으며 고개를 돌렸다.

당당하게 물러나 반주자까지 지원해 줬던 이영상의 얼굴이 새파랗게 질려 있다. 자신만만하게 도발했을 때는 언제고, 제 보컬과 확연히 비교되는 무대에 급격히 자신감을 잃은 얼굴이다.

덜덜.

이영상은 떨리는 손을 감추려고 등을 돌렸다.

그 찰나의 행동을 신서진이 못 봤을 리가 없었다.

'…겁먹었나.'

대놓고 도발해 온 그를 눌러 버리려 했던 무대는 맞았지만.

그와 별개로 퍽 재밌었다.

밴드는 난타와 다른 매력이 있었다.

전혀 다른 악기들의 조화가 어우렸던 무대.

좋은 경험이었다.

이런 좋은 무대에 세워 준 건 좀 고맙네.

신서진은 그런 녀석을 향해 피식 웃어 보였다.

"똑똑히 봤지?"

그렇다고 해서 물러설 생각은 없었다.

＊　　　　＊　　　　＊

소극장의 공연이 끝나고, 서울예고 대나무숲에는 난리가 났다.
원래는 익명으로 제보가 이어지는 커뮤니티.
누군가의 실명이 박제되는 공간은 아니지만, 오늘은 전부 한
사람의 얘기뿐이었다.

익명 제보 #24
실음과 C반 신서진 다들 알지?
그 찐따 같던 신서진이 맞냐? 정말 가슴이 웅장해진다…….
소극장 공연 본 사람?
—나 봤음. 미쳤던데ㅋㅋㅋㅋㅋㅋㅋㅋㅋㅋ
　ㄴ대체 쉬고 온 동안 뭘 한 거임?
　ㄴ성형수술 아닐까? 알고 보니 딴사람인 거임
　ㄴ개소리 ㄴㄴ
　ㄴ아니, 어이없는데 너무 신빙성 있음ㅋㅋㅋㅋ
—3조 괜히 도전장 내밀었다가 개털렸죠?
　ㄴ아 진짜 이영상 짠하더라
　ㄴ내가 봤을 때 이 정도면 얘네가 1등 먹을 듯 애초에 2조에서
신서진이 에이스가 아니잖아·ㅋㅋㅋ
　ㄴ오늘 실력은 에이스 먹을 수준이었음
—서진아 보고 있으면 과외 어디서 받은 건지 알려 주라

ㄴ좋은 건 나누자

ㄴ절대 안 알려 주겠지 ㅋㅋㅋㅋ

ㄴ저 정도 과외 실력이면 알아도 못 구할 듯

ㄴ알고 보니 신서진이 천재였던 건 아닐까?

ㄴ그럴 리가;;

ㄴ그건 좀…….

ㄴ이 댓은 신서진 본인임?

팍.

짜증 섞인 얼굴로 휴대전화를 집어 던진 건 서울예고 3학년 강현이었다.

작년 학생회 임원이자, 3학년 실세 중 한 명.

옅은 노란 머리를 한 강현이 후배 임원을 향해 말을 던졌다.

"이걸 믿으라고?"

"……."

당일에 외부 면접이 있어서 나갔다 왔더니 학교가 뒤집혔다.

그것도 다른 사람이 아닌, 신서진 때문에.

이게 말이나 되는 소리야?

"신서진이 공연을 했는데……. 노래를 잘 불렀대."

"네, 그렇다고 하네요."

"뭐? 그렇다고 해? 아니, 이게 안 놀라워? 차라리 해가 동쪽에서 뜨는 게 더 놀라울 것 같은데."

"해는 원래 동쪽에서 뜹… 아, 아닙니다."

흠칫.

놀란 얼굴로 두 눈을 끔뻑이던 후배는 푹 고개를 떨궜다.

어쨌든 저 게시글은 믿을 수 없다.

강현은 혀를 차며 한숨을 내쉬었다.

"그 새끼가 잘 부를 리가 있나."

분명 뭔가 수를 쓴 게 틀림없었다.

1학년 때 뻔히 저 실력을 전교생이 다 봤는데.

공개적으로 진행했던 첫 번째 월말 평가 때, 무대에서 주저앉질 않나. 그 뒤 모든 월말 평가는 차근차근 말아먹었다.

매 무대마다 삑사리에 안무 실수.

그게 원래 실력이든, 긴장해서 나온 실력이든.

그 뒤로 신서진은 내리막을 걸었다.

성적은 최하위에, 전교에서도 소문난 찌질이.

그런 애가 A반이자 3조의 이영상을 보컬로 눌렀다고?

설마, 그럴 리가.

설령 그렇다고 해도 그렇게 놔둬서는 안 됐다.

"신서진, 그놈 친구들이 내 동생 건드렸다더라?"

영우중 3학년 강하원.

제 동생이 집에 오자마자 신서진의 욕을 어찌나 중얼거리던지. 말하는 게 깡패가 따로 없었단다.

특히 그 옆에 있었던 이유승이었나?

눈빛 보고 지릴 줄 알았다고 했나.

"자식들이 치사하게 중학생을 괴롭혀."

물론 싫어할 만한 이유는 그뿐만이 아니었다.

가장 큰 이유.

까득.

강현은 주먹을 세게 쥐었다.

"이준이가 걔 얼마나 싫어하는데."

서울예고의 학생회장, 남이준.

성적부터 성격까지 나무랄 데가 없는 학생회장의 표본이다.

그런 그에게 찍힐 정도면 말 다했다.

"그 자식, 그렇게 찌질해 보여도 엄청 쓰레기라고."

같은 중학교를 나온 남이준이 거품을 물 정도라.

"하여간 엄청 거슬려. 치워 버리고 싶네."

강현은 이를 악물고선 나직이 중얼거렸다.

"오늘 C반 수업 일정이 어떻게 되지?"

*   *   *

쓰윽. 쓱.

주영준 선생이 판서를 마치고 C반 학생들을 돌아보았다.

우렁찬 목소리가 교실 내로 울려 퍼졌다.

보컬 이론 시간이다.

"자, 흉성이 뭐지?"

"……."

"후, 그래. 설명해 줄게."

이어지는 정적.

주영준 선생은 예삿일이라는 듯 침착하게 수업을 이어 갔다.

"우리는 노래할 때 두성, 비성, 흉성 이 세 가지를 진성으로 사용한다. 흉성을 chest 보이스라고도 하는데, 말 그대로 가슴에서 울리는 소리라는 거야."

음, 그렇군.

신서진은 중요한 키 포인트들을 빠르게 익히며 반대 손으론 액정 화면을 넘겼다.

첫 번째론 신스타그램을 체크했다.

별다른 소식은 없는 것 같지만, 봐야 할 건 아직 남아 있었다.

여기에 온 지 시간이 조금 흐르긴 했지만.

도통 이 녀석들의 심리를 완전히 이해할 수가 없다.

자포자기 사건 이후로 신빙성이 조금 떨어졌으나, 지금 의존할 거라고는 이것뿐.

아폴론의 학교생활 꿀… 팁.txt

[야, 너도 인싸 될 수 있어!]

"두성에서 흉성으로 갈수록 굵직하고 힘 있는 보이스가 나오는데, 이 세 가지 가창법을 적절히 조절해야 원활하게 노래를 부를 수 있다."

"네에!"

"예시를 들어 보자."

신서진은 한 귀로는 주영준 선생의 수업을 들으며 지난 장을 이어서 넘겼다.

학교생활 꿀팁 11장.

그러니까, 이번 장은 대한민국의 학생들에 관한 서술이었다.

내용은 상당히 흥미로웠다.

[대한민국에는 조심해야 하는 두 학년이 있다. 바로, 중2와

고3이다.]

조심해야 하는 학년이라.

"…유의해야겠군."

[옛말에 중2는 맨손으로 탱크를 막는다는 전설이 전해져 내려오고 있는데……."

맨손으로 탱크를?

자식들…….

대단한데?

"버스도 만 원 주고 타는데."

그럴 수 있지.

하지만, 그 밑줄은 더욱 가관이었다.

[고3은 히스테리가 극에 달하는 시기로, 수능 전후를 특히 조심하여야 한다. 이들은 맨손으로 탱크를 부술 수 있다.]

"…저런."

이 역시 깊게 가슴에 새겨야 할 터였다.

로마에 왔으면 로마의 법을 따르라고.

학교에 왔으니 중2와 고3을 유의해야 하지 않겠나.

중2는 여기에 없을 테니 패스하고.

그렇게 장기적인 계획을 수립하며 중얼거릴 때였다.

설명을 이어 가던 주영준 선생의 언성이 높아졌다.

"자, 그러면 질문!"

"……!"

갑자기 질문?

딴짓을 하고 있던 터라 괜히 찔린다.

크흠.

신서진은 자세를 고쳐 앉고 휴대전화를 밀어 넣었다.

"흉성 설명은 끝냈으니까, 그러면 두성이 뭐라고?"

두성?

별로 어렵지도 않은 질문이다.

별생각 없이 고개를 끄덕이며 다른 녀석들의 대답을 기다리는데. 앞자리의 최성훈이 해맑게 손을 들었다.

저 친구는 좀 불안한데…….

아니나 다를까.

"대가리로 내는 거요!"

하하.

"이런 씨… 반 친구들아?"

"네엡!"

방금 욕이 나올 뻔했다가 들어간 눈친데.

주영준 선생은 뒤늦게 평정을 찾은 얼굴로 너털웃음을 터뜨렸다.

"그럴 수 있지. 그러엄."

"네에!"

"그죠, 쌤!"

퍽.

"그럴 수 있긴 뭐가 그럴 수 있어! 단체로 C반에 눌러앉을 거야, 이 자식들아?"

"으악, 쌤!"

"시끄러워!"

출석부를 내려치는 둔탁한 음에 생글거리던 최성훈이 얼어붙었다. 짙게 한숨을 내쉰 주영준 선생의 시선이 천천히 돌아간다.

설마.

묘하게 불안하던 순간, 그의 시선이 정확히 이쪽에서 멈춰 섰다.

"하."

"우리 반에 소극장에서 대판 싸운 애가 하나 있다고 들었는데……."

"와아아아!"

"보컬로 눌러 났다며? 사실이야?"

눈치를 살피며 천천히 고개를 끄덕였다.

주영준 선생은 피식 웃음을 터뜨리며 말을 뱉었다.

"그래, 그러면 알겠네. 네가 얘기해 봐, 신서진."

"그런 거 몰라도 저 잘해요."

원래라면 말 같지도 않은 소리라며 출석부가 날아갔겠지만.

"저 미친놈, 쓸데없이 당당하네."

"잘하긴 하더라."

"A반 이영상 발라 놓은 애가 쟤 맞아?"

"에이… 설마. 진짜로?"

"야, 진짜라니깐? 내 눈으로 똑똑히 봤어."

이전과 다른 시선들이 신서진에게 닿았다. 어디서든 무시받던 C반. 그중에서도 가장 무시당하던 신서진이 A반의 이영상을 상대로 본때를 보여 주고 왔다.

같은 C반의 학생들이야, 제 반의 기를 살려 준 신서진을 좋아했다.

자연히 사방에서 탄성이 튀어나온다.

학기 첫날만 해도 전혀 느껴지지 못했던 시선.

신서진은 헛기침을 하며 다시 입을 열었다.

"두성은 머리에서 울림이 느껴지는 발성법이고, 진성 중에서 고음에서 나는 가벼운 소리라고 하셨습니다."

"…뭐야, 듣고 있었네?"

"넵! 노래하는 음이 높아질수록 성대의 굵기가 가늘어지고, 늘어나면서 발성을 하게 됩니다."

한 귀로 흘리면서도 마냥 놓고 있진 않았다.

"오."

"대박."

기초적인 수준의 이론에 불과했지만.

말 그대로 자포자기한 채로 턱을 괴고 있었던 C반에 일어난 신기한 변화.

주영준 선생이 의외라는 듯 웃음을 터뜨렸다.

그러니까.

C반 전체에 묘한 분위기가 맴돈다.

패배자. 데뷔와는 거리가 먼 끝자락의 반.

그런 인상으로 낙인찍혀 왔던 C반.

그런 이들의 눈에도 조금씩 희망이 차올랐다.

C반의 찌질이 신서진도 해낸 걸.

못 할 이유가 없다는 희망이랄까.

"……."

뜨겁게 느껴지는 시선들을 돌아보며 피식 웃었다.

C반의 반란이 일어날 시간이 됐으니까.

…라고 생각하고 있었는데.

"야, 신서진."

벌컥.

수업이 끝나자마자 문을 열어젖힌 낯선 얼굴.

"너, 나와."

이건 뭐지?

＊　　　　＊　　　　＊

어기적어기적.

두 팔을 휘저으며 천천히 앞으로 나서자, 껄렁한 비주얼의 남자가 인상을 찌푸리며 재촉했다.

"뭐 해, 빨리 나와."

이건 또 무슨 패션인지.

교복 넥타이는 저 밑으로 내려놓고 바지는 유독 좁게 줄여 놨다.

거기에 옅은 노란 머리가 조명에 어색하게 빛나고 있었다.

왠지 버스비를 뜯어 가려던 그 중딩들이 떠올라서 인상이 찌푸려진다.

한눈에 봐도 가까이하고 싶은 인상의 사람은 아니다.

별생각 없이 천천히 그를 훑던 신서진의 시선이 정확히 가슴팍에서 멈췄다.

하늘색 명찰.

'노란색이 2학년, 하늘색이 3학년. 둘 다 선배라고 생각하고 인사하면 될걸?'

초록색 명찰을 달고서 쫄래쫄래 걸어가던 1학년생들이 나눴던 대화의 내용이 떠올라서였다.

그러니까.

눈앞의 명찰이 하늘색이라는 의미는.

고등학교 3학년.

"헉. 고3이다."

"…뭐?"

전령의 신 헤르메스.

나, 지상에 내려오자마자.

이곳의 보스를 만난 것 같다.

맨손으로 탱크도 때려잡는 중2보다 강력하다는 고3.

신서진은 침을 삼키며 긴장했다.

* * *

"탱크를 부셨다고 들었습니다, 선배님."

"뭔 개소리야."

"저도 할 수 있을 것 같습니다. 믿고 맡겨 주십시오."

"…어우, 시발. 꺼져, 이리 와, 새끼야!"

꺼지라는 걸까, 이리 오라는 걸까.

역시 고3은 위험하다.

설마 벌써 수능 전후 시기가 찾아온 건가.

그 주기마다 인간이 날카로워진다고 했으니…….

하늘색 명찰에 박혀 있는 이름, 강현.

신서진은 강현 선배가 억지로 밀어 넣은 대로 대걸레 하나를 손에 쥐고 있었다.

애초에 복도 청소를 시키기 위해 자신을 불렀다는데.

이게 대체 뭐지?

"닦아, 복도도 좀 깨끗하게."

히스테릭한 고3이라길래 최대한 맞춰 주려 했다.

올림포스에서도 장유유서는 기본이다. 말로만 할 뿐 행동으로 지키지 않아서 문제이지만.

"콩가루 집안 같으니라고……."

그게 중요한 건 아니고.

아니, 난데없이 웬 청소질을?

신서진은 미간을 찌푸리며 강현을 올려다보았다.

"2학년들은 돼지우리처럼 하고 사냐? 아주 개판이야."

"……."

"야, 왜 멀뚱히 서 있어? 너 지금 꼴에 자존심 챙기냐?"

멍하니 서 있으니 아주 달달 볶아 댄다.

복도에 서 있던 실음과 애들이 우르르 몰려나와 수군대고 있다.

"뭐야?"

"신서진, 선배한테 찍혔어?"

"…원래 찍히긴 했잖아. 몰랐어? 3학년들이 장난 아니게 싫어하던데."

"아니, 그렇다고 갑자기 걸레질을 시키냐……."

"너무했다."

긁적.

신서진은 멀뚱히 서서 대걸레를 내려다보았다.

강현은 짙은 한숨을 내쉬며 서늘한 눈빛으로 그런 신서진을 노려보았다.

"화장실 청소도 해. 2학년 올 때마다 전체가 더러워서 못 살겠더라."

툭툭.

어깨를 치며 낮게 깔린 목소리로 말을 더한다.

"야, 검사할 테니까. 먼지 하나 안 나오게, 똑바로 해. 빼지 말고."

이제야 상황 파악이 된다.

버스비 공갈만큼이나…….

아니, 그보다 더 심각한 문제인 노동력 공갈.

이거…….

일 시켜 먹으려는 거네.

더 일하면 과로사 올 것 같은, 올림포스의 쿠x맨 헤르메스를 상대로.

이젠 청소까지 하라니.

신서진은 질색하며 고개를 저었다.

"어우, 안 할래요."

"뭐?"

신서진의 한마디에 강현의 얼굴이 싸늘하게 좋게 일그러졌다.

금방이라도 신서진을 한 대 칠 듯한 살벌한 눈빛.

강현 선배는 조소를 머금은 채 팔짱을 꼈다.

"너, C반이잖아. 이거 원래 C반이 하는 거야. 실력이 안 되면 이렇게라도 땜빵 해야지. 학교에서 니들 안 쫓아내 주고 가만 놔두잖아?"

C반에서 기어 나왔던 반 친구들의 얼굴이 어두워진다.

그래, 여전히 C반은 이런 위치였다.

선배가 내려와서 깽판 쳐도 한마디 대꾸조차 할 수 없는 나약한 위치.

신서진은 애들이 했던 말을 뒤늦게 이해했다.

"그러게 이 꼴 보고 왜 학교에 남아 있어, 남아 있긴."

"……."

"휴학했길래 네 분수 찾아 떠난 줄 알았는데, 왜 돌아와. 안 그래, 신서진? 너 어차피 금방 나가리 될 거잖아."

으음.

"왜 대답을 안 하냐."

저벅저벅.

강현이 주머니에 손을 찔러 넣은 채 천천히 걸어온다.

슬리퍼를 찍찍 끄는 소리가 기분 나쁘게 복도 바닥을 울리고.

신서진은 대수롭지 않게 한마디를 뱉었다.

"잘 안 들려서요."

"뭐?"

제가 비록 만물과 대화를 하지만.

개소리는 잘 안 들려서.

"……!"

겨우 이런 의도로 청소를 시킬 생각이었다면.

굳이 물의 요정들 힘들게 개고생시킬 필요가 없잖아.

물 아깝고, 시간 아깝고, 정신 소모가 아깝다.

그런 의미에서.

"이거나 드세요."

개소리를 지껄이는 강현 선배의 얼굴에,

신서진은 싱긋 웃으며 대걸레를 던졌다.

"으아아악!"

"와, 미친."

"방금 뭐냐."

"대걸레 던진 거야?"

얼어붙은 복도.

그중 누군가가 웃음을 참지 못하고 쿡쿡 웃기 시작했다.

그게 시발점이 되어 단체로 입을 가리고 정신없이 웃기 시작한다.

대걸레에서 흘러나온 검은 물을 뒤집어쓴 강현은 주먹을 세게 움켜쥔 채 신서진을 노려보았다.

부들부들.

주먹을 쥔 손이 덜덜 떨리고 있다.

살다살다 대걸레에 맞는 날이 올줄은.

아니, 그것도 후배인 C반 신서진 이 자식한테.

"푸흡."

"야, 적당히 웃어."

"아니…… 쌤통이잖아."

수군수군.

나직이 웃어 대던 2학년 학생들은 강현의 살벌한 눈빛에 뒤늦게 고개를 숙였다. 하지만, 그러면 뭐 해.

강현의 열은 이미 오를 대로 오른 뒤였다.

"처웃냐, 새끼들아? 너네 지금 이게 재밌어?"

"……"

"그리고, 야. 신서진!"

참지 못한 강현은 신서진의 멱살을 움켜쥐고 말았다.

점점 언성이 높아진다.

사실상 이미 이성을 놓은 상태였다.

"야, 너는 선배도 없어? 미친 거 아냐?"

"네?"

"학교 다니기 싫어? 싫냐고!"

신서진은 두 눈을 끔뻑이며 고개를 갸우뚱해 보였다.

"아, 이게 퇴학 사유입니까?"

"뒈지고 싶어?"

으아아악!

강현은 그대로 멱살을 놓고선 신서진을 밀어 버렸다.

"…아이코야."

신서진은 바닥에 엎어진 채 꿍얼대며 먼지를 털었다.

저렇게 매정하게 밀어 버리다니.

"손이 미끄러졌네요. 청소를 너무 열심히 해서."

"저… 저 새끼 진짜!"

강현은 주먹을 치켜들고선 엎어져 있는 신서진의 앞으로 다가섰다.

"내가 너 오늘 작살낸다. 말리지 마, 다들. 야, 신서진!"

성큼성큼.

신서진의 코앞에 선 강현.

그가 마침내 제 감정을 주체하지 못하고 신서진을 기어코 한 대 치려던 순간.

"안녕하세요, 선배님?"

어?

강현은 갑작스러운 한마디에 고개를 들었다.

"니들… 뭐냐?"

생글거리며 눈앞에 서 있는 유민하.

다른 때라면 어딜 눈치 없이 끼어드는 거냐고 한 소리를 했겠지만.

"지금 뭐 하는 거야?"

지금 그녀의 옆엔 최서연 선생이 서 있었다.

최서연 선생을 확인한 강현의 낯빛이 싸늘히 식었다.

그녀가 차갑게 말을 뱉는다.

"교무실로 따라와, 둘 다."

제길.

제길!

강현은 이를 악문 채 주먹을 천천히 내렸다.

＊　　　　　＊　　　　　＊

"흐음……."

최서연 선생은 턱을 쓸어내리며 깊게 고민했다.

학생들끼리 싸워서 교무실을 찾아오는 경우는 얼마 안 되는 그녀의 교직 생활에서도 빈번하게 있는 일이었다.

하지만.

"대걸레를 얼굴에 갈겼다고?"

"네, 저 새끼가 던졌다니까요? 미친놈이에요, 저거."

살다 살다 선배한테 대걸레를 날리고 온 놈은 처음 본다.

최서연 선생은 흥미로운 눈길로 신서진을 바라보았다.

일단 선생으로서 상황을 정리하는 게 먼저긴 하니.

"벌점 사유긴 한데……. 사실 둘 다 잘못한 거라."

"뭐라고요?"

하.

강현은 어이가 없다는 듯 조소를 머금었다.

다른 것도 아니고 이게 쌍방이라.

원래대로라면 이건 무조건 신서진의 잘못이다.

설령 자신이 분노를 이기지 못해 주먹을 갈겼어도 마찬가지였다.

상대는 후배고, C반이다.

자신은 A반에서도 제법 상위권에 속했고.

"선생님, 아시잖아요. 실력이 안 되면 그게 잘못이죠."

"……."

"실력도 안 되는 게 여간 나대는 게 아니라서. 제가 기강 좀 잡으려고 선배로서 그냥 한 번 찾아갔을 뿐이에요. 이게 왜 잘못인데요?"

당당한 강현의 한마디.

교무실이 잠시 술렁였지만 그 말에 태클을 거는 사람은 없었다.

학교보다는 기획사 체제에 가까웠던 교육 방침.

A반, B반, C반으로 나눴을 때부터 쭉 그래 왔지만.

서을예고의 자유경쟁 마인드에 따르면 강현의 말이 맞았다.

"뭐, 틀린 말은 아니지."

최서연 선생은 고개를 끄덕이며 인정했다.

하지만, 걸리는 게 하나 있다면.

이미 신서진이 쌓아 놓은 벌점이 생각보다 많다는 것.

출석부터 시작해서, 과제 불성실, 각종 사건 사고로 차곡차곡 쌓아 온 것까지 합치면 이미 27점.

여기서 이번 사유로 3점이 추가되면…….

'퇴학인데?'

"음."

최서연 선생은 어깨를 으쓱이며 말을 이었다.

이렇게 된 이상, 운명에 맡기는 수밖에 없다.

"실력이 안 되면 잘못이랬지?"

"네, 그렇죠."

"그러면 당당하게 실력으로 싸워 볼까?"

신박한 발상이다. 주먹다짐이 일어날 뻔한 상황에 난데없이 실력 다툼이라니.

강현은 인상을 찌푸리며 자리에서 벌떡 일어났다.

서을예고 내에서 음악 배틀이 벌어지는 게 하루 이틀은 아니다.

댄스 배틀이 가장 기본적이고, 보컬이나 연주로도 자기들끼리 배틀을 펼치는 경우가 많았다.

하지만, 이 상황에는 상대가 문제다.

다른 사람도 아닌 신서진이라니.

"네? 얘랑… 제가요?"

당연히 이기겠지만, 이건 애당초 비교 상대가 되지 않는다.

자존심이 상할 정도지.

강현은 어이없다는 듯 머리를 짚었다.

최서연 선생은 싱긋 웃으며 신서진에게 고개를 돌렸다.

"너, 노래 잘한다며."

그전까지 신서진을 대놓고 무시하던 강현의 낯빛이 어두워졌다.

'저 새끼가 잘 부를 리가 있나.'

벌점까지 걸렸으니 신중해져야 하는 상황.

말은 그렇게 했지만 대나무숲의 게시글이 영 걸린다.

안 믿긴 하는데…….

아예 무시하기도 좀 그렇다.

'정말 생각보다 잘 부르는 건가?'

"크흠."

강현은 자세를 고쳐앉으며 다급히 손사래를 쳤다.

"저는 보컬 전공 아니에요, 쌤. 보컬 전공도 아닌 사람하고 보컬로 붙는 건 좀 아니죠."

"아, 그랬어? 그러면 무슨 전공인데."

"기타요."

이건 아예 못 하겠지.

신서진이 기타는커녕 코드도 짚을 줄 모른다는 소식은 익히 들어 왔다.

강현은 대놓고 도발하며 나직이 웃음을 터뜨렸다.

"너, F코드도 못 짚잖아."

"……."

"아, A코드도 못 짚나?"

…뭐라는 거야.

신서진이 멀뚱멀뚱하게 지켜보고 있는 와중에, 어깨가 높아진 강현이 기타를 끌고 왔다. 저렇게 맹하게 보고 있으니 더 놀려 먹고 싶어진다.

"똑바로 봐 봐."

디리링.

강현은 가볍게 몇 개의 코드를 짚었다.

즉석에서 치는 기타. 상당히 수준급이라 할 수 있는 연주였다.

신서진은 나직이 중얼거렸다.

"입은 그렇게 쓰레기같이 놀리면서 손은 제법 잘 놀리는군."

"뭐?"

아.

아무것도 아니다.

'대충 보니 리라와 크게 다른 원리는 아니네.'

어차피 보컬로 붙는다고 해 봐야 이거저거 조건을 붙이면서 난리 칠 게 뻔하니.

차라리 본인이 원하는 대로 해서 눌러 주는 게.

더 확실하지 않을까.

신서진은 그런 판단으로 말을 뱉었다.

"이걸로 하죠."

벌점 내기.

*　　　*　　　*

타다닷.

동아리실에 뛰어 들어간 강현은 거친 숨을 들이쉬며 책상 위에 걸터앉았다.

교무실을 나서자마자 여길 다급히 찾은 데는 이유가 있었다.

이 소식을 전해야 할 사람이 있으니까.

C반 신서진과 자존심 상하는 내기를 걸어 버렸다는 사실.

"기타 내기를 했다고?"

노란 띠를 팔뚝에 맨 학생회장 남이준.

그의 나직한 목소리가 동아리실 내로 울려 퍼졌다.

부드럽지만 묘하게 위압감이 느껴지는 목소리에, 강현은 침을 삼켰다.

'싫어하려나.'

하기야, 신서진과 엮이는 거 자체를 죽어라 싫어하는 남이준이었다. 3학년의 체면이 안 선다고 생각할지도.

강현은 짧게 한숨을 내쉬며 변명했다.

엉겁결에 벌어진 내기였다.

"나도 어이없긴 한데, 쌤이 나서니까 어쩔 수 있냐고."

"그렇게 됐구나."

"애당초 이게 말이 돼? 하, 생각할수록 어이가 없네. 비빌 걸 비벼야지."

다른 사람도 아니고.

이건 강현의 입장에선 득이 될 게 없는 내기였다.

이긴다 해도 너무나 당연하고.

진다면······.

'질 리가 없지.'

그쪽 가능성은 생각지도 않았다.

강현은 피식 웃음을 흘리며 허리를 꼿꼿이 폈다.

"너무 걱정하지 마. 두 번 다시 그런 헛소리 하지 못하도록. 내가 확실히 밟아 놓을게."

의미를 알 수 없는 남이준의 눈빛이 강현을 향했다.

무미건조한 한마디가 그의 입에서 튀어나왔다.

"똑바로 연습해. 쪽팔리게 지고 오지 말고."

묘하게 이질적으로 느껴지는 한마디.

강현은 어색한 미소를 흘리며 두 눈을 끔뻑였다.

"야··· 야, 무슨 말을 그렇게 하냐."

신서진을 상대로 연습까지 해야 한다니.

그만큼 수치스러운 말이 있을 리 없었다.

농담인가.

농담을 할 성격은 아닌데.

강현은 황당하다는 낯빛으로 말을 툭 던졌다.

"겨우 그딴 애한테 무슨. 버러지 같은 새끼인데."

"······."

"이준아, 너 중학교 동창이라고 했던가?"

스윽.

남이준은 대답대신 천천히 고개를 끄덕였다.

마찬가지로 건조한 얼굴이다.

원래 저런 성격이 아닌데.

대체 중학교 때 무슨 일이 있었길래.

신서진의 얘기만 나오면 예민해지는 그의 얼굴에 강현은 애써 웃어 보이며 비위를 맞췄다.

"아, 되게 오래전부터 아는 사이였다고 했었지? 그때도 지금처럼 형편없었어?"

"그보다 훨씬 옛날부터 알고 있었지."

남이준의 입꼬리에 비릿한 미소가 걸렸다.

그걸 눈치채지 못한 강현은 웃으며 되물었다.

"그래?"

어.

"…이 세상에 오기 전부터."

                    *   *   *

"허억… 헉."

좁은 연습실 가득 숨소리가 채워진다.

몇 번을 연습한 거야.

쉬지 않고 난타를 연습했던 두 팔은 이미 무거워서 바닥에 꽂힐 지경이다.

신서진은 욱신거리는 두 팔을 주무르며 간신히 벽에 몸을 기댔다.

역시 인간의 몸은 나약하다.

"아, 죽겠네."

얼마 남지 않은 재배치고사.

유민하의 지도 아래 수없이 갈려 나간 터라 이미 정신이 반쯤 가출한 상태지만.

아냐.

일어나야 한다.

내기가 아직 남아 있으니까.

"나, 기타 좀 알려 줘."

묵직하게 던진 한마디.

유민하가 인상을 찌푸리며 이쪽을 홱 돌아본다.

"정신 나갔어? 갑자기 웬 기타야?"

"……!"

말이 심하시네.

곱게, 곱게 말할 수 있잖아. 역시 저 성질머리.

"지금 재배치고사 준비하느라 정신없어. 기타 배우고 싶으면 방구석에 틀어박혀서 떵가떵가라도 하든가."

"갑자기 웬 기타 바람이야?"

이유승도 조소를 머금은 채 끼어들었다.

"너, 기억 안 나?"

왜 또 무슨 말을 하려고.

"소문 자자했었잖아. 1학년 때 기타 첫 수업에 손 아프다고 울면서 때려치운……."

그 정도로 찌질했냐, 신서진.

이러니까 전교생이 뒤에서 쑥덕거리지.

망할.

신서진은 혀를 차며 말을 뱉었다.

"그, 흑역사는 넣어 두고. 나 좀 알려 달라고."

"왜?"

"내기했어."

유민하는 손사래를 치며 한숨을 내쉬었다.

"그래, 네가 어디서 무슨 내기를 했든 그게 지금 중요한 게 아니라……."

중얼거리는 눈빛이 순식간에 180도로 변한다.

아까 그 난장판을 직접 봤던 터라 불안감을 감지한 눈치.

유민하는 덥썩 신서진의 어깨를 움켜쥐었다.

"야, 너 설마. 3학년 선배랑 내기 걸었어? 강현 선배?"

흔들흔들.

엄청난 손아귀 힘에 몸이 따라 흔들린다.

신서진은 고개를 끄덕이며 유민하를 내려다보았다.

그 내기가 맞다.

"뭐? 진짜야? 야… 너……."

원래도 늘 분노에 달아올라 있던 얼굴이 한층 더 붉어진다.

유민하는 아랫입술을 깨문 채 언성을 높였다.

"너 이 자식아, 뭐 걸었어?"

어, 그냥.

가볍게.

"지면 퇴학인데?"

폭탄 같은 한마디에, 유민하와 이유승의 입에서 동시에 욕설이 튀어나왔다.

"뭐, 이 정신 나간 새끼야?"

"야, 이 미친놈아!"

*　　　　　*　　　　　*

"그러니까, 벌점 내기를 걸었는데."

"어엉."

"네가 그동안 쌓아 온 인생이 개같아서 이번에 3점 까이기만 하면 바로 퇴학이라는 거지?"

야, 말을 왜 그렇게 무섭게 하냐.

방긋방긋 웃어 오는 유민하의 말에, 신서진은 천천히 고개를 끄덕였다.

해맑게 인정하자 또다시 손이 날아온다.

스윽.

신서진은 가볍게 몸을 피하며 날아오는 주먹을 피했다.

"…폭력은 안 되지."

"됐고. 재배치고사는 끝내고 퇴학당하자. 알았지?"

"이미 퇴학당하는 건 기정 사실이었나?"

유민하는 혀를 내두르며 신서진의 어깨를 툭툭 쳤다.

"그러게. 이 자식아, 왜 선배한테 대걸레를 날려, 날리기는."

"너, 나 응원했잖아."

"……!"

유민하가 냅다 소리를 질렀다.

"아니거든!"

"맞지 않나?"

"진짜 아니라고!"

유민하는 아랫입술을 피가 날 정도로 깨물고선 후, 다시 앞머리를 불었다.

저렇게 부정하고 싶나.

아까 강현 선배랑 한판 할 때 좋아하던 눈빛이 생생히 기억나는데. 다른 사람의 눈이라면 모를까, 제 눈은 속일 수 없다.

마음 같아서는 그걸 빌미로 신나게 놀려 주고 싶었지만.

지금은 그런 마음은 잠시 넣어 둬야 할 때다.

이 몸의 원주인인 신서진이 쌓아 온 거지 같은 공덕이 골치 아픈 건 지금의 신서진 역시 마찬가지지만, 어찌 되었든 자신은 이 몸으로 데뷔를 해야 했다.

퇴학은 제 계획에 없고. 해서도 안 된다.

신서진은 그런 의미에서 두 눈을 천천히 깜빡였다.

"도와주면 안 될까?"

"……."

"나 퇴학당하기 싫은데."

일단 부탁해 보자.

이번에야말로 정말 곤란한 상황이라,

유민하가 퇴짜를 놓는다고 해도 이러저러한 핑계를 댈 생각으로 머리가 빠르게 돌아갔다.

하지만, 그럴 필요조차도 없었다.

무슨 생각에서인지 퉁명스러운 한마디가 바로 튀어나왔으니까.

"어, 도와줄게."

유민하의 시선이 연습실 구석으로 향했다.

교무실에서 봤던 것과 비슷하게 생긴 기타 하나.

그 눈짓의 의미를 알아챈 신서진이 피식 웃자, 유민하가 짧게 한숨을 내쉬었다.

"가져와 봐."

무릎 위에 올려놓자마자 묵직하게 느껴지는 기타.

신서진이 길게 뻗은 넥을 손으로 움켜쥔 채 천천히 고개를 들었다.

막상 줄을 대충 누르기만 하면 될 줄 알았는데.

디리링.

어떻게 돌아가는 악기인지 아직은 판단이 힘들다.

그런 신서진의 모습을 물끄러미 내려다보던 이유승이 헛웃음을 터뜨렸다.

"솔직히 다른 건 몰라도, 기타는 진짜 아니지 않냐? 너 예전에 쳤던 걸 생각하면 그 시간 안에 절대로 못 해. 알지?"

이전의 기억이 선명히 남아 있는 듯한 한마디.

가만히 앉아 있던 최성훈도 천천히 고개를 끄덕였다.

"그래, 내가 봐도 좀 힘들 거 같은데. 이제라도 선배 찾아가서 싹싹 빌어. 벌점이 그런다고 사라질진 모르겠는데……. 대놓고 주먹다짐한 것도 아니고, 둘이 원만하게 합의하면 되는 거 아니야?"

"내 말이. 야, 신서진. 이거 절대 안 돼, 다른 사람이면 몰라도 넌 안 된다니깐?"

최성훈의 옆에서 살살 긁으며 구구절절하게 맞는 말만 하는 이유승.

으음.

그러니까.

신서진은 기타의 모가지를 부드럽게 움켜쥔 채 자리에서 벌떡 일어났다.

생각해 보니 이렇게 잡을 때 쓰는 거였네.

그립감이 아주 좋아.

"나 이거 용도 안 거 같아. 아무리 생각해도 기타는 나랑 안 맞아, 그치."

"거봐, 내 말 맞······."

"그러니까 너 때릴 때 쓰려고."

휘익. 휘익.

기타가 허공을 갈랐다.

"아니, 잠깐! 잠깐만!"

이유승은 기겁하며 한 걸음 뒤로 물러섰다.

"와, 씨. 선배는 대걸레로 갈기더니만 방금 기타로 진짜 나 내려치려 했어!"

"이유승, 네가 맞을 짓 했다. 왜 하겠다는 애를 살살 건드려."

"유민하, 너마저!"

이유승은 구시렁대며 불편한 기색을 내비치긴 했으나, 그제야 그 나불대던 입을 다물었다.

한 번만 더 헛소리를 늘어놓으면 저 주둥아리부터 기타로 찍을 생각이었다.

이유승은 한숨과 함께 말을 뱉었다.

"…해 보든가. 봐줄 테니까."

유민하와 이유승, 최성훈 셋 다 기타 전공자는 아니었다.

연주 전공 자체가 아니니 기껏해야 1학년 때 수행평가를 위해 연습한 수준. 물론 그렇다고 해도 신서진 하나를 가르쳐 줄 정도는 되었겠으나.

의외로 기타에 소질이 있는 건 이다영이었다.

유민하는 가만히 앉아 있는 이다영을 향해 물었다.

"다영아, 너 기타 잘 치지?"

"응……? 어, 조금……?"

괜히 작곡 전공자는 아니다.

유민하의 한마디에 앞으로 끌려 나온 이다영은 눈치를 보며 입을 열었다.

워낙에 소심한 성격.

여기는 어떻게 입학했나 싶을 정도로 낯을 가리는 터라, 신서진과도 몇 번 대화한 적이 없는 사이였다.

그래서 이번에도 멀뚱히 앉아 있기만 할 줄 알았는데…….

이다영은 제법 열심히 알려 주기 시작했다.

기타에 기초 자체가 없는 신서진을 위해 처음부터 꼼꼼히.

이다영은 시범을 보여 주면서 기타의 기본 지식들을 하나씩 읊어 주었다.

"…이렇게 하는 거거든?"

두 성질머리와는 다르게 성격도 좋고.

개념부터 차근차근 짚어 주는 말을 따라, 신서진은 헤드에 손을 얹었다.

"기본적으로 코드를 익혀서 치는 거고. 오른손으로 스트로크를 하게 될 건데. 주법도 되게 다양해."

"…주법?"

"예를 들어 이런 식으로. 가장 기본적인 리듬이야."

이다영은 조용조용한 목소리로 조심스레 기타를 받아 들었다.

"칼립소 주법."

디잉. 디 디딩.

C코드의 노랫소리가 부드럽게 울려 퍼진다.

기초적인 리듬이라고는 했지만…….

"와."

신서진은 나직이 탄성을 터뜨렸다.

"대박."

"저게… 놀랄 일이야?"

C코드 하나에 감격하는 신서진.

그 반응에 이유승은 떨떠름한 얼굴이 되었으나, 신서진은 이미 첫눈에 반해 버렸다.

고대 악기들보다 섬세하면서도 아름다운 선율을 지니고 있다.

깔끔하고 부드럽게 적시는 멜로디가 연습실 내로 울려 퍼진다.

딩. 디딩. 디리링.

손가락으로 만들어 낼 수 있는, 이토록 아름다운 연주라니.

신서진은 웃음을 흘리며 이다영의 연주에 귀를 기울였다.

"이건 아까 말했던 A코드."

"와, 진짜 기초부터 다 알려 주네."

"이건 E코드고……."

이다영의 친절한 설명이 이어지는 동안.

두 눈으로 손가락의 위치를 열심히 스캔하던 신서진이 입을 떼었다.

"F코드도 알려 줘."

"벌써……?"

"일단 알려 줘 봐."

'너 F코드도 못 짚잖아.'

강현 선배 그 인간의 말이 떠올라서였다.

"본다고 다 외우냐."

비아냥거리는 이유승의 말을 무시한 채, 신서진은 이다영의 리듬에 완전히 빠져들었다. 배울 수 있는 코드를 붙잡고선 다 배울 생각이었다.

짧은 시간 안에 이뤄진 속성 과외.

신서진은 거의 스무 개 가까이 되는 코드를 천천히 귀에 익히며, 머릿속으로 아까의 리듬을 재배치했다.

"코드를 있는 그대로 따라서 치면 되는 거지?"

"어렵진 않아. 물론 깊게 배울수록 더 어려워지긴 하는데……."

이다영은 신서진의 눈치를 살피며 두 눈을 끔뻑였다.

이거에 퇴학 내기가 걸려 있는 상황.

잠시 망설이던 이다영은 갑자기 주먹을 꼭 쥔 채 파이팅을 외쳤다.

"하, 할 수 있을 거야!"

"방금 표정은 그렇게 말하는 거 같지가 않았는데?"

"으… 으응?"

"너, 내가 그 선배에게 질 거라고 생각하냐?"

신서진의 말에, 이다영이 스윽 시선을 피한다.

맞네, 질 거라 생각한 거.

이다영은 화들짝 놀란 얼굴로 손사래를 쳤다.

"아니야! 절대 그런 건 아니고……!"

"에이, 맞는데?"

"질… 질 수도 있으니까, 더 열심히 연습… 하라는 거지……."

이다영은 말끝을 흐리며 화제를 돌렸다.

"연습곡들은 쉬운 거부터 내가 악보 보내 줄게. 한번 해 보자. 네가 알려 달래서 다 알려 주긴 했는데. 어차피 한 번에 다 못 외울 거야. 처음에 했던 쉬운 코드들 있잖아. C나 A, E코드 같은 거부터 천천히 하면 될… 것 같아……."

신서진은 이다영의 말에 고개를 끄덕였다

이미 다 외웠지만.

무튼.

"고맙다."

짝.

신서진은 이다영에게 하이 파이브를 해 보이고 다시 기타를 건네받았다.

다시 그에게로 쏠리는 시선들.

과연 얘가 1년 전처럼 징징 짜지나 않을지 걱정하는 눈치다.

이유승도, 유민하도.

그게 되겠냐며 툴툴거렸지만 막상 신서진이 기타를 잡으니 긴장한 기색.

신서진은 그 시선을 받으며 천천히 입을 열었다.

"한번 해 볼게."

디리링.

가볍게 줄을 튕기자, 손끝에서 묘한 진동이 느껴진다.

기분 좋은 떨림이다.

한 번 더.

디리링.

"……."

음을 튕겨 내는 소리가 고요한 연습실을 채우고.

신서진은 아까 머릿속에서 그려 냈던 멜로디를 고스란히 재배열했다.

어설프지만 흔들리지 않게 천천히.

한 음 한 음, 최선을 다해서 왼손을 짚었다.

처음엔 C코드.

그다음엔 G코드. A 마이너, 마지막으로 반쯤은 오기로 배웠던 F코드까지.

큰 이유는 없었다.

들었을 때 어울렸던 녀석들을 한데 모아 놨을 뿐.

느낌이 가는 대로 오른손이 부드럽게 움직이기 시작했다.

이다영이 알려 줬던 리듬에서 조금은 빠르게, 조금은 느리게.

매끄럽게 이어지는 멜로디에, 신서진은 저도 모르게 천천히 빠져들기 시작했다.

이거 재밌다.

생각했던 것보다 훨씬.

팔이 저려 오는 와중에도 손가락은 쉴 새 없이 움직였다.

주법이니 코드니.

그래, 그거 다 아직 어렵지만.

음악을 이론으로 치는 게 아니니까.

마음 가는 대로 짚었고, 마음 가는 대로 튕겼다.

완전히 자신이 만들어 낸 음악에 빠져든 채로.

사실 작곡이라도 말하기엔 부족한 멜로디다.

그저 코드를 재배열한 것이 전부일 뿐인 행위.

하지만, 그 결과물은 퍽 나쁘지 않았다.

그렇게 시간 가는 줄 모르고 스트로크를 하고선,

천천히 줄을 튕겨 내려오며 즉석 연주를 끝마친 순간.

"……."

신서진은 숨 막힐 듯한 정적에 두 눈을 끔뻑일 수밖에 없었다.

"뭐야, 이 반응은?"

나, 또 뭐 잘못했나?

그게 아니라면…….

"이렇게 치는 거 아닌가?"

그때였다.

유민하가 자리에서 벌떡 일어나며, 심각한 얼굴로 말을 뱉었다.

꽤나 조급해 보이는 목소리였다.

"야, 너 이거 누구한테 배웠어?"

뭔 소리야.

방금 너네한테 배운 거 아니었냐.

신서진은 그게 무슨 소리냐는 듯 미간을 찌푸렸고, 유민하는 급하게 말을 쏟아 냈다.

"방금 네가 한 거 있잖아. 작곡! 아니, 작곡이라 하기엔 조금 애매하긴 하지만……."

뭐?

"대체 어떻게, 아니, 뭘 친 거냐고."

흥분한 듯 끼어든 건 최성훈도 마찬가지.

"꽤 들을 만하던데? 실제 있는 곡 반주한 거 아니야?"

"아닌 거 같아."

"나도 처음 듣는데."

"에이, 그럴 리가. 야, 신서진. 어떻게 된 거야?"

예상치 못한 반응이다.

갑자기 몰아가는 것도 그렇고.

뭔가 대단히 잘못된 곡을 친 걸까.

일단 진정들 좀 하고.

"방금 기타 친 거 뭐냐고!"

신서진은 유민하의 말에 어깨를 으쓱이며 답했다.

뭐긴 뭐야.

"그냥 생각나는 대로 친 건데?"

*　　　　　*　　　　　*

정말 별거는 없었다.

이다영이 알려 주는 코드를 하나씩 짚어 봤고, 그중 듣기에 좋을 거 같은 것들을 모아서 쳤을 뿐이다.

그저 손이 끌리는 대로.

그랬을 뿐인데.

"천잰가 봐, 얘."

이 부담스러운 시선들은 뭐냐고.

신서진은 유민하의 빤한 시선에 진절머리를 쳤다.

"부담스럽다, 그 눈빛."

"아니, 신기하긴 하잖아! 그렇지, 다영아?"

"으… 으응."

기타를 알려 준 당사자도 이해가 되지 않는다는 반응이다.

유민하는 신서진을 향해 속사포로 물었다.

"네가 방금 친 코드가 뭔지 알아? 뭘 어떻게 친 건지도?"

"C, G, A마이너, F코드?"

"아니, 그 소리가 아니라."

유민하는 답답하다는 듯 가슴을 쳐 보였다.

"머니 코드라고 알아?"

머니 코드라니.

처음 듣는 소리에 신서진은 고개를 갸웃거렸다. 거기에 유민
하의 설명이 더해졌다.

"대중음악에서 가장 많이 쓰는 코드들 중에 하나야. 듣기에도
좋고, 변주해도 다양하게 어울려서 자주 쓰는 거. 네가… 이걸
알고 있었을지 의문이 들긴 하는데. 어쨌든 그래."

"당연히 몰랐지."

"그래, 네가 그렇게 멍청… 아니, 모르는데 어떻게 쳤냐고!"

악.

그냥 어울려서라니까.

난데없이 빽 소리를 질러 대는 통에 두 귀를 막고선 중얼거렸다.

"다영이가 코드 알려 준 거 다 들어 보고. 그냥 괜찮을 거 같은 거 엮어 봤어."

"그게 말이 돼?"

감.

그저 감으로 쳤을 뿐.

최성훈은 고개를 갸우뚱해 보이며 다급히 말을 쏟아 냈다.

"말도 안 되는 소리지. 너, 기타도 아예 못 쳤었잖아. 작년에는 뭐… 못 치는 척했던 거야?"

"맞네. 너 아예 못 쳤었잖아? 오늘 처음 배우는 거 아니었어?"

이걸 어디서부터 어떻게 설명해야 하나.

신서진이 대답 없이 앉아 있자, 옆에서 그걸 지켜보던 이유승이 그의 팔을 붙들고선 고개를 돌렸다.

심각해 보이는 얼굴.

흡사 취조하는 분위기로, 이유승이 살벌하게 물었다.

"야, 신서진. 너 휴학했을 동안 대체 어디서 뭘 한 거야?"

그러니까.

아마 이 몸의 주인은 저승에서 스틱스 강물을 건너고 있지 않았을까.

라고 말할 수는 없으니.

"연습했어."

신서진은 대강 그럴싸한 대답을 던졌다.

별생각은 없었던 변명.

그런데.

"…연습만 했나 봐."

"열심히 연습했네."

"다시 보인다, 너."

끔뻑끔뻑.

돌아오는 반응이 세 배로 부담스럽다.

역시, 적응되지 않는 눈빛들.

신서진은 질색하며 인상을 찌푸렸다.

"왜들 그러냐?"

그 순간, 이번에는 유민하가 신서진을 붙들었다.

신서진이 처음 기타를 들고 왔을 때와는 180도로 달라진 눈
빛. 머니 코드가 뭔지도 모르면서 어울리는 코드들을 즉석으로
배합할 수 있을 정도의 능력이면……

이쪽에 소질이 있을지도 모른다는 판단에서였다.

유민하는 신서진을 향해 조심스레 제안했다.

"곡 써 보는 거 어때?"

곡?

"기타 내기를 내가 쓴 곡으로 나가라는 소리야?"

"그렇지. 딱 그 소리야."

강현 선배는 기타만 10년 가까이 쳐 왔단다.

기타로 이 빡센 서울예고의 입시를 뚫고 들어온 사람인데, 정
면 승부로는 가망이 없다는 것이 유민하의 판단.

"어차피 기타 전공인 실음과 학생도 있지만, 아닌 애들이 더 많

아. 심지어 타과도 구경 올 거 같던데. 무조건, 근사해 보여야 해."

신서진은 유민하의 말을 곱씹으며 고개를 끄덕였다.

유민하는 흥분한 목소리로 다급히 말을 쏟아 냈다.

"노래도 불러. 춤도 춰도 돼. 가능하면 백텀블링이라도 하든 가. 할 수 있는, 모든 걸 해. 너 퇴학당하지 않으려면. 알겠지?"

"백텀블링이 뭔데?"

"그냥 해!"

알았어.

알았다니까.

"다 할게."

열정 넘치는 신서진의 한마디를 들은 후에야 유민하의 안색이 한결 밝아진다. 자작곡으로 승부를 보고, 분위기를 완전히 반전 시킬 수 있는 노래를 끌고 와라.

성질머리는 더러워도 잔머리는 빠릿한 유민하의 계획.

일단 듣기에는 제법 그럴싸하다.

보컬 연습을 도와준 유민하를 어느 정도 신뢰하고 있었던 신 서진은 그 말을 그대로 따르기로 했다.

작곡과 함께 보여 주는 퍼포먼스라.

대강은 이해했다.

그런데.

진짜 백텀블링이 뭐지?

* * *

서을예고의 중앙 강당.

희대의 내기를 보러 온 관객들이 하나둘씩 자리를 잡기 시작했다. 내기의 내용을 전해 들은 실용음악과 학생들이 대부분이었지만, 이게 뭔 일인가 싶어 따라온 타과생들도 많았다.

점심시간이 끝나자마자 강당에 달려온 학생들은 후식으로 나온 오렌지주스를 입에 물고 하나둘 자리에 착석했다.

수군수군.

당연 오늘의 화제는 C반 신서진의 얘기였다.

A반 학생들 서넛이 모여 앉은 채 목소리를 낮췄다.

"누가 이길 거 같아?"

"그걸 지금 질문이라고 하냐."

"다른 내기도 아니고, 기타잖아. 기타."

"아, 기타였어?"

뒤늦게 내기의 내용을 전해 들은 한 친구는 인상을 찌푸렸다.

그러면 정말 비벼 보기도 어려울 텐데, 하는 반응이었다.

"강현 선배가 기타 전공이야. 심지어 꽤 잘할걸? 그걸 어떻게 이기냐?"

"요새 신서진 하는 거 보면, 또 모른다고."

"에이."

"에이, 나도 그건 아니라고 본다."

"아니, 야 봐 봐. 나 걔랑 작년에 같은 반이었는데도 걔가 그렇게 노래 잘 부르는지 몰랐어. 진짜라니깐?"

행여 3학년들이 들을까 봐 목소리를 낮추면서도 다들 신서진의 묘한 변화를 느끼고 있었다.

"휴학하는 동안 어디 가서 특훈이라도 받고 온 거 아냐?"

"보컬은 확실히 받은 것 같고. 아니, 아무리 그래도 기타는 아니야. 쟤… 기타 치다가 울었잖아. 아프다고."

"…진짜?"

"그런 짓을 했다고?"

"진짜라니까. 서울예고 전설의 기타 치다 운 멍청이가 저놈이잖아."

와중에 신서진의 화려한 과거는 구전으로 전해져 내려오고 있는 중이었다.

그때, 시끄럽게 떠들어 대던 실음과 2학년들의 말소리가 멈췄다.

터벅터벅.

3학년 학생회 임원 하나가 마이크를 들고서 강당 위로 올라왔다.

강현의 부탁으로 임시 사회를 보러 온 남자.

그가 큰 목소리로 분위기를 띄웠다.

"자자, 여러분 조용히 해 주세요. 지금부터 아주 재밌는 연주가 있을 예정이니까. 대충 뭐 하는지 듣고 오셨죠?"

"네에에에!"

"자, 오늘 뭐 한다고?"

"연주 배틀이요!"

"와아아아!"

함성 소리와 함께 다시 시끄러워지기 시작한 강당.

"야, 시작한다."

"이걸 이렇게 공개적으로 하네."

"쌤들도 알고 계시다며?"

"이야, 신서진도 오늘로 끝인가?"

그 웅성거림을 제지하는 대신 사회자는 목소리를 높였다.

"소중한 점심시간에 시간을 내어 보러 와 준 학생 여러분들께 드릴 말씀이 하나 있습니다."

마이크를 손에 쥔 채 씨익 웃어 보이는 학생회 사회자.

이미 사실상 승리를 예감한 듯한 눈빛으로 왼편을 가리켰다.

"저어기 보시면, 저희가 만들어 놓은 판넬이 하나 있습니다. 두 명의 연주를 모두 감상하신 후에! 저 판넬에 스티커를 붙이고 나가시면 됩니다."

스티커의 개수를 통해 내기의 최종 승자를 가리는 방식.

사회자의 말에 유민하의 얼굴이 차게 식었다.

차라리 익명투표라면 모를까, 저렇게 공개적인 자리에서 투표를 진행시키면 학생회인 강현이 배로 유리하지 않을까.

그간 신서진의 이미지를 생각하면 더욱 그랬다.

이 불합리한 구도에서 신서진이 살아남으려면, 압도적으로 잘할 수밖에 없을 텐데.

'너무 불리한 방식이야.'

유민하는 아랫입술을 잘근거리며 최성훈에게 물었다.

"…신서진이 이길 수 있을까?"

"그을쎄. 난 실력으로도 안 될 거라 보는데."

최성훈은 머리를 긁적이며 의자에 등을 젖히고 앉았다.

"서진이가 의외긴 한데. 강현 선배 기타 치는 거 예전에 내가 봤는데 생각보다 장난 아니야. 성격이 좀 그래서 그렇지 이야 실력은 진짜……. 신서진은 발끝도 못 따라가지."

"닥쳐."

"넹."

괜히 조잘대다가 본전도 못 찾은 최성훈이 입을 다물기 무섭게, 강당 위로 두 사람이 걸어 나왔다. 학생회 띠를 어깨에 메고 올라온 강현과 그 옆에 우물쭈물하게 따라 선 신서진.

사회자는 강현을 손으로 가리키며 크게 외쳤다.

"오늘 배틀의 주인공이 왔군요."

"와아아아악!"

"그럼 3학년의 강현 학생부터 시작하겠습니다!"

"와아아아악!"

"강현아, 파이팅 해라!"

"신서진은 이기고 와라악!"

사회자의 말이 끝나기가 무섭게 쏟아지는 환호성. 볼 것도 없이 응원의 열기는 이미 한쪽으로 쏠려 있었다.

그런 관심이 익숙하다는 듯, 강현은 피식 웃으며 하얀색 기타를 손에 쥐었다.

서울예고에 입학하기 전부터 10년 가까이 손에 익혀 온 자신의 무기가 바로 기타였다.

'질 리가 없지.'

별다른 연습도 하지 않은 상태였지만, 이번 무대를 통해 강현은 작정하고 보여 주고 싶었다.

'나는 네까짓 게 올려다볼 산이 아니야.'

한편으로는 학교 실세인 남이준에게 잘 보이고픈 마음도 있었다. 강현은 헛기침을 두어 번 하고선 기타 헤드에 손을 얹었다.

그와 동시에 시작된 연주.

"……!"

디리링.

핑거스타일의 주법으로 강현이 기타 줄을 뜯기 시작했다.

첫 소절을 듣자마자 곡의 정체를 눈치챈 몇몇 기타 전공자들이 입을 떡 벌렸다.

"뭐야, 이거?"

"야, 강현이가 저 곡이 돼?"

조세프 판의 'Nightmare'.

악몽이라는 이름답게 극악의 난이도로 유명한 통기타 곡이었다. 빠르게 몰아치는 핑거 스타일의 주법을 사용하는 곡이자, 나중에 가서는 손가락이 제대로 보이지도 않을 수준의 스피드가 인상적인 선곡.

자연히 사방에서 탄성이 터져 나온다.

"기선 제압이지. 깝치지 말아라, 뭐 이런 거 아냐?"

"초반부만 연주할 거 같은데."

"그건 그렇겠지, 그나마 쉽잖아. 물론……. 그래도 어려운 곡이지만?"

가장 임팩트 있고 비교적 난이도가 쉬운 도입부를 완벽히 소화하여 기선 제압을 하겠다는 눈치.

강현의 손놀림이 점점 빨라진다.

마치 타악기를 다루듯 강현은 기타를 때리며 리듬을 타기 시작했다.

타앗. 타앗.

짧게 끊어 치는 기타, 그 위에 얹어지는 선율에 앞자리의 학생들이 고개를 까닥였다.

"잘하는데?"

"오오… 수준급이네."

거기에 기타 전공의 학생들이 하나둘씩 말을 얹는다.

강현은 기타를 태평하며 각종 고급 기술을 선보였다.

지적할 수가 없다…….

아까까진 희망을 품고 있었던 유민하의 얼굴이 점점 어두워졌다.

'작정하고 나왔어.'

저렇게 나오면, 질 수밖에 없는 게임이다.

강현은 피식 웃으며 신서진 쪽을 돌아보았다.

이쯤이면 새하얗게 질린 얼굴로 전학 갈 학교나 알아보고 있으려나?

그렇게 유쾌한 심정으로 고개를 돌린 순간.

"……!"

전혀 흔들림 없이 편안해 보이는 미소와 마주하고 말았다.

마치 자신의 연주가 별거 아니라는 듯한 가소로운 눈빛.

강현은 저도 모르게 인상을 팍 찌푸렸다.

이걸 보여 줬는데. 이런 연주를 보여 줬는데.

대체 무슨 생각으로.

"엇!"

정신없이 빨라지던 손놀림이 꼬여 버렸다. 신서진을 의식하며 템포를 올린 것이 머리를 따라가지 못했기 때문. 잠깐 한눈을 판 것에 대한 경고이자, 연주에 집중하지 못해 벌어진 실수.

관객들이 눈치채지 못할 사소한 음 이탈에 불과했지만, 강현의 머릿속은 순식간에 하얘졌다.

팅.

둔탁한 음이 두어 번 강당 위를 때리고 지나간다.

삑사리가 난 걸 눈치챈 관객들이 웅성거리고, 강현은 떨리는 손으로 다급히 곡의 종점을 찾았다.

'일단 대충 마무리해야 돼.'

티잉.

치명적인 두 번째 실수.

강현의 입술이 파리하게 질렸다.

수습해야 한다, 반드시 수습해야······.

디리링.

"끄, 끝났습니다!"

강현은 붉어진 얼굴로 천천히 고개를 들었다. 어설프게 끝낸 마무리.

비전공자가 들어도 아쉬움을 지적할 만했던 연주였다.

템포 높은 곡에 감탄하던 관객들은, 이젠 조소를 머금은 채 자신을 올려다보고 있었다.

"아, 너무 욕심 부렸네."

"나이트메어를 어떻게 치냐, 현이가."

"···그러게."

괜찮다.

괜찮을 거다.

그래 봤자 신서진은 자신보다 형편없을 테니.

강현의 시선이 다시 태연한 신서진을 향했다.

타는 그의 속도 모르고, 사회자가 우렁찬 목소리로 신서진을 불렀다.

"다음은 신서진 학생 나와 주시길 바랍니다!"

저벅저벅.

소란스러운 분위기 속에 신서진이 천천히 앞으로 걸어 나왔다.

＊　　　　＊　　　　＊

다시 고요해진 관객석.

신서진은 차분히 기타 위에 손을 얹었다. 아까 강현이 도발하고자 자신을 돌아봤던 건 충분히 눈치챌 수 있었다.

하지만, 비슷하게 얕은수를 쓸 생각은 없었다.

음악은 남을 의식하는 일이 아니다.

의식할 사람이 있다면, 그것은 관객이지 허접한 라이벌이 아닐 테니.

"보여 드리겠습니다."

신서진은 묵직한 한마디를 던지고선 기타 줄을 부드럽게 튕겼다. 강현처럼 고급적인 기술을 쓰는 대신, 자신의 곡으로 저 관객들을 동요시키겠다는 계획.

디링.

슬픈 듯한 기타 소리가 고요한 강당 위로 울려 퍼졌다.

그와 동시에 신서진의 보컬이 입을 열었다.

나는 증명할 거야
이 무대 위에서

그럴싸해 보이는 초반부만 치려 했던 강현의 꼼수처럼.

이게 신서진의 무기라면 무기였다.

'노래도 불러. 춤도 춰도 돼. 가능하면 백텀블링이라도 하든가. 할 수 있는, 모든 걸 해. 너 퇴학당하지 않으려면. 알겠지?'

유민하의 조언을 고스란히 담은 무대.

"야, 그래도 기타 내기에 노래를 부르는 건 반칙 아니냐?"

"목소리는 죽이네."

"그러게."

하지만, 그것도 잠시.

묘하게 가슴을 울리는 목소리가 흘러나오자, 관객들은 저도 모르게 입을 다물고 말았다.

그토록 무시당하던
별것도 아닌 나의 무대를

서글픈 자신의 감정을 꾹꾹 눌러 낸 듯한 한마디.

한마디 한마디가 슬프게 입 밖으로 튀어나왔다.

'발라드인가?'

그 누군가가 그렇게 생각하며 고개를 끄덕이던 순간.

벌떡.

무슨 이유에서인지 신서진은 고개를 들고 허공을 응시했다.

"……."

그렇게 잠시.

적막 속에 호흡을 가다듬던 그가.

결심한 듯 높게 들어 올린 손을 내려쳤다.

"어?"

탕탕탕.

갑자기 몰아치는 기타 소리.

"……!"

순식간의 곡의 분위기를 반전시켜 버리는 신나는 리듬이 울려 퍼지기 시작했다.

그 전까지 발라드곡을 기대하고 있었던 관객들은 놀란 눈을 끔뻑였다.

탕탕.

"…이건 록이잖아?"

통기타로 만들어 내는 과감한 리듬. 어려운 코드도 아닌 대중적인 코드.

누구나 귀에 익은 그 머니 코드로 만들어 낸 곡이지만.

묘하게 달랐다.

신서진의 손에서 기타는 드럼이 되었고, 피아노가 되었다.

"밴드……."

저 악기 하나로 밴드를 써 내려가려 하고 있다.

유민하는 입을 떡 벌린 채 멍한 얼굴로 신서진의 연주를 지켜보았다.

이 넓은 무대를 홀로 채우겠다는 의지.

강현처럼 억지로 띄워 낸 템포가 아닌, 강당의 분위기를 완전히 업 시켜 놓을 유쾌한 템포가 강당을 울렸다.

신서진은 가볍게 탄성을 내지르며 노래를 이어 불렀다.

"워후!"

나는 증명할 거야
이 무대 위에서

신서진은 자리에서 일어나 싱긋 웃었다.

강현을 돌아보는 대신, 관객들을 돌아보며.

놀란 눈의 그들에게 던지는 메시지를 입으로 뱉어 냈다.

"…자작곡이야?"

"왜 노래가 좋지?"

겨우 한 사람이 만들어 내는 무대지만.

여럿이 서 있는 것처럼 선보일 자신이 있었다.

이 기타 하나는, 겨우 기타일 뿐이지만 매력적인 악기였다.

이다영이 처음 간단한 리듬을 들려 주었을 때, 자신의 심장이 뛰었던 것처럼.

그토록 무시당하던
별것도 아닌 나의 무대를

오늘은 자신을 무시하던 이들의 심장을 때려 줄 차례였다.

"미쳤다……."

"뭐냐?"

격정적으로 치닫는 멜로디. 통기타로 만들어 냈다고는 믿을 수 없는 파워. 신서진은 탄탄한 발성을 내지르며 무대의 중앙으로 향했다.

리셉터의 하늘 바다를 부르면서 배웠다.

자신을 좋아하는 이들에게 노래를 들려주는 일은 쉬웠지만.

자신을 미워하는 이들의 마음을 붙잡는 건 어려운 일이라는 걸.

그리고 그 어려운 무대 위에서.

자신이 어떻게 해야 할지.

'모든 걸 보여 줘. 보여 줄 수 있는 모든 걸.'

신서진은 기타를 세게 움켜쥔 채 앞으로 튀어나왔다.

노래, 보여 줬다. 춤, 나오면서 열심히 고개 까닥였다.

그렇다면 남은 무기는 딱 하나.

'백텀블링이라.'

유민하가 꼭 하라고 했던가.

그래서, 준비했다.

보여 주지.

하나, 둘, 셋.

"어… 어어?"

"쟤 지금 뭐 하는 거야?"

"저… 저 미친 새끼가!"

신서진은 기타를 품에 안은 채 뒤로 날아올랐다.

Chapter. 3

　유민하는 멍한 얼굴로 무대 위를 올려다보았다.

　처음 강현이 기타를 들고 나왔을 땐, 그냥 이 게임은 망했다고 생각했다.

　신서진이 첫 소절을 읊었을 땐, 해 볼 만하다고 생각했다.

　그 노래가 자신의 생각보다 훨씬 좋았을 땐, 두 손을 모아 응원했다.

　무시하는 사람이 한 트럭이어도, 그걸 짓밟고 올라서길 바라는 마음으로.

　그리고, 지금은.

　모르겠다, 이게 무슨 감정인지.

　"…미친놈아."

　유민하는 나직이 중얼거렸다.

난데없이 기타를 들고 뒤로 날아올랐다. 할 수 있는 모든 걸 하라고 알려 준 게 본인이었지만…….

"너 하고 싶은 거 제발 다 하지 마……."

망할.

하지만, 유민하의 염려와는 달리 관객석은 재미있게 돌아가기 시작했다.

"어어어어?"

"쟤, 쟤 뭐 하는 거냐?"

"와, 씨."

백텀블링과 동시에 튀어나온 환호성.

이미 달궈진 프라이팬처럼 관객들은 순식간에 끓어올랐다.

"꺄아아악!"

"아니, 미쳤나 봐!"

처음엔 단체로 충격에 빠진 얼굴이었지만 그것도 잠시였다. 혼란스러워하던 시선들은 금세 호기심으로 변해 갔다.

분명 신서진의 퍼포먼스는 모든 이들의 시선을 사로잡기에 충분했다.

반년 만에 돌아와서 이전과는 비교도 안 될 탄탄한 음색으로 한 번 관객을 놀라게 했고. 그다음엔 저 자작곡이 생각보다 좋아서.

마지막으로 선보인 히든카드 백텀블링까지.

대체 무대 안에 몇 번의 반전이 있는 거야.

저 수많은 학생들 앞에서 자신을 각인시키기에는 완벽했던 무대였다.

"신서진······. 찢었다."

최성훈은 손을 흔들거리며 그렇게 중얼거렸다.

비슷한 감정을 느낀 건 자리에 앉아 있던 학생들 모두였다.

"와아아아아!"

"서진아아악! 너무 잘했다아아!"

호들갑을 떨며 일어나는 앞자리의 학생들. 그중에는 방금 전까지 승패는 이미 난 것이나 다름없다며 신서진을 무시했던 일행들도 껴 있었다.

그뿐인가.

처음엔 신서진을 무시하던 3학년 선배들 역시 멋쩍은 얼굴로 박수를 쳐 보였고, 다른 과 학생들은 이미 넋을 놓은 채 열광하고 있었다.

무대가 끝난 뒤에 유민하는 직감했다.

결과는 더 볼 것도 없었다.

"야, 비켜."

"붙일 거라고."

"아, 줄 서세요!"

무대가 끝나자마자, 학생들은 흥분한 기색으로 스티커를 붙이러 우르르 몰려갔다.

3학년들의 눈치를 볼 거라는 기존의 걱정과는 달리 스티커는 이미 한쪽에 쏠려 있었다. 유민하는 스티커 판을 돌아보며 안도했다.

결과는 신서진의 압도적인 승리.

"이 정도로 차이가 난다고?"

"왜, 그럴 줄 알았잖아."

"실력이 그만큼 차이 났는데, 뭐."

실용음악과 학생들 사이에서 나직한 대화가 흘러나왔다. 모두들 이번 내기의 승자를 인정하는 모습이었다. 그도 그럴 것이, 보여 준 기량 자체가 한참 차이가 났으니까.

괜히 어설프게 어려운 곡을 시도하려다가 고꾸라진 강현.

그리고, 화려한 퍼포먼스까지 더해 실수 없이 반전을 선보인 신서진.

"하."

형편없는 마무리로 비웃음을 산 강현이 신서진의 실수까지 바랐을지 모르겠지만, 적어도 그의 실수는 확실한 도약이 되어 버렸다.

"……."

한편에 쏠려 있는 색색깔의 스티커들.

굳이 일일이 세 볼 가치도 없이 한눈에 보이는 결과에 분노할 사람이 하나 있었다.

유민하는 천천히 고개를 돌렸다.

처음에는 신서진을 개무시했다.

제대로 연습도 하지 않은 채 그럴싸해 보이는 꼼수로 신서진의 기를 눌러 놓을 계획이었던 3학년 강현.

그의 계획은 실패했고.

여럿이 보는 앞에서 제대로 망신을 당했다.

화날 만도 하지.

"…거지 같은 게."

유민하는 피식 웃으며 어깨를 으쓱였다.

'제대로 열받았나 보네.'

사람들의 시선을 피한 구석 자리.

강현은 떨리는 주먹을 내리고선 뒤편으로 빠져나갔다.

*   *   *

점심시간에 벌어진 한 판의 내기.

애당초 벌점을 걸고 최서연 선생의 감독하에 진행된 내기였으니, 교무실이라고 이 소식이 전해지지 않았을 리 없었다.

지난 소극장 사건 때만 해도 선생들은 반신반의했었다.

그저 조금 실력이 늘어서 소문이 그렇게 돌았을 뿐이라고. 괜한 애들의 호들갑이었겠지, 그리 생각했다.

하지만, 이번 내기는 달랐다.

신서진의 무대를 코앞에서 봤던 최서연 선생은 잔뜩 흥분한 얼굴로 말을 쏟아 냈다.

"어떻게 된 거죠? 작년엔 분명 저런 애가 아니었는데. 쌤도 봤잖아요!"

"그렇죠?"

"옛날엔 엄청 못했었다니까요. 제 눈으로 직접 봤었는데. 그 애랑 같은 애가 맞나 싶을 정도예요."

보컬 테스트에서 형편없이 발음을 절었고, 기타 연주회 때는 코드 하나도 제대로 못 짚은 애였다. 애들이 못 친다고 놀려 댔더니 결론은 냅다 들이받기. 당시에도 주먹다짐까지 갔었던 걸로 기억한다.

실력도 없는 문제아.

그런 애가 반년 만에 저런 모습이 되어 돌아오다니.

기적에 가까운 일이었다.

"현이가 밀렸어요?"

"그렇다니까요."

"걔 기타 좀 칠 텐데? 이상하다."

"진짜로 현이가 신서진한테 진 거예요?"

작년에 강현을 맡았던 담임은 의아한 얼굴로 고개를 갸우뚱해 보였다.

"신서진이 엄청 잘했어요. 현이 충격 장난 아니게 받았을 거 같은데."

"반에서 열받아서 울고 있다던데요."

"그럴 만도 하지. 솔직히 다른 사람도 아니고……. 크흠."

그런 선생들의 말을 듣고 있던 학생부장 이규필이 낮게 깔린 목소리로 말을 뱉었다.

"주영준 선생."

"네?"

신서진을 담당하고 있는 C반의 담임, 주영준.

갑작스러운 부름에 주영준 선생은 놀란 얼굴로 고개를 들었다.

신서진에 관한 소문은 학생부장 이규필 역시 익히 들어 왔다.

당시 1학년 선생들이 가망이 없다며 혀를 차던 녀석이기도 했다.

그런 애가 이번 연도 들어서 무성한 소문들의 주인공이 됐다.

교탁에 선 지 16년이 지났지만 일반적인 케이스는 아니었다.

그래서 호기심이 동했다.

이규필은 너털웃음을 터뜨리며 말을 던졌다.

"대체 애들을 어떻게 가르친 거야?"

스윽.

그의 한마디에 다른 선생들의 시선이 주영준 쪽으로 쏠렸다.

어떤 학생을 배출해 내느냐가 커리어에 한 획을 긋는 문제인 서울예고의 교사들. 재능 있는 인재를 발굴해 내기 위해 다들 눈이 돌아간 양반들이었다.

최서연 선생은 두 눈을 끔뻑이며 하이 텐션으로 입을 열었다.

"그러게요. 비법 좀 알려 주세요, 진짜."

"아니, 어떻게 신서진이 그렇게 되냐고."

"허허, 솔직히 개판이었잖아, 작년엔."

"기타는 그새 누구한테 배운 거야?"

오디오가 넘쳐흐르는 것은 교실이나 교무실이나 별반 다를 바가 없다. 시장통같이 시끄럽게 쏟아지는 질문들을 흘려 버린 주영준 선생은 멋쩍게 웃었다.

비법이라.

오히려 자신이 묻고 싶었다.

주영준 선생은 담담한 목소리로 솔직하게 말했다.

"글쎄요. 겨우 2주 됐는데 제가 가르친 게 있을 리가요."

겸손이 아니고 진심이다.

"저는 그보다 쉬는 동안 누구한테 배웠는지, 그게 더 궁금한데요."

주영준 선생 역시 똑똑히 기억했다.

지금 A반을 맡고 있는 이상혁 선생이 추가 합격으로 신서진을 붙였을 때, 누구보다 반대했던 게 주영준 선생이었다.

노력하는 범재보단 천재가 배로 낫다.

예체능의 영역은 사실 노력한다고 되는 게 아니니까.

그런 면에서 신서진은 '해도 안 될 놈이다'라고 생각했다.

그런데, 될 놈이었다.

턱을 괴고 있던 주영준 선생은 자리에서 벌떡 일어났다.

지금 이렇게 넋을 놓고 있을 때가 아니었다.

"…내일이 재배치고사지?"

＊　　　　＊　　　　＊

"카메라 체크해 봐!"

"무대 빨리 쓸어."

"잠시만요, 대기 들어갈게요!"

"다음 조 올라가 주세요."

분주하게 움직이는 방송반 학생들. 흡사 음악방송 무대를 연상케 하는 화려한 서울예고의 무대가 조명 아래에서 빛났다.

모두가 이렇게 열을 쏟고 있는 이유는 하나였다.

서울예고의 가장 큰 이벤트 중에 하나인 반 배치고사를 대강당에서 진행하게 되었기 때문. 그동안의 반 배치고사가 비공개로 진행되었던 것과 달리, 이렇게 공개적으로 오픈된 것은 사실상 처음이었다.

전교생이 자유롭게 지켜볼 수 있는 자리에서 조별 무대를 선보이고, 선생들의 공개적인 평가에 따라 반 배치가 진행된다.

게다가 최종 1등 팀은……

"이번에 봄 축제 들어간다고 하지 않았어요?"

"맞아요. 봄 축제 무대 위에 설걸요."

"엄청난 기회네."

심사 위원으로 앉은 2학년 선생들.

최서연 선생과 주영준 선생은 나란히 대화를 주고받았다.

서울예고의 봄축제는 일반적인 고등학교와는 스케일부터 달랐다.

웬만한 대학교 축제를 뛰어넘은 수준에, 이미 데뷔한 재학생들도 축제에 얼굴을 들이밀었다. 학생들의 무대를 보러 기자들이 뜰 정도였다.

그런 무대에 설 수 있는 특권이 재배치고사로 낙점될 수 있다니.

학생들이 짧은 기간 동안 혼을 갈아 넣은 이유가 다 있었다.

이상혁 선생이 입을 열었다.

"오늘 무대 다들 괜찮지 않아요?"

"2주밖에 안 줬는데, 생각보다 잘하네."

"이번 2학년들에 난놈이 많다니깐."

벌써 일곱 팀의 공연을 지켜봤다.

당장 데뷔조에 들어간다고 해도 전혀 문제가 없을 거 같은, 제법 수준급의 무대들이 이어졌다.

특히 앞선 5조의 무대가 기억에 남았다.

잔잔한 발라드 느낌의 곡을 선곡해서 후반부에 힘 있게 터뜨리는 구성. 학생들이 만들어 낸 무대치곤 제법 치밀하게 잘 짜여 있었다.

개개인의 능력치도 괜찮았고.

"얘네가 우승하려나?"

"아직 한 팀 남았을 걸요?"

마지막으로 남은 조. 명단을 기억해 낸 최서연 선생이 곧바로 호들갑을 떨었다.

"두고 봐야죠! 얘네도 장난 아닐 거 같은데."

"누구길래 그래?"

신서진, 유민하, 이유승, 최성훈, 이다영.

한 치 앞도 장담할 수 없는 다크호스 같은 2조였다.

"확실히 기대되는 녀석들이긴 합니다.

주영준 선생 역시 비슷한 생각이었지만, 저편에서 뚱한 대답이 돌아왔다.

"신서진 있는 조라고?"

"그래도 A 수준은 아닐 거 같은데."

"내가 봤을 때는 현이가 대판 망해서 그랬을 거야."

상식적으로 신서진이 실력으로 이겼을 리 없다는 반응이었다.

대부분 신서진을 1학년 때부터 봐 온 선생들.

다들 그 짜릿한 내기를 보지 못하고 교무실에나 처박혀 있었으니 저런 소리가 나오지.

최서연 선생은 눈치를 살피며 고개를 저었다. 자기가 지난번 기타 내기에서 본 결과는 저들의 말과는 많이 달랐다.

노래도 잘하고 퍼포먼스도 제법이고.

"그 뛰는 거 못 보셨어요?"

"그래 봤자 신서진이지."

"기타 들고 뒤로 나는 건요?"

"…그건 미친놈이지."

아니, 미친놈이 아니라 제법 근사했다니깐.

"불쌍한 민하랑 유승이한테 민폐만 안 끼쳤으면 좋겠는데."

"에이, 작년보단 1인분 하겠죠."

"그을쎄다……."

아, 답답한 인간들.

최서연 선생은 그 어마어마한 광경을 직관하지 못한 선생들을 안타까워하며 짧게 한숨을 내쉬었다.

어차피 더 오래 볼 필요도 없었다.

곧, 무대가 시작하니까.

"2조 앞으로 나와 주세요."

방송반 학생의 한마디와 동시에, 어둑한 무대 위로 묵직한 발소리가 울려 퍼졌다.

"어어?"

"시작한다."

최서연 선생이 침을 삼키며 볼펜을 집어 든 순간.

파앗―.

적막과 함께 무대의 양편에서 새하얀 스모그가 뿜어져 나왔다.

흐릿한 안개 속으로 천천히 걸어오는 다섯의 실루엣.

스모그가 걷히면서 뒤편의 무기가 서서히 모습을 드러낸다.

무대 뒤로 늘어선 장구와 북들. 여기까지는 그러려니 하겠는데.

그 옆에는…….

의미를 알 수 없는 유리잔들이 책상 위에 놓여 있었다.

"얘네 무대 난타인가?"

"준비 엄청 했네……."

그렇게 모두들 의아해하고 있을 때.

그 사이로 걸어 나온 신서진을 발견하고 만 관객들은 저도 모르게 침을 삼켰다.

저벅저벅.

당당하게 중앙에 선 사람은 전혀 예상치 못했던 얼굴이었으니까.

"……!"

당연히 이 무대의 중심을 잡고 갈 사람은 보컬 천재 유민이라고 생각했다. 그게 아니라면 퍼포먼스로 두각을 나타내 온 이유승이라든가.

그런데.

"야, 저기 봐 봐."

"뭐야?"

"어… 어?"

"신, 신서진이 왜 저기 있… 어?"

"에에?"

허억.

심사 위원석에 앉은 선생들이라고 다를 건 없었다.

최서연 선생은 놀란 눈으로 입을 틀어막았다.

"센터가 신서진이야?"

진짜로?

*   *   *

보랏빛 조명이 천천히 무대 위로 내려앉았다. 신서진은 양손에 스틱을 든 채 천천히 정면을 응시했다. 어둑어둑한 관객석에도 자신을 올려다보는 이들의 시선이 이곳에 닿았다.

생각보다 훨씬 넓다.

사람도 많고.

여기서 보니까 한눈에 다 보이네.

저들의 표정, 눈빛, 숨소리까지도 느껴지는 것만 같다.

자신을 경계하는 시선들, 여전히 무시하는 눈빛들까지도 고스란히 느껴진다. 지난 기타 퍼포먼스가 가볍게 날린 경고장에 불과했다면.

오늘은 더 확실히 보여 줄 생각이었다.

그래 봤자 신서진이지.

저들의 틀에 박힌 신념에 작은 경종을 울리는 소리가 무대 저편에서 울려 퍼졌다.

똑바로 보라고.

신서진은 피식, 웃음을 흘리고선 집중했다.

그 순간.

디링. 딩. 딩.

유리잔의 청아한 소리가 숨 막힐 듯 고요한 무대 위로 미끄러진다.

바로 리셉터의 '하늘 바다'가 흘러나올 줄 알았던 관객들이 놀란 눈으로 숨을 들이쉬었다.

이다영이었다.

평상시에는 소심하게 눈치나 살피고 있던 애가 싱긋 웃어 보이며 빠르게 유리잔을 두드린다.

유리잔을 천천히 훑으면서 작은 울림을 주는 도입부.

신서진의 목소리가 그 위에 얹어졌다.

발성 연습으로 힘을 실어야 할 파트와 그렇지 않은 부분을 연습했다.

제법 새로운 발성에 익숙해진 신서진의 목소리가 리셉터의 '하늘 바다'를 완전히 재해석했다.

푸르른 하늘이 바다처럼 느껴졌어
그 품에 안겨 하루를 자고 싶었어

"어……?"

고작 첫 소절을 내뱉었을 뿐인데.

넋이 나간 눈빛들이 곳곳에서 보인다.

경쾌하게 부를 수 있는 파트였지만, 보다 감성적으로 깊게 치고 들어갔다.

원곡과 차별화된 편곡.

디리링.

원래는 풍부한 밴드 사운드로 채워졌어야 했을 초반부의 리듬이 감각적으로 통통댄다.

매혹적인 유리잔의 사운드가 MR의 빈자리를* 채운다.

하지만, 그 빈자리를 정말 제대로 채울 사람은 따로 있었다.

관객들 틈에서 탄성이 튀어나왔다.

2조의 공식적인 에이스.

보컬 하면 어디 가서 밀리지 않을 원조 월말 평가 1등.

"유민하다……!"

설레는 내 마음이
파도처럼 요동치고 있어

원래 성질머리랑은 전혀 어울리지 않는 새하얀 드레스.

청순한 의상을 입은 유민하가 생글생글 웃으면서 앞으로 걸어
나왔다.

화사하게, 그리고 아름답게.

신서진은 그녀의 발걸음에 맞춰 웃으며 마이크를 들었다.

눈부신 네 모습이
햇살처럼 빛나고 있어

저벅저벅.

가운데를 향해 크로스하듯 걸어오던 유민하는 홱 하고 고개
를 돌렸다. 허공에서 스치던 손이 이내 힘없이 떨구어진다.

유리 스틱을 손에 쥔 이다영이 조명 아래에서 조심스레 화음
을 더했다. 물방울처럼 통통 튀어오르는 목소리가 무대 위로 울

려 퍼졌다.

끝없이 헤엄치고
쉴 새 없이 날아가도

그 아래에 나직한 목소리를 깔고 들어온 건 이유승.
최성훈은 미소를 지으며 이유승의 파트에 화음을 넣었다.

닿지 않을 것만 같아서
가끔은 두려워

마지막 말을 읊조리듯 뱉으며 마이크를 쥔 손을 내리는 최성훈.
다섯 명의 목소리가 자연스레 어우러졌던 도입부는.
그래, 완벽했다.
그 순간.
무대 끝에 흩어진 다섯 사람 사이로 의미심장한 눈빛이 오고
갔다.
"……."
한 걸음. 한 걸음.
"뭐야, 뭐야?"
흩어졌다가 다시 순식간에 한데 모이는 동선.
그들은 중앙에 모여서 천천히 스틱을 잡았다. 조명 아래에서
빛나는 스틱을 확인한 최서연 선생의 두 눈이 동그래졌다.
"여기서… 저걸로 들어간다고?"

두두둥.

심장 소리처럼 거친 리듬이 깔린다.

자비 없이 울려 퍼지는 리듬이 조금씩 관객들의 정신을 깨웠다.

화려한 일렉기타와 드럼, 베이스는 없지만.

눈앞에 놓인 북만으로도 풍성한 밴드의 사운드를 채울 자신이 있었다.

이 무대의 히든카드.

난타.

쿵쿵. 쿵쿵쿵.

여기서 저기까지.

마치 넓은 월드컵 경기장에 한데 모인 축구 팬들처럼. 뜨거운 함성 같은 리듬의 파도가 이어졌다.

이유승에게서 시작한 파도는, 이다영에게 닿아, 신서진에게로 왔다.

그리고 다시 유민하를 향해 넘겨졌다.

그래도 달리고 싶어
바다 같은 저 하늘을

연신 북을 내려치던 최성훈이 힘을 실어서 외쳤다.

흔들림 없는 깔끔한 목소리가 허공을 가르며 울렸다.

관객석에서 짧은 탄성이 들려온다.

"와⋯⋯."

"대박."

쾅쾅쾅.

곳곳에서 터지는 환호성을 묻어 버릴 정도로, 맹렬한 음악이 파도처럼 요동친다.

지금 이 순간.

우리는 마치 서핑을 타듯 자유자재로 리듬을 손 안에서 가지고 놀았다. 때로는 몰아치는 파도처럼. 때로는 잔잔한 물수제비처럼.

부드럽게 흘러가던 리듬은 재차 강렬해졌고.

하이라이트 파트가 다시금 돌아온다.

미친 듯이 몰아치는 리듬 사이로 말끔한 신서진의 목소리가 울려 퍼졌다.

저 하늘에서 보면 완벽할 거야
나란히 서 있는 너와 나

그 위로, 묵직한 난타 소리가 얹어진다.

"워후!"

시원한 타격음이 세포 하나하나를 깨우는 듯 오묘한 느낌.

이유승의 난타 소리를 건네받은 신서진의 스틱이 관객의 심장을 때리듯 북의 정중앙을 조준했다.

두두둥.

그저 노래를 부르고 있을 뿐인데.

알 수 없는 감정이 첫 연습 때처럼 목구멍을 타고 올라온다.

신서진은 그 감정의 정체를 이내 알 수 있었다.

재밌다.

지루했던 수천 년의 시간을 보상받을 만큼.

미치도록 설렌다.

이게 무대의 맛이었던 건가.

그래도 달리고 싶어

바다 같은 저 하늘을

"꺄아아아!"

환호성과 함께 관객석 곳곳에서 휴대폰 플래시가 터져 나왔다. 무대 위의 조명은 더욱더 화려하게 자신들을 비추었다. 하나의 빛줄기가 강렬하게 뇌리에 꽂힌다.

동시에 다섯 명이 앞으로 튀어나왔다.

"와아악!"

신서진은 망설임 없이 스틱을 왼편에 집어 던지고선 바닥 위로 미끄러졌다.

애초에 기획했던 것보다 훨씬 파워풀해진 안무. 신서진은 가볍게 뛰어오르며 두 팔을 뻗었다.

보컬 연습보다도 생소하게 느껴졌던 안무 연습.

완벽하다고는 할 수 없지만, 온 힘을 쏟아부은 신서진의 퍼포먼스가 자연스럽게 무대 위에서 빛을 발했다.

안무로 이어지는 타임에도 신서진의 위치는 센터였다.

나머지 네 명의 중심을 잡기 위해, 신서진은 조금도 흔들림 없이 안무를 소화했다.

쾅쾅쾅.

저 하늘에서 보면 완벽할 거야
나란히 서 있는 너와 나

이거 안무 연습하느라 며칠을 꼬박 밤샜는데.
"와."
기타를 들고 뒤로 나르는 것보다야 쉬웠지만.
벌써 익숙해진 안무가 몸에 밴 채 흘러나왔다.
신서진은 마이크를 치켜들고선 함성을 내질렀다.

저 바다 같은 하늘에서
나는 이제 날아오를래

머릿속에서 그렸던 완벽한 비상.
그리고 그 위로는…….
"와아아!"
"그래도 달리고 싶어!"
"바다 같은 저 하늘을!"
관객들의 환호성이 빈자리를 채웠다.
하나둘씩, 눈치를 살피던 이들이 자리에서 일어나기 시작했다.
"어… 어!"
별다른 이유는 없었다.
그저 끌리는 대로, 이 무대를 즐기고 싶어서.
진심을 다해 박수 치던 앞줄의 관객들은 저도 모르게 벅차올랐다.

"와아아아!"

"유민하! 유민하!"

"이유승! 이유승! 이유승!"

2조 멤버들의 이름이 하나씩 울려 퍼지고. 그중 가장 귀에 꽂히는 건······.

단연 자신의 이름이다.

"신서진! 신서진! 신서진!"

다섯의 이름들 속에서 존재감을 뿜어내며 점차 커지는 환호성이.

그저 감격스러울 뿐이다.

신서진은 환하게 미소를 지으며 무대 위에서 뛰었다.

무대 위의 이들이 즐기기에, 보는 이들조차 행복해지는 무대.

앞자리에서 심사를 보고 있던 최서연 선생마저 흥에 겨워 탄성을 터뜨렸다.

"서진아아악! 이쪽 봐 봐!"

파앗―.

양 끝에서 화려한 불꽃이 터져 나온다.

리셉터의 〈하늘 바다〉.

삐걱거리는 이 다섯 멤버로 해낼 수 있을까 걱정부터 되었던 2조의 무대였지만.

결과로 증명해 냈다.

보다시피, 우리들은 확실히 날아올랐다.

"꺄아아!"

"신서진! 신서진! 신서진!"

강당을 날려 버릴 듯한 함성 소리가 한동안 끊이질 않았다.

"와아아아악!"

그 중앙에 서서, 신서진은 싱긋 웃어 보였다.

'스타가 될 거예요.'

포부 넘치는 그 말을, 증명하기 위한 노력이었다.

"봤지?"

*   *   *

믿기지 않는다.

이게 겨우 18살 친구들이 만들어 낸 무대라니.

현역 아이돌을 데려왔다고 해도 믿길 정도였다.

최서연 선생은 연신 감탄하며 두 손을 모았다.

"내가 뭘 본 건지 모르겠는데?"

"그죠?"

주영준 선생은 피식 웃으며 고개를 끄덕였다. 저쪽의 호들갑
이 상당하긴 하지만, 나름 공감했다.

"아니, 이 정도일 줄은 나도 몰랐지."

같은 사람이 맞나 싶을 정도로 늘어서 돌아왔다.

그것만 해도 놀라서 뒤로 넘어갈 지경인데.

아니, 이건.

단순히 는 게 아니라 사람이 바뀌어서 돌아온 수준이다.

아까까지 신서진을 비웃던 선생들은 이미 반쯤 넋을 놓고 있다.

최서연 선생이 예리하게 그들 틈을 파고들었다.

"춤도 잘 춘다니까요?"

"그… 그게, 대체 어떻게 된 거지?"

"그동안 잘못 본 거 아니에요? 내가 다른 학생이랑 헷갈렸었나?"

크흠.

어색한 공기 속에 기침 소리가 울려 퍼진다.

최서연 선생은 본인의 일인 것처럼 뿌듯한 미소를 숨기지 못했다.

주영준 선생도 마찬가지였다.

그동안 그렇게 무시하더니.

구겨진 표정이 제법 봐줄 만하다.

아니, 지금 이럴 때가 아니지.

"허억… 헉."

숨을 고르고 있는 신서진의 모습이 눈에 들어온다.

주영준 선생은 마이크를 손에 쥔 채 정신을 차렸다.

심사부터 해야 할 차례다.

"2조 학생들, 무대 잘 봤다."

"네에에!"

최성훈의 해맑은 대답에 인상을 찌푸리며 눈치를 주는 유민하.

그 옆에서 멍하니 두 눈이나 굴리고 있는 신서진.

아니, 이렇게 2프로 부족한 애들이.

방금 그 무대로는 200프로의 기량을 뽑어냈다는 게 믿기지 않았다.

허허.

C반에서는 카리스마 넘치는 냉정한 선생이지만, 오늘 이 무대만큼은 냉정하게 평가할 수 없었다. 주영준 선생은 숨을 들이쉬며 입을 뗐다.

"서진이가 센터지?"

"넵."

신서진이 두 눈을 반짝이며 고개를 끄덕였다.

뭐야, 저 적극적으로 뿌듯해하는 얼굴은.

주영준 선생은 머리를 긁적이며 말을 이었다.

"사실 걱정을 많이 했는데……."

"너무 잘해 줬지."

"진짜 잘하던데요."

끄덕.

주영준 선생은 다른 선생들의 말에 격하게 공감했다.

처음 조명이 켜지고 나선 마냥 의아하기만 했다.

아무리 그래도 무대 경험이 잦은, 작년에 축제까지 오른 적 있던 유민하와 이유승을 놔두고 신서진을 센터에 세우다니.

대체 왜.

하지만, 무대가 시작되고 깨달았다.

춤을 추면서도 고음은 안정적이고.

작년에 그토록 흐물거리던 녀석이라고는 믿을 수 없게, 긴 팔다리를 꽤 괜찮게 써 보인다. 리듬을 타는 게 타고났다.

"지난 반년 동안 무슨 일이 있었는지 모르겠지만. 오늘, 전 무대 통틀어서 MVP를 한 명 꼽으라면 널 뽑았을 거다."

"허억……. 야, 대박이다."

"멋, 멋져……!"

이다영은 저도 모르게 탄성을 터뜨리며 두 손을 치켜들었다. 유민하는 피식 웃으며 인정한다는 듯 고개를 까닥였다.

최성훈은…….

"와, 미친. 개쩔어, 돌아 버리겠잖아."

아니, 심사 중에 무슨 헛소리를 하는 거야.

"성훈아?"

"네엥?"

"크흠."

주영준 선생은 다급히 눈치를 주며 말을 이어 갔다.

"네가 반년 동안 발전했다고 높게 쳐 준 건 아냐. 정말 절댓값을 놓고 본 거지. 솔직히, 그냥 잘했어."

"감사합니다."

신서진은 생글거리며 대답했다. 주영준 선생에게서 마이크를 건네받은 최서연 선생이 말을 더했다.

"후……. 얘들아?"

"네엡!"

아까 무대를 봤을 때의 흥분이 아직 가라앉지 않았는지, 여전히 텐션 높은 목소리가 튀어나왔다.

"나 지인짜 너무 놀랐잖아. 너네 다 너무 잘하더라. 서진이는 말할 것도 없고, 민하도 보컬 장난 아니고. 안무는 누가 짠 거야?"

"제가요."

이유승이 담담하게 손을 치켜올렸다.

그럴 줄 알았다는 듯한 반응이 이어졌다.

"그래, 안무 동선도 완벽했어. 다영이 편곡도 너무 좋았고. 마지막으로, 최성훈?"

"네에에?"

신서진과 같은 C반이었던 최성훈. 이쪽도 잘나가는 친구들 틈새에서 민폐가 될 거라고 생각했건만.

심사를 맡은 선생들은 다시 한번 반성하게 됐다.

"너도 잘하더라."

"감사합니다악!"

A반, B반, C반.

그 틀에 애들을 가둬 놓고 가능성을 보지 못했던 게 아니었을까.

최서연 선생은 감격에 찬 눈빛으로 말을 뱉었다.

"완벽했던 무대였어. 정말 수고했어."

"감사합니다!"

아, 그리고.

기쁜 소식이 하나 더 있다.

"……."

심사 도중에 빠르게 점수를 합산해 본 결과.

최서연 선생은 책상 앞에 도착한 종이 한 장을 들어 올렸다.

"전할 말이 하나 더 있는데."

마지막 무대에서 100점에 가까운 점수가 쏟아져 나왔다.

덕분에 1위를 자리를 굳건히 지키고 있던 5조를 순식간에 밀어냈다.

놀라운 반전.

"너네가 1등이야. 축하해."

허억.

관객석과 무대 위 멤버들은 동시에 침을 삼켰다.

"정, 정말요?"

"와아아아아악!"

전원 A반 확정에 봄 축제 공연 무대까지 픽스.

"세상에."

"꺄아아악!"

유민하는 제자리에서 튀어 오르며 열광했다.

"…미친."

개판이라고 생각했다. 팀원부터 컨셉까지.

3조의 도발부터 시작해서, 전교생의 무시까지 받았다.

그래도 꾸역꾸역 만들어서 세워 낸 무대였다.

이걸 해낼 줄은 몰랐다.

"1등! 1등! 1등!"

"2조 잘했다아아!"

"와, 대박."

"이쪽 좀 봐 주세요!"

환호성이 사방에서 터져 나온다.

신서진은 묘하게 감격에 찬 눈빛으로 피식 웃었다.

그 눈빛을 체크한 최서연 선생이 마이크를 넘겼다.

그럼 여기서 한번 들어 봐야지.

1등 하면 빠질 수 없는 게 하나 있잖아.

1위 소감.

"그러면 서진이가 대표로 소감 말해 볼까?"

"네?"

으응?

왜 하필 재한테 마이크를?

유민하의 불안한 시선이 허공에 닿았다.

*　　　　　*　　　　　*

소감이라.

최서연 선생의 한마디에 시선이 온통 이쪽으로 쏠리는 게 느껴진다.

겨우 한마디.

그 한마디의 말조차 꺼내지 못하게 무시했던 이들이, 묘한 눈길로 자신을 돌아보고 있다.

"……"

그와 동시에 조금씩 빠져나갔던 힘이 차오르는 기분이다.

지난 몇백 년의 시간 동안 천천히 사라져 갔던 관심과 힘이.

'어차피 신으로 추앙받던 시대는 지났어. 우리도 우리 살길을 찾아야 하지 않겠어?'

리라 하나를 등에 메고 미련 없이 이승으로 떠났던 음악의 신, 아폴론.

전령의 신으로서 이승에서 가장 많이 떠돌아다녔던 그였음에도 아폴론의 말을 헛소리로 치부했다.

겨우 그런 허접한 수로 인간들의 마음을 사로잡을 수 있을까.

하지만, 이 방법이 맞았다.

아폴론이 옳았다.

신서진은 손을 뻗어 금방이라도 흩어질 것 같은 기운을 끌어모았다.

미약하지만 값진 기운이었다. 리셉터의 하늘 바다를 소극장에서 부를 때, 강현 선배와 기타 내기를 펼칠 때.

그때 역시 묘한 기운이 느껴졌던 것 같다.

다만 그 순간에는 너무 미약해서 단순한 떨림으로 느꼈을 뿐.

지금은 그것이 찬란한 빛의 가루가 되어 천천히 허공에서 흩뿌려지고 있었다. 저들의 눈에는 보이지 않을 지팡이를 살짝 들어 올리자.

파앗—.

빛이 지팡이 속으로 빨려 들어갔다.

아아, 이것이 관심인가.

신서진은 감격에 잠긴 눈으로 천천히 고개를 돌렸다.

고작 지팡이나 휘두르던 한물간 전령의 신 헤르메스가 아니라.

무엇이든지 해낼 수 있었던 과거의 영광으로 돌아가는 기분.

눈물이 흐를 지경이다.

아니…….

훌쩍.

"어… 어?"

저도 모르게 뺨을 타고 눈물이 흘러내렸다.

몇백 년의 외로움을 끝낸 감격을 주체하지 못한 제 실수였다.

"쟤 울어?"

"야, 울 만도 하잖아. 한두 번이었어? 퇴학 위기에, 허구한 날 애들이랑 시비 붙고, 무시당하고. 나 같아도 펑펑 울었지."

"하긴 생각해 보면 괜히 지가 살살 긁어 놓고 아닌 척하던 놈들도 많지 않았나?"

웅성웅성.

아, 이러려던 건 아니었는데.

신서진은 머쓱하게 웃으며 최서연 선생을 돌아보았다.

그녀 역시 당황한 얼굴로 두 팔을 허둥대더니 말을 이었다.

"신서진 학생, 소감 없으면 말 안 해도 돼요! 괜히… 괜히 울지 말고."

이거 운 게 아니라.

눈에 먼지가 들어간 거다.

신서진은 마이크를 두 손을 쥔 채 객석을 향해 애써 싱긋 웃어 보였다.

소감이라.

지금 이 순간을 나타내는 말은 하나밖에 없었다.

신서진은 진지한 얼굴로 말을 뱉었다.

"관심받는 거, 너무 좋습니다."

*   *   *

서을예고 대나무숲 게시판은 그야말로 난리가 났다.

익명 제보 #57
관심받는 거… 너무 좋아요.
이러면서 눈물까지 흘리는데 저거 진심이냐?
ㅡ참된 관종이다…….
 ㄴ참된 관종 ㅋㅋㅋㅋㅋㅋㅋㅋㅋㅋ 미쳤냐고
 ㄴ눈물까지 흘릴 정도로 관심받고 싶었던 거임? 미치도록 간절
해 보여서 더 어이가 없네;
 ㄴ저 정도면 관심 좀 줘라 얘들아
 ㅡ아, 어뜨카지 나 얘 자꾸 눈길 가는 거 같애 이게… 찐따민
가?
 ㄴ…그냥 찐따 아니었어?
 ㄴ아니야 잘 생각해 봐 ㅠㅠ 귀엽잖아…….
 ㄴ?
 ㄴ???
 ㄴ헐. 나도 오늘부터 신서진처럼 산다
 ㄴ너는 안 대 ㅠㅠ 노래를 못하잖아 ㅠ
 ㄴ말이 심하네 ㅎ
 ㄴ이걸 팩폭으로 갈겨 버린다고?

—근데 내가 소름 돋는 사실 알려 줄까? 작년 신서진이 생각보다 노래를 잘했었다. 뭐 이런 말도 안 되는 소리 나오는데. 신서진이 고의적으로 퇴학당할라고 작정하지 않았던 이상, 저 자식 실력 형편없었음.

└ㅇㄱㄹㅇ

└애들이 잘못 본 거라는데 걍 못했었어

└그럼 뭔데?

└1년 동안 산에 처박혀서 수행이라도 하셨나 보지

└ㅋㅋㅋㅋㅋㅋ 말 같은 소릴

└아니, 사실 그게 아니라……. 내가 들은 게 있는데…….

세 페이지가 내리 신서진의 얘기.

그 와중에는 욕도 있고 칭찬도 있었지만, 화제성 하나는 분명해 보였다. 이게 고등학교 게시판에서 나올 수 있는 화력이냐고.

심지어 SNS에 퍼진 영상 몇몇 개는 다른 학교 학생들에게까지 입소문을 타고 있었다.

물론, 그 반응이 전부 긍정적으로 향했을 리는 없었다.

관건은 1년 새에 바뀌어 버린 신서진의 실력.

"야, 너 그거 들었어?"

지난 시간이 공백으로 비어 있다는 건, 무엇이든 채워 넣을 수 있다는 의미이기도 했다.

별의별 소문이 떠돌기 시작했다.

"사실 신서진이 쌍둥이였대."

"응?"

"그게 무슨 소리야?"

실용음악과 3학년 A반.

중앙에 앉은 여자애 하나가 목소리를 낮췄다.

"똑같이 생겼던 신서진이 둘이었던 거지."

저 정도의 실력 차를 설명할 방법은 하나밖에 없었다.

1년 새 사람이 바뀌어 버렸다는 거.

꿀꺽.

학생들이 침을 삼켰다.

"신서진 집안이 엄청 부자 집안이라는 얘기가 있거든?"

"…근데 옷을 그렇게 입고 다녀?"

"아이, 너도 참. 미니멀리즘 있잖아, 몰라?"

그건 미니멀리즘이 아니라 살짝 모자란 거 같은데.

고개를 끄덕이던 다른 친구는 두 눈을 끔뻑이며 말을 이어 들었다.

"재벌이었대, 사실."

"헐."

"대박."

"아니, 그래서?"

여기서부터가 진짜라는 듯. 비밀스러운 목소리는 한층 더 낮게 깔렸다.

맨 앞자리에서 실습 준비를 하고 있던 A반 모범생들조차 두 귀를 쫑긋 세우고 들었다.

"근데 내가 아까 쌍둥이랬잖아."

"설마."

"나머지 한 명을 어렸을 때 잃어버린 거야."

"……."

"아, 다른 집으로 간 거네."

"그렇지. 여기서부터 진짜 장난 아니야. 똑바로 들어 봐."

"어… 어."

"그러다가, 가난하게 살던 짭서진이 찐서진 정체를 알게 된 거야."

1년 전 학교에 다니던 건 진짜 신서진이고, 지금 학교에 온 건 가짜 신서진이란다.

"허억."

"얼마나 열받았겠어. 쌍둥이인데, 자기도 누릴 수 있었던 건데. 그래서……."

"그래서!"

"죽인 거지."

"히이이익!"

막장 드라마가 따로 없다.

줄곧 대화를 듣고 있던 뿔테 안경의 여자애가 빠르게 상황을 요약했다.

"지금 짭서진이 그 재산과 집안을 빼앗으려고 찐서진을 죽이고 온 거라는 거지? 걔 대신해서 다시 학교도 다니고?"

"…세상에."

"맞아. 다른 사람 같긴 하더라. 말도 또박또박 잘하고, 인상도 예전보다 훨씬 좋아졌고. 생각해 보니까 예전의 그 한 찌질 하던 신서진은 아닌 것 같긴 해."

"너무 충격적이다……."

뒤편에서 대화를 듣고 있던 강현은 인상을 찌푸리며 꼿꼿이 허리를 폈다. 저만한 자극적인 얘기라면 신서진의 평판을 깎아내릴 수 있겠지.

강현은 피식 웃으며 옆자리를 돌아보았다.

서울예고의 학생회장 남이준.

그의 시선이 신이 난 강현에게 향했다.

"소문을 저렇게 냈어?"

3학년 학생들에게 저 소문을 퍼뜨린 건 다름 아닌 강현이었다.

이준의 한마디에 강현은 어깨를 으쓱였다.

"…왜? 이상한가?"

"좀 어설픈 거 같은데."

남이준의 입에서 정확한 지적이 흘러나왔다.

"저걸 애들이 믿을까?"

어디 드라마에서 나올 법한 설정을 이것저것 때려 박은 듯하다. 너무 터무니없는 소문이라 헛웃음이 나올 정도.

하지만, 그러면 어때.

"그게 말이 돼?"

"야, 그 신서진이 1년 만에 저렇게 바뀐 건 말이 되냐?"

"맞아, 이게 더 신빙성 있지."

말 같지도 않은 소리인데도 저걸 믿는다.

믿는 건지, 재밌는 얘기라서 떠벌리고 다니고 싶은 건지.

어느 쪽이든 상관없다.

저 얘기가 퍼지기만 하면 되니까.

강현은 자신만만하게 말을 더했다.

"봐봐, 다들 쉽게 믿는다니깐."

"놀랍네. 저걸 믿다니."

강현은 비릿한 웃음을 흘리며 애들을 돌아보았다.

입이 워낙 가벼운 애들이니 학교에 소문이 퍼지는 건 한순간이다.

'대걸레로 엿 먹였을 때는 기분이 좋았지?'

헛소리든 아니든.

네 평판은 이제 끝이다, 신서진.

그런데.

어째, 저 친구들의 반응이 이상하다.

"세상에……. 비밀 있는 남자, 너무 좋아!"

"어머, 그니까."

"어쩜 비하인드 스토리마저 드라마 같을까."

응?

"죽인 건 아닌 거 같애. 걔 눈빛이 얼마나 토끼 같은데."

"맞아. 개미 새끼 한 마리도 못 밟아 봤을 눈망울이야."

"죽은 동생을 보면서 울다가, 대신 학교에 온 거 아닐까?"

"…눈물 난다, 진짜."

이젠 급기야 이야기를 지 맘대로 써 내려간다.

이, 이거 맞아?

"세상에. 나… 설렌다……."

"야, 한번 2학년 교실 보러 가면 안 되냐?"

"신서진이 C반이었지? 가자, 가자!"

호들갑을 떨며 단체로 문밖을 나서는 여자애들.

저것들한테 기대한 내가 잘못이지.

"저… 저 미친 것들."

"현아! 현아!"

"아아악!"

강현은 뒷목을 잡으며 앞으로 고꾸라졌다.

*　　　　*　　　　*

"이야, 갓서진!"

능글맞은 목소리가 뒤편에서 들려온다.

팍, 하고 어깨를 살짝 치고 얼굴을 들이민 건…….

최성훈이었다.

"너, 요새 별명 진짜 많더라."

그건 또 뭔 소리야.

지난번 재배치고사가 핫하게 불타긴 했지만, 딱히 눈에 띌 만한 행동을 하진 않았다.

대걸레를 집어 던진 것도 아니고.

누구 멱살을 잡은 것도 아니고.

신서진은 실눈을 뜬 채 최성훈을 돌아보았다. 그러자, 최성훈은 생글거리며 신서진의 별명을 읊어 주었다.

"관종 서진."

"그게 뭐야?"

"너 관심 되게 좋아한다고."

"…그건 사실이지. 누군지는 몰라도 나를 정확히 봤는데?"

통찰력 있는 인간들이로군.

신서진이 고개를 끄덕이며 최성훈을 올려다보자, 그가 머쓱하게 웃으며 머리를 긁적였다.

"아, 맞다. 얘 원래 이랬지. 아니, 이러니까 놀리는 재미가 없네."

가만히 둘의 대화를 듣고 있던 유민하는 피식 웃으며 얘기에 끼어들었다.

"한두 번이냐, 저 자신감."

억울한 말이 따라붙었다.

신서진은 한숨과 함께 말을 뱉었다.

"거듭 말하고 싶지만 나는 자신감이 넘치는 게 아니라, 그냥 잘난 거야. 꽤 단순한 명제일 텐데, 이해하지 못하는 거냐, 아니면 이해를 안 하고 싶은 거야?"

"헛소리라서 무시한 거야!"

저저저…….

신서진은 유민하를 향해 손가락을 하며 따지려다, 다시 최성훈에게 물었다. 별명이 많다더니, 아직 관종 서진 외에 들은 게 없다.

"또 무슨 별명이 있는데?"

"어어. 다른 건 아니고. 내가 오늘부터 부를 별명."

"음?"

"갓서진이라고. 내가 너 재배치고사 때 완전 다시 봤잖아. 뭐냐, 너? 센터를 맡기긴 했지만 이 정도로 잘할 줄은 몰랐지. 연습 때보다도 훨씬 잘했잖아!"

최성훈은 호들갑을 떨며 신서진의 앞에 털썩 앉았다.

"너, 노래 그렇게 잘하는 줄은 몰랐거든. 결과적으로 네가 하자는 대로 해서 다 잘됐고. 가장, 중요한 건!"

바로바로…….

"이 몸이 A반에 입학하게 됐다는 거지!"

최성훈은 손을 딸랑거리며 말을 이었다.

"울 엄마한테도 이미 콜 했다? 아들이 A반 갔다고 어찌나 대성통곡을 하시던지. 하, 평생 못 밟아 볼 줄 알았는데. 이렇게 A반 문턱을 밟는구나. 뭐, 거기에 네 지분이 8할은 될 테니까 인정해 주기로 했지. 그래서 갓서진이라고."

최성훈은 평상시보다 잔뜩 들뜬 목소리였다. 상기된 얼굴은 말할 것도 없이 기쁜 감정을 여실히 드러내고 있었다.

아니, 그건 알겠고.

신서진은 고개를 저으며 물었다.

그래서, 갓서진이 무슨 뜻인데?

최성훈이 제 할 말만 하느라 답이 없길래, 신서진은 두 눈을 끔뻑이며 나름대로 그 의미를 추측해 보았다.

대한민국에 오기 전 간단한 역사 데이터를 추려 봤는데…….

설마.

"조선시대에 대해 조사해 봤는데 갓을 쓰고 다니더라……."

"뭔 소리야. 어디 아파?"

"갓서진이라며."

"아니, 그 갓 말고. 너, 신이라고. 신!"

뭐?

아니, 뭐라고?

신……?

신이라고?

신서진은 두 눈을 동그랗게 뜬 채 그대로 얼어붙었다.

잘못 들었다고 생각한 말을 최성훈이 확인 사살 했다.

"응, 너 신이라고."

최성훈의 한마디에, 신서진이 떨리는 목소리로 말을 뱉었다.

"…그걸 어떻게 알았어?"

*   *   *

덜덜. 손이 떨려 올 지경이다. 신서진은 차게 식은 손을 꽉 쥐었다.

친하지 않은 신들에겐 비밀로 하고 내려왔으니, 알고 있는 건 최측근뿐이다. 신도 아닌 이 녀석이 알 리가 없는데.

대체, 너는.

너란 인간은 정체가 뭐야.

"왜 그래? 민하야, 나 뭐 잘못 말했냐?"

"아니, 칭찬 아냐? 왜 저래?"

"내가 신인 게 들켜 버린 건가……"

최성훈은 뭔 미친 소리냐는 듯 신서진을 돌아보았지만, 이미 정신이 팔린 신서진은 충격에 빠진 얼굴 그대로였다.

'모른 척하는 거 봐라.'

그런 어설픈 표정 연기는 통하지 않는다.

신서진은 최성훈에게 동요를 주기 위해 나직이 말을 뱉었다.

누가 들으면 그 자리에서 기절할 만치 충격적인 사실이었다.

"그래, 사실 내가 신이야."

"응?"

"사실… 신이야, 신이라고!"

"…뭐래?"

옆에 있던 유민하가 팔짱을 낀 채 한숨을 내쉬었다. 요새 연습을 너무 열심히 하더니만 아무래도 과로한 모양이라고, 그렇게 판단한 얼굴이었다.

"서진아, 너 어디 아파?"

"그럴 리가?"

"아냐, 아파 보이는데?"

그런 유민하의 옆에서 아무것도 모른다는 얼굴로 생글거리는 최성훈.

하지만 아까의 그 발언은 수상하기 짝이 없어서, 차마 시선을 뗄 수 없었다.

신서진은 최성훈에게 조심스레 물었다.

"어떻게… 알았지?"

"무슨 소리 하는 건데?"

"내가, 신인 거 말이야. 방금 인정했잖아, 내가 신이라고."

"…아픈 거 맞네. 유민하, 쟤 양호실 좀 데려가자."

당분간은 숨겨야 할 사실.

당당하게 말할 때는 언제고 이제 와서 발뺌이라…….

기억을 지울 때 관련 내용도 볼 수 있으니 샅샅이 뒤져서 확인해 봐야겠다.

어쩔 수 없다. 최성훈을 못 믿는 건 아니지만 정보의 출처를 알아봐야 할 상황. 아무 죄 없는 유민하한테는 미안하지만 같이 기억을 좀 지워 줄 생각이다.

"후우……."

신서진은 심호흡과 함께 천천히 지팡이를 들어 올렸다.

녀석들 눈에 보이지 않을 투명한 지팡이, 카두케우스가 정확히 최성훈을 겨냥했다.

유민하는 두 눈을 굴리며 말했다.

"뭐 해? 안무야?"

하나, 둘, 셋.

지팡이 끝으로 흐릿한 불빛이 모이기 시작한다.

저 빛을 끌어모아서 과거의 능력을 되살릴 생각이다.

온전한 힘은 필요없다.

극히 일부.

기억의 조각을 지우면 된다.

어떻게 알게 되었는지는 모르겠지만, 자신이 신이라는 사실만.

그런데.

"어, 이거 왜 안 되냐."

망할.

파사삭.

지팡이 끝의 불꽃이 무력하게 꺼져 버렸다.

부족했던 거야?

관심이 역시 더 필요했⋯⋯.

"안 되는데."

나직이 중얼거리던 그 순간, 묵직한 손길이 날아왔다.

"악!"

이번엔 미처 피하지 못했다.

"정신 났냐, 너."

아랫입술을 잘근 씹은 유민하가 황당하다는 듯 말을 던졌
다.

"네가 신이면, 나는 여신이야."

이건 또 무슨 신성 모독이야.

유민하는 당당하게 헛소리를 꺼내고선 갑자기 턱을 괴었다.

"흐음. 굳이 따지자면⋯⋯."

짐짓 고민하는 듯, 내뱉은 말은 신서진의 입장에선 더 충격적
이었다.

자신이 잘 알고 있는 신이자, 미의 기준에서는 빠지지 않는 유
명한 여신.

"⋯아프로디테?"

아니, 미친.

그럴 리가.

"동감하지 않아, 다들?"

유민하가 입가에 미소를 띠운 채 천벌받을 만한 질문을 던져
대자, 신서진은 고개를 다급히 저으며 사실을 정정했다.

저 성질머리로 떠오르는 여신은 하나밖에 없다.

"아니, 헤라."

주먹이 날아왔다.

*　　　*　　　*

"갓서진이 그런 뜻이었어?"

30분 뒤, 최성훈에게서 갓서진의 정확한 의미를 주워 들은 신서진은 얼이 빠진 얼굴로 중얼거렸다.

주마등처럼 흑역사가 스쳐 간다.

'내가 신인 게 들켜 버린 건가······.'

'그래, 내가 신이야! 신이라고!'

"미친놈 아니냐."

스스로를 자책하며 이마를 짚어 봤자, 헛소리는 이미 있는 대로 다 했다.

웬 말 같지도 않은 소리냐며 고개를 갸웃댔을 때부터 이상함을 알아챘어야 했는데.

늘 그렇지만······.

"요즘 것들 말이 너무 어려워."

몇천 년을 살았더니 멘트조차 꼰대가 되어 가는 신서진이다.

"스읍, 허구한 날 말을 줄이고, 다른 나라 말로 바꾸고! 못 알아먹게 말이야."

이래서는 언어를 알아도 해석이 어려워지지 않나.

그냥 칭찬하는 말이라는 걸 너무 뒤늦게 알아 버린 터라, 쥐구멍에라도 들어가고 싶은 심정.

멀쩡한 복도에서 있는 대로 발광을 해 댔으니, 여럿이 그 광경을 봤겠지만. 걔들이야 원래 저를 이상한 놈 보듯 봤다 해도…….

최성훈 그 자식, 입이 엄청 쌀 텐데.

"이야, 갓서진!"

봐봐, 놀려 먹으려고 환장한 모습.

이미 건수를 물었다는 표정이었다.

"갓서진, 뭐 하고 있었어?"

"…제발."

복도 끝에서부터 걸어온 최성훈은 주머니에 손을 찔러 넣고선 생글생글 웃어 보였다. 신서진은 질색하며 고개를 돌렸다. 두 손 가득 짐을 끙끙거리며 계단을 오르는 최성훈.

학생 생활관 입구에 캐리어를 잔뜩 끌고 왔다는 건…….

어떻게든 화제를 돌리려 애를 쓰던 신서진은 자연스럽게 물었다.

"너도 입주야?"

크흠.

다행스럽게도 신서진의 질문에 걸려든 최성훈은 고개를 끄덕였다.

A반에 정식 배정되고 나서는 기숙사에 입주할 수 있게 된다. 처음 인세에 왔을 때, 벤치에서 자던 것에 비하면 지극히 풍족해진 잠자리.

다른 관점으로 그 장면을 기억하고 있던 최성훈 역시 짠한 시선으로 신서진을 돌아보았다.

'아, 맞다. 얘, 노숙했었지.'

"입주 축하한다, 다행이야. 급식은 맛없는데 그래도 지내긴 나쁘지 않을 거야. 모르는 게 있으면 나한테 물어보고, 또⋯⋯."

갑자기 친절해지는 최성훈의 목소리에 신서진은 의아함을 느꼈다.

"너도 처음이지 않나?"

"⋯⋯."

역시 조용해졌다.

신서진은 최성훈의 짐으로 시선을 돌렸다. 힘들게 끌고 온 캐리어에 짐이 가득해 보였다. 최성훈은 헛기침을 하고선 다시 입을 떼었다..

"크흠, 어쨌든. 너는 왜 빈손이야? 신이다 못해 초월한 거야? 무소유, 뭐 그런 건가."

"닥쳐라."

"⋯갓서진."

더 험한 말이 나올 것 같던 순간, 최성훈의 헛소리를 차단해 준 것은 학생회 임원 한 명이었다.

"입주하는 학생들 이쪽으로 와서 신청서 작성해 주세요. 거기, 학생들도! 이름 뭐에요?"

"실음과 2학년 최성훈입니다."

"신서진입니다."

"아, 두 분 다 3층으로 가 주세요."

"네엡!"

끄적끄적.

신서진은 적으라는 걸 다 적고선 천천히 주변을 둘러보았다.

최성훈이 놀려 대느라 정신없어서 몰랐는데 이렇게 보니 기숙사의 시설이 꽤 좋다.

신서진은 나직이 감탄하며 중얼거렸다.

"되게 좋은 곳 사네……."

"응?"

올림포스에 비할 바는 못 되지만.

여행자의 신으로서 건물보다 움막이 더 익숙한 처지라.

이렇게 막혀 있는 천장에, 서울예고 건물처럼 깔끔한 외관이 영 적응이 안 된다.

대리석으로 된 바닥. 빈틈없이 튼튼해 보이는 벽.

4인 1실로 되어 있는 널찍한 방.

신서진은 저도 모르게 고개를 쭉 빼고 있었다.

"그렇게 있으면 되게 촌스러워 보이거든? A반 처음 온 사람 같고 그래."

"나 처음 왔는데."

"그, 그렇긴 한데. 애들 쳐다보잖아."

부끄러워 죽겠다는 표정.

최성훈은 나직이 중얼거리며 신서진의 팔을 끌고 기숙사 안쪽으로 향했다.

"짐 내려놓고 빨리 나가자."

정식으로 A반에 입학해서 입주한 거긴 한데.

하도 사고를 치고 다녀서 그런지 확실히 주위에서 시선이 느껴지긴 했다.

저벅저벅.

그 시선을 다분히 의식하며 복도 끝의 방을 찾았을 때였다.

뒤편에서 낯선 목소리가 들려왔다.

"쟤야, 신서진?"

*　　　*　　　*

창틀에 앉아 신서진의 뒷모습을 물끄러미 지켜보고 있던 한 남자가 자리에서 일어났다. 대놓고 제 이름을 던졌는데도 뒤도 돌아보지 않는 걸 보면…….

"깡은 장난 아니네."

서울예고의 부학생회장 이정한. 소문이야 익히 들었는데 이렇게 직접 보는 것은 처음이었다. 하도 음침하다고 그러길래 정말 그런 줄 알았는데.

생각보다는 훨씬 멀쩡하게 생겼다. 여자애들이 좋아할 스타일이기도 하고.

"요새 잘나가던데 인성은 별로라면서?"

"……."

"겉으로 봐서는 괜찮은데? 뭐가 문제야? 내가 본 개가 신서진은 맞지?"

이정한은 고개를 까닥이며 말을 이었다.

사실 흥미로운 얘기는 따로 있었다. C반 신서진에서 기적의 관종 서진으로.

학생들의 시선을 한 몸에 받고 있는 신서진의 다음 행보가 무엇일지.

인성이 어떻든, 실력이 어떻든.

이정한에게 궁금한 것은 그 자극적인 얘기들뿐이었다.

"내일이 동아리제잖아."

이틀간 운영되는 동아리 축제.

널찍한 서울예고 운동장에서 학교의 모든 동아리가 홍보와 함께 가두모집을 하는 행사였다. 기억상 신서진은 소속되어 있는 동아리가 없으니 내일 관심을 보이긴 할 텐데.

"신서진을 데려갈 동아리는 어디가 될까? 아니, 아니지. 신서진이 어딜 가고 싶어 할까?"

"글쎄……."

"너는 별로 안 달가워하는 눈치다?"

강현에게 대강만 전해 들었다.

남이준과 신서진이 아는 사이였다는 걸.

"네가 잘 안다고 하지 않았어?"

학생회장 남이준.

그가 천천히 고개를 돌렸다.

"내가?"

평상시의 부드러운 분위기가 묘하게 바뀌는 기분.

신서진의 얘기만 나오면 저러는 거 같은데. 이정한은 애써 태연하게 되물었다.

큰 악의는 없었다. 신서진에게도 남이준에게도.

이정한은 원래도 유독 재미를 추구하는 성향이었다. 재미있어 보이는 이야기라면, 흥미를 보였다.

눈을 반짝이는 지금처럼.

"나, 저 녀석 꽤 마음에 들거든. 우리 동아리에 다른 건 필요 없고 화제성 넘치는 후배 하나만 있으면 돼. 인성? 뭐, 그런 거 크게 상관은 없어."

물론……

"대형 사고만 안 치는 놈이면 되거든. 아예 글러 먹어서 회생 불가한 놈인가, 그건 좀 궁금하네. 너랑은 중학교 때 아는 사이였다며? 무슨 일이 있었던 거야?"

"음. 궁금해?"

남이준은 슬며시 눈을 뜬 채 피식 웃었다. 그동안 은근히 말을 피해 오기는 했지만.

'이 녀석한테 말해 주면 재밌을 거 같네.'

무한정으로 자신을 따르는 강현과는 달리, 이정한은 좀 더 오묘하다.

이 녀석에겐 신서진에 대한 나쁜 감정을 심어 줄 필요가 있었다.

남이준이 나직한 목소리로 입을 열었다.

"그냥… 미친놈이라서?"

"신서진이?"

아.

대걸레 던지고 기타 들고 뛸 때 알아보긴 했다.

또라이도 여간 또라이가 아니라는 걸.

이정한은 피식 웃으며 어깨를 으쓱였다.

"원래부터가 정상은 아니었지. 이제 와서 새삼스럽게?"

"아니, 그런 거 말고. 진짜 미친놈이었거든."

남이준은 두 눈을 천천히 감았다.

자기가 기억하는 신서진의 중학교 시절이라곤……

실력이 안 되는데 여기 오고 싶어 했던 어설픈 녀석.

거기까진 별다른 악감정이 없었다.

누구나 간절한 이유가 하나쯤은 있는 법이니까.

그런데.

텅 빈 교실에서 촛불 하나 켜 놓고 알 수 없는 주문을 커다란 종이 바닥에 끄적이면서.

어떤 이의 이름을 애타게 외치는 걸 들었을 땐.

"아폴론이라……"

빠각.

손에 쥐고 있던 볼펜이 뚝 소리를 내며 부러졌다.

가식적으로라도 웃고 있던 눈빛이 차갑게 식어 버렸다.

"신을 숭배하는 미친놈."

그 자리에서 죽여 버렸어야 했는데.

*　　　　　*　　　　　*

동아리 가두모집 날.

서울예고의 운동장은 이미 중앙 동아리들의 부스로 가득 차 있었다.

축제를 연상시킬 정도로 시끄러운 분위기. 동아리에 관심을 보이는 재학생들이 나와서 부스를 둘러보고 있는 중이었다.

엄청난 인파 속에 열기에 달아올라 있는 운동장.

그 사이에서 물 흐르듯 휘청거리고 있는 건 신서진 일행도 마찬가지였다.

"안녕하세요, 컴포징입니다. 작곡에 관심은 없으실까요? 저희, 프로듀서님께 직접 컨펌도 받거든요."

"베이킹 동아리입니다! 머랭쿠키 먹고 가세요!"

"친구들, 연극 한번 해 볼래? 엄청 재있는데!"

관심 가는 동아리는 많고, 정하지는 못하겠고.

여러 부스를 둘러보던 유민하가 두 눈을 반짝이며 신서진에게 물었다.

"무슨 동아리 들 거야?"

"글쎄."

"작년에는 무슨 동아리였어?"

"그런 거 없었는데."

"아……."

'그냥 학교를 제대로 안 다녔었지.'

그 시절의 신서진은 파란만장했다. 동아리는커녕 수업이라도 제대로 나오면 감사할 지경이 아니었던가. 유민하는 신서진의 말에 수긍하며 고개를 끄덕였다.

그때였다. 익숙한 이름이 바람을 타고 들려왔다.

"쟤, 신서진이지?"

"와, 실음과 슈퍼스타네."

"동아리 신청하려고 온 건가?"

이전에도 뒤에서 수군대기야 했지만.

그때는 전부 신서진을 피하던 눈빛이었다.

제발 같은 조가 되지 않았으면 좋겠다던 사람들.

그 사람들이 두 눈을 반짝이며 그를 주시하고 있었다.

적극적인 사람들도 늘었다. 부스 앞에서 알짱거렸을 뿐인데, 어떤 학생들이 우르르 몰려와서 홍보하기도 했다.

"저희 동아리 들어오실래요?"

"작곡 동아리에 딱 필요한 인재네. 지난번, 기타 배틀. 그 곡 되게 인상 깊게 들었는데."

관심은 고마우나…….

필요 없다.

"서진아, 안 들어와도 되니까! 머랭쿠키 먹고 갈래?"

이건 필요하다.

신서진은 적극적으로 부스 안에 들어가 접시 위에 놓인 머랭쿠키를 입안에 털어 넣었다.

그저 먹기만 했을 뿐인데, 이전과는 너무 달라도 달라진 반응.

"꺄아아악!"

"어머, 먹는 거 봐. 너, 진짜 귀엽다."

"나중에 베이킹 동아리 꼭 한번 둘러봐 줘!"

"네, 알겠습니다."

"응응, 잘가!"

예의상 인사를 건네고는 맛있는 머랭쿠키를 오물거리며 부스를 빠져나왔다.

그런 식으로 여러 동아리를 거치고 나서도, 신서진은 아직 마음을 정하지 못했다.

"동아리는 꼭 들어야 하나?"

"그런 건 아닌데……. 보통 실음과는 선배들이 실기시험 정보 같은 걸 동아리에서 뿌려서, 유명한 곳들은 들어가는 게 좋을 걸? 나도 작년에 도움 좀 받았거든."

"어, 아무래도 그렇지. 내가 들어간 동아리도 그런 거 있었다."

유민하의 말에 옆에 있던 최성훈도 말을 얹었다.

"음……."

막 엄청나게 구미가 당기는 이유는 아니었으나…….

"일단 재밌어. 작년에 안 해 봤으면 한 번은 해 봐."

최성훈의 말대로 동아리 생활을 한 번쯤 해 보는 것도 나쁘지는 않을 듯하다.

하지만, 이대로라면 괜찮은 곳이 없는데.

별생각 없이 여러 부스를 더 지나치려던 순간.

신서진은 우연히 한 문구 앞에서 멈춰 섰다.

대부분의 실용음악과 학생들이 작곡 동아리, 악기 연주, 밴드부 쪽에 관심이 있었다면.

"너, 이거 하려고?"

신서진이 다다른 곳은 웬 갈색 부스 앞이었다.

검은 슬레이트와, 형광펜으로 써 놓은 홍보 문구가 벽에 붙어 있는 낯선 부스.

한 학생이 앞으로 튀어나왔다.

"더 시네마에 오신 것을 환영합니다! 관심 있으세요?"

신서진이 멈춰 선 이유는 단 하나.

저 묘한 소개 문구.

[다른 이의 인생으로 살고 싶으시다고요? 해답이 여기 있습니다!]

이렇게 노골적인 동아리는 처음이다.

신계에서만 유행일 줄 알았는데, 여기서도 이것을 연구하는 학생들이 있다니.

"매번 느끼지만 알다가도 모를 곳이야."

"저 동아리가?"

"아니, 이 나라가. 여러모로 중의적인 표현이었어."

이게 있나? 싶은 게 전부 있다는 게 가장 신기한 점이다.

신서진은 입가에 미소를 띤 채 홍보 중인 여학생에게 물었다.

어떤 것을 연구하는지가 가장 궁금했기에, 다소 직접적인 질문이 튀어나왔다.

"빙의 전문 동아리인가요?"

"…네?"

흥미롭다.

"조건이 맞는 인간은 어떻게 구하죠?"

저, 저 미친놈.

유민하는 두 눈을 끔뻑이며 멈춰 섰다.

신서진은 나름 진지했다.

신인 자신조차 이 몸을 선택할 때 얼마나 심혈을 기울였는데.

우선 일가 친척이 없어야 하고.

이코르, 즉 이들의 말로 혈액의 상성이 잘 맞아야 했다.

"혈액형은 어떻게 되나요."

"네… 네?"

가두모집 중이던 여자는 얼굴이 하얗게 질려 갔다.

아까는 몰려오는 인파 때문에 정신이 없어서 제대로 못 들었지만.

딴 두 단어는 제대로 들어 버렸다.

조건과 혈액형.

"일가 친척이 있는지는 확인하시는 편일까요?"

"네?"

"아무래도 이쪽이 눈치채면 조금 곤란한 터라. 귀찮게 굴 사람들이 많아서……."

덜덜.

"…그, 저희가 장기 매매 동아리가 아니라서요……."

금방이라도 울 거 같은 표정이 되어 두 손을 떨기 시작한 여자.

그 모습이 안쓰러워진 유민하는 다급히 앞으로 나서서 제지했다.

"친구가 장난기가 조금 많아서……. 하하."

퍽.

신서진의 옆구리를 찌른 유민하는 나직이 말을 뱉었다.

"돌았지?"

"나는 진지하게 지금 방향성을 물어보는 건데. 흥미로워서."

"뭐?"

"여기 재밌어 보여. 나 들어갈래."

처음 왔을 때 아무것도 모르고 노숙할 뻔했다니깐.

이렇게 빙의에 대해 이해해 주는 사람들이 있었다면, 함께할 수 있었을 터였다.

신서진은 진심을 담아 천천히 고개를 끄덕였다.

"…농담이겠죠?"

"그럼요. 그럼. 이 미친놈이 원래 저런 농담을 잘해서. 하하, 가자. 서진아. 야, 최성훈. 쟤 좀 끌어 봐."

"신서진, 아. 제발."

"왜? 나 들어갈 건데?"

다행스럽게도 유민하와 최성훈이 다급히 폭주하는 신서진을 제압하려던 찰나.

스윽.

부스 뒤편에서 대화를 듣고 있던 남자 하나가 튀어나왔다.

짧은 머리에 위에는 교복, 아래는 체육복 바지를 입은 채 껄렁하게 말하는 남자. 3학년의 이정한이었다.

"어, 우리 과 학생이네?"

당연하지만 한눈에 신서진을 알아봤다. 가까이서 봐도 멀쩡해 보이는 얼굴과 그렇지 못한 멘트들.

어제 남이준에게서 얘기는 전해 들었지만.

연극 동아리에서 장기를 찾고 있는 미친놈은 처음 봤다.

덕분에 필터링 없는 돌직구가 날아갔다.

"생각보다 더 미친놈 같은데?"

"…아, 저요?"

신서진은 두 눈을 끔뻑이며 자신을 가리켰다.

이 상황에서조차 이렇게 당당하다니.

이정한은 깔깔대며 말을 뱉었다.

"그래, 너. 여기 너 말고 또 있나? 왜, 들어오려고?"

반은 비웃음 같은데, 반은 흥미로운 눈길이 닿았다.

"야, 서진아. 있잖아……."

옆에 선 최성훈이 다급히 말을 더했다.

대체 무슨 동아리를 생각했는지는 모르겠지만, 연극영화과 애들이 주로 참여하는 연극 동아리라고.

물론 연극뿐만 아니라 뮤지컬도 같이 하기에, 이정한 같은 실음과 학생들도 있긴 했지만. 저리도 솔직한 신서진이 연기를 잘할 거 같진 않아서였다.

"헉."

신서진은 뒤늦게 이해하고선 두 눈을 끔뻑였다.

"아, 연극. 문구만 보고 오해했네요, 죄송합니다."

"이야, 이거 농담도 아니었어? 농담인 줄 알았지."

"농담이었습니다, 당연히."

"전혀 농담이 아닌 얼굴로 그렇게 말하면 더 무서운 거 알지?"

이정한은 괜히 말꼬리를 잡았으나, 신서진이 진지하게 장기를 운운했다고 생각하지는 않았다. 어찌 되었건, 첫인상과 크게 다른 이미지는 아니었다.

"이거 재밌는 친구네. 우리 동아리엔 관심 있는 거 맞아?"

"연극이면 더 좋아요. 입부 신청은 어떻게 하나요?"

"…신청이라."

이정한은 머리를 긁적이며 피식 웃었다.

"장기 매매 하는 학생은 안 받아."

신서진이 던진 농담을 그대로 받아쳐 줬을 뿐이다.

이 대답은 예상하지 못했다.

"그게 뭔가요? 저도 알려 주세요. 열심히 배워 보겠습니다."

"…미친놈이?"

골 때린다고 들었는데 생각보다 더 골 때려.

이정한은 남이준에게 주워 들은 말을 다시 입에 주워섬겼다.

이번에는 신서진이 기분 나빠 할지도 모를 다소 민감한 주제
였다.

"우리 동아리에 다른 건 다 괜찮은데, 종교적인 문제는 또 다
른 거라. 너, 사이비라며? 그것도 진짜냐?"

"그게 뭔가요? 그것도 열심히 배워 보겠……."

얘, 뭐지.

또라이라고 생각했는데.

혹시…….

"너 지금 일부로 나 엿 먹이는거냐?"

"그것도 열심히 하겠습니다."

"미친?"

해맑게 답하는 신서진. 그와 동시에 이정한의 표정이 굳어 갈
무렵.

파악.

부스의 천막을 걷어 젖히고 등장한 여자가 말을 뱉었다.

"비켜 봐, 멀쩡한 신입 쳐 내지 말고."

"……!"

이정한을 곧바로 밀어낸 여자가 앞으로 나섰다.

길게 내린 갈색 머리에, 당당해 보이는 눈빛.

신서진을 알고 있다는 듯 반짝이는 두 눈이 물어 왔다.

"우리 동아리 관심 있어요?"

내가 회장인데.

*　　　　　*　　　　　*

한시은은 천천히 고개를 들어 신서진을 응시했다.

신서진을 처음 봤던 건…….

'어… 어어?'

'쟤 지금 뭐 하는 거야?'

'저… 저 미친 새끼가!'

강현과의 기타 내기 현장이었다. 기타를 양손으로 움켜쥔 채
백텀블링을 하던 그 모습은…….

정말 신박하게 또라이 같아 보였다.

제대로 본 게 맞는 거 같다.

"무슨 동아리인지는 이제 이해했지?"

한시은은 어깨까지 온 머리를 뒤로 넘기며 싱긋 웃어 보였다.

제법 탐이 나는 인재였다. 굳이 또라이여서가 아니라, 저만한
재능을 가진 후배를 처음 봐서였다.

그 무대를 앞줄에서 직관했을 때.

한시은은 입을 다물지 못했다.

'아니, 어떻게 저런 생각을……?'

자작곡이라는 것에도 한 번 놀랐지만, 무대 구성에는 더 기겁할 수밖에 없었다. 무슨 생각으로 기타를 들고 뛰는 과감한 설정에 도전할 수 있었는지.

얼마나 깊은 고심에서 꺼내 놓은 히든카드일지 그 심정이 이해가 갔다.

자신을 무시하는 이들에게 던지는 메시지였던 것이다.

'멋있다……'

그 무대를 생생히 기억하는 한시은이라 신서진을 붙잡고 싶었던 것이었다.

3학년 학생들 중에서도 줄곧 탑 10, 데뷔 준비반 멤버에 항상 들었던 한시은이다. 본인 자체가 재능을 타고났으니, 날고 기는 친구들이야 많이 봐 왔다.

2학년만 해도 신서진의 옆에 있는, 유민하나 이유승이 있고.

쟤들도 분명 실력으로는 어디 가서 밀리지 않을 애들이다.

그런데, 신서진은.

새로운 맛이 있었다.

아직 닿지 않은 무수한 가능성이 있었다.

한시은은 웃으며 소개 템플릿을 꺼내 들었다.

"뮤지컬이랑 연극을 겸하고 있는 동아리인데, 뭐, 어느 쪽을 선택하든 본인 자유고."

"네."

"뮤지컬 본 적 있어?"

한시은의 질문에 신서진은 잠시 망설이다가 고개를 저었다.

"이 나라에선 본 적 없어요."

해외파인가?

한시은은 머리를 긁적이며 다시 입을 열었다.

"대학로는? 안 가봤고?"

"대학 근처는 아직 안 가 봤어요."

"……으응?"

표정을 보아하니 마찬가지로 경험이 없는 듯했다.

서울예고 입학생 중에서 이렇게 백지에 가까운 친구는 처음인데.

한시은은 흥미롭다는 듯이 웃어 보였다.

"뭐, 몰라도 돼. 관심만 있으면 되거든. 어차피 가 볼 일 있을 테니까. 너 잘하는 노래만 완벽하게 소화하면 반 정도는……."

얘, 듣고 있나?

"할 수 있을 거 같아?"

연극영화동아리 '더 시네마'는 아직 실음과에서는 타 동아리에 비해 밀리는 중이었다.

쟁쟁한 동아리들을 제치고 이번 봄 축제에 서려면 한시은 혼자의 힘으로는 버거웠다.

화제성 확실하고 능력 좋은 후배가 한 명이라도 들어와 줬으면 하는 마음인데. 흔쾌히 하겠다던 아까와는 달리, 신서진은 세상 심각한 표정이었다.

물론 신서진 딴에는 깊은 감명을 받은 표정이었지만…….

그걸 알 리 없는 한시은은 초조해졌다.

'이러면 안 되는데. 괜히 나가는 거 아냐?'

스읍.

한시은은 침을 삼키며 회심의 카드를 꺼내 들었다.

이대로라면 안 되겠다.

이 정도면 조금 마음이 동하지 않을까.

"그리고 이건 비밀인데……."

목소리를 낮춘 채 신서진와 유민하에게 조심스레 말을 꺼내는 한시은.

"우리 동아리 오면 성적은 걱정할 거 없을 거야. 월말 평가 주제부터 각종 수행평가 공략 하나는 확실하게 전수가 되거든. 내가 또 확실하게 알고 있는 건 아낌없이……."

"저 할래요오! 선배님!"

반응은 예상치 못한 곳에서 튀어나왔다.

유민하는 두 손을 모은 채 탄성을 터뜨렸다.

"저 연기가 적성에 맞는 거 같아요, 선배님."

"어어… 그래?"

"네, 완전요."

저, 저 미친 거 아니야.

신서진은 180도로 변한 유민하의 성격에 혼란스러운 두 눈을 끔뻑여 보였지만, 유민하는 그런 그를 당기며 말을 뱉었다.

"너도 할 거 아냐? 완전 괜찮아 보이는데."

"……."

신서진이 멍하니 서 있자, 유민하는 그의 귀에 대고 속삭였다.

"다른 선배도 아니고 한시은 선배야. 너, 저 선배 몰라?"

그건 모르겠고.

신서진은 머리를 긁적이며 말을 뱉었다.

"저는 원래 할 생각이었는데요."

폭탄 같은 한마디에, 한시아의 두 눈이 반짝였다.

2학년의 신서진와 유민하.

두 카드가 한 번에 들어온다고?

동아리 역사상 이만한 기회는 없었다. 이대로라면 돌아올 봄 축제 무대 자리는 따 놓은 당상일지도 몰랐다.

"자자, 여기 입부 신청서. 빨리빨리 쓰자."

마음 변하기 전에 싸인부터 받아 놔야 한다.

이미 성적 소리에 업 텐션이 된 유민하와 무슨 생각인지 몰라도 열심히 신청서에 끄적이고 있는 신서진.

"동아리에서 보자고. 잘 부탁한다, 알았지?"

"네에에!"

"아, 네."

한시은은 알 수 없는 표정으로 멀어지는 신서진을 돌아보며, 나직이 탄성을 내뱉었다.

"나이스!"

아니, 근데.

"쟤 보기보다 성적을 신경 쓰네."

뚱하니 제 세계에만 빠져서 안 그런 줄 알았는데. 역시 모범생이라 이건가.

괜히 요새 핫한 게 아니라니까.

월말 평가 알려 주겠다는 말에 바로 마음 바꾸는 거 봐.

역시 저 열정조차 마음에 든다.

"의외인걸?"

한시은은 턱을 쓸어내리며 피식 웃었다.

*　　　　*　　　　*

원래는 밴드부 학생들이 사용하는 널찍한 연습실. 신서진은 조심스레 문을 열어젖히고 그 안을 살폈다. 아직 다 치우지 않았는지 구석에는 드럼도 놓여 있다. 앰프까지 있는 걸 봐선 정말로 밴드부 연습실을 급히 뺏어 쓴 듯한데…….

이리저리 봐도 연극 동아리가 쓸 만한 동아리방은 아니다. 실음과에서 남는 연습실을 빌려 쓰는 기분.

그래도 생각보단 훨씬 더 깔끔하네.

신서진은 새하얀 벽지에 손을 얹으며 말을 뱉었다.

"아직 아무도 안 왔네."

오늘 여기서 모이기로 약속했는데.

5분 정도 남았다.

유민하는 시계를 돌아보며 한시은 선배가 오길 기다렸다.

짐짓 긴장된 듯 심호흡을 들이쉰 유민하가 고개를 젖히고선 입을 열었다.

"신서진."

"어?"

"너, 근데 여기는 왜 온 거야?"

응?

줄곧 궁금했다는 듯 호기심 어린 눈빛이 이쪽에 닿았다.

"재밌어 보여서? 그건 아닐 거 같고……. 너도 점수 때문이야?"

월말 평가 성적이 데뷔를 좌우하는 서울예고다. 유민하의 말에 따르면, 선배의 한마디 팁도 데뷔에 적어도 티끌 이상의 영향력을 가한다고 했다. 당연히 그걸 위해서 뭐든 하는 애들이 대부분이다.

순수한 흥미 때문에 동아리를 고르는 사람이 몇이나 될까. 유민하는 전자의 가능성을 부정하는 듯 어깨를 으쓱이며 흥미롭게 이쪽을 돌아보았다.

"선배가 뭐 차근차근 다 알려 준다 했으니까. 근데 딴사람은 몰라도 너는 진짜 의외인데……."

"그건 상관없어."

점수 때문에 들어온 건 절대 아니다. 굳이 따지자면 보다 다양한 스펙트럼을 넓히기 위해서라는 표현이 더 맞겠다.

아폴론의 팁을 건너뛰고 자체적으로 찾아본 바에 의하면.

대중에게 주목받기 위해선 평범한 수준의 재능으로는 부족하다.

요새는 노래, 춤, 나아가 연기. 여러 방면의 모습을 보여 줄 수 있는 만능 엔터테이너가 중요하다고 했던가.

사람의 기억조차 똑바로 지우지 못했던 지팡이를 허공에서 띄워 보였다.

여전히 가루에 불과한 미묘한 빛이 지팡이의 머리를 감싸고 후두둑 떨어졌다.

지팡이를 세게 꽉 쥐었다.

이걸로는 부족하다.

이걸로는 이전의 영광으로 돌아갈 수 없다.

'나는 관심이 아직 고프다.'

관심이.

관심…….

라고 말할 수는 없으니 돌려 말했다.

"어차피 나는 잘할 테니까. 뭐든 해 보려고."

유민하는 멍한 두 눈을 끔뻑이며 뒤늦게 이마를 손으로 짚었다.

"아, 맞다. 얘 원래 이랬지."

"그러엄. 인간들은 빨리 바뀌면 죽는다더라."

"그 넘쳐흐르는 자신감을 안고 살면 오히려 단명할걸? 자신감도 어느 정도는 죽일 줄도 알아야지……. 아냐, 그냥 그렇게 살아. 내가 말한다고 바뀌겠니."

"응."

유민하는 포기한 듯 손사래를 쳤고, 신서진은 그 말에 수긍하며 서 있었다.

슬슬 할 말이 다 떨어져서 정적이 오가던 순간.

벌컥, 문이 열렸다.

"어?"

"안녕하세요, 선배님!"

'더 시네마'의 회장이자 3학년 데뷔 클래스 소속의 한시은.

아우라가 다르다는 말이 부스에서는 실감 나지 않았으나, 여기서는 여실히 드러난다.

저 표정에서 느껴지는 여유가, 역시 선배인가 싶은 느낌.

유민하는 침을 삼키며 살짝 긴장했다.

한시은은 그럴 필요 없다는 듯 길게 내린 머리카락을 슬쩍 뒤로 넘기고선 싱긋 웃었다.

"오래 기다렸어? 오늘 정식 활동 날은 아닌데."

"아, 진짜요?"

"응. 나만 왔어. 혹시 너네 가볍게 물어보고 싶은 거 있을까 싶어서 잠깐 오라 했지."

한시은은 키보드 앞 의자에 걸터앉은 채로 부드럽게 말을 뱉었다.

"사실 우리 동아리 참여는 자유야. 이름만 올려 두면 입부는 끝, 다 죽어 가는 동아리에서 남은 건 이름뿐이긴 하거든? 그래도 명색이 2년 동안 다녔는데 폐부 하긴 그렇잖아. 그래서 사람 찾고 있었지."

"아……."

"편하게 오고 가도 돼. 여기 연습실로 사용해도 되고, 또……."

디리링―.

가볍게 키보드 건반을 훑은 한시은은 당당하게 고개를 들었다.

오늘 굳이 둘만 연습실에 따로 부른 이유가 있었기 때문이었다.

한시은은 가볍게 미소를 지으며 입을 떼었다.

"사실 너네가 궁금한 게 뭐일지 대강 알 거 같아서. 오늘은 그걸 좀 준비해 왔는데."

"네?"

"너네 첫 월말 평가 주제, 뭔지 아니?"

동시에, 유민하의 두 눈이 티가 나게 반짝였다.

*　　　　　*　　　　　*

원래는 3월부터 방학을 제외한 매달 월말 평가를 실시하는 것이 서울예고의 관행이었다. 하지만, 올해는 3월에 재배치고사를 실시한 만큼, 월말 평가가 열릴지 불투명한 상황.

"물론 미뤄지더라도 이건 빠지지 않을 거거든."

한시은이 강조하며 내뱉은 첫 월말 평가의 주제는.

바로, 연주였다.

"작년 첫 월말 평가의 주제는 두 가지 이상의 장르를 화합하여 연주를 선보이시오, 였어."

"아, 저 그거 알아요!"

"그리고 이걸 3년 연속 진행했지. 뭐, 올해도 똑같이 갈 거야. 크게 바꾸는 걸 선호하지 않거든."

그렇게 되면 사실상 출발선은 다 같은 거나 마찬가지다.

유민하의 정보력이 빠른 편이긴 하지만 이미 알고 있었을 정도면······.

신서진은 유민하를 슬쩍 돌아보았다.

역시나 대단한 정보는 아니라 생각했는지 담담한 얼굴이었다.

하지만, 이어진 말은 달랐다.

"근데 그거 아니?"

한시은은 단호한 목소리로 말을 뱉었다.

"중요한 건 주제가 아니야."

"네?"

"개나 소나 시험 문제 정도는 다 알고 있다는 소리지. 정작 핵심은 다른 데 있는데."

"핵… 핵심이 뭔데요?"

유민하가 놀란 눈을 뜨고선 다급하게 묻자, 한시은은 태연하게 답했다.

"핵심은 연주야. 장르의 화합이 아니라."

한시은 선배는 어깨를 으쓱여 보이며 말을 얹었다.

"백이면 백. 다들 어떻게 두 가지 이상의 장르를 콜라보레이션할 건지만 고민해. 아니야?"

"네……. 저도 방금 그 생각 하긴 했는데요……."

"콜라보레이션에 꽂혀서, 장르만 파고 있더라고. 작년에도 그렇게 한 애들 점수는 다 안 좋았어. 더 어이없는 건 지들이 왜 점수가 낮은지도 모른단 거야. 연주를 그렇게 개판으로 해 놓고선."

활자 의미 그대로의 '개판'은 아니었겠으나, 한시은은 그리 명명했다.

다른 거에만 집중하느라 한시은의 눈에는 차지 못했던 같은 학년 학생들의 연주.

실제로 참신함에 초점을 맞춰 전혀 다른 컨셉으로 월말 평가를 준비할 뻔했던 유민하는 한시은의 말을 바로 이해했다.

"뭔지 알 것 같아요."

"그렇지? 그래서, 우리는 바로 핵심으로 들어갈 거야. 어떤 연주가 심사 위원의 마음을 사로잡을지."

둥둥.

한시은은 피아노에 손을 얹었다. 그러고는, 옆에 서 있던 신서진에게 물었다.

"칠 줄 알아? 아, 하긴 당연히……."

"모릅니다."

"당연히… 몰라?"

크흠.

한시은은 살짝 당황한 듯 두 눈을 끔뻑였다. 유민하는 어색하게 웃으며 신서진의 어깨를 툭 쳤다.

"걱정 마세요. 저래도 한 번 보면 금방 익혀요."

"…익히는 걸 떠나서. 피아노 못 치는 2학년은 처음 봤어. 신선한 충격이네."

뭐, 어쨌든.

그녀는 다시 피아노로 시선을 돌렸다.

"심사 위원들이 좋아하는 연주가 뭐라고 생각해?"

상당히 모호한 질문이다. 신서진은 한시은의 질문에 진지하게 고민했다. 비록 피아노를 칠 줄은 모르지만, 서울예고 2주 차. 재배치고사에서 직접 교사들의 평가까지 들어 봤으니 대강 감은 잡을 수 있지 않으려나.

신서진은 자신을 빤히 바라보는 한시은을 향해 말을 뱉었다.

"과하지 않은 연주요."

분수에 넘치는 기교와 어색할 정도로 꾸며 놓은 멜로디 라인. 지나친 과함은 늘 눈살을 찌푸리게 만든다. 과한 곡을 선곡했다가 혼자서 고꾸라졌던 강현이 그랬듯이.

유민하는 신서진의 말이 일리가 있다는 듯 고개를 끄덕였다.

"저도 그렇게 생각해요. 곡에 막힘이 있어서는 안 될 테니까. 애초에 본인이 도전할 수 없는 난이도면 확실히 드랍하는 게 맞을 것 같거든요."

둘 다 선곡의 중요성에 집중했다.

한시은은 둘의 대답을 들으며 말끝을 흐렸다.

"뭐, 그것도 정답이긴 한데……."

"아닌가요?"

"굳이 따지자면 아니야."

한시은은 고개를 저으며 건반 위에 올려 두었던 손을 내렸다.

고작 1년 차이인 선배지만, A반부터 데뷔 클래스까지. 그야말로 서울예고의 엘리트 코스를 차곡차곡 밟아 온 한시은만이 깨달은 것이 있다.

"선생님들은 말이야……."

"네!"

그런 귀중한 조언에, 유민하가 긴장한 얼굴로 침을 삼키던 순간.

폭탄 같은 한마디가 튀어나왔다.

"천재의 연주를 원해."

……응?

*   *   *

그 뒤로는 숨 막히는 팩트 폭행의 연속이었다.

한시은 선배는 키보드 하나를 앞에 두고 담담하게 무서운 말들을 뱉었다.

'너네가 천재라고 생각해?'

'네.'

'야, 우리는 아니지.'

'그래, 너네는 아니지.'

'……'

'슬프게도 1,000명 중 999명은 그 천재가 되질 못하거든. 그래도, 천재 같은 연주를 보여 줘야 돼. 무조건 속이는 거야. 그 근처인 것처럼만 보여도 반 이상은 먹고 들어가거든.'

탄탄한 기본기에, 배운 것들을 바탕으로 선보이는 완벽한 연주.

그건 다른 학교 수행평가에서나 먹힐 애들 장난이고.

서울예고는 아니다.

프로로 데뷔할 법한 자격이 있는 학생들을 찾아내는 평가.

'악보도 못 본다며. 넌 그러면 악보도 못 보는데 감으로 모든 걸 작곡하는 천재가 되어야 해.'

'피아노를 못 치지만 절대음감으로 한 번에 화음을 잡아내야 하고.'

말이 쉽지 다시 태어나란 소리잖아.

처음에는 그렇게 생각하기만 했는데.

…이걸 이렇게?

10시간을 피아노 앞에서 갈리고 났더니 신서진은 뭔가 깨달은 느낌이었다.

"이게… 천재일까?"

"아니, 그냥 지친 거야. 왜냐면 내가 죽을 것 같거든."

신서진은 교실로 올라가며 유민하와 대화를 나누었다.

어제부터 오늘 아침까지. 한시은이 얼마나 까다롭게 쥐 잡듯이 잡아 대던지. 피아노를 아예 칠 줄도 몰랐던 신서진도 어느 정도 건반을 짚을 줄 알게 되었다.

그리 열정 넘치던 유민하조차 녹초로 만들기에 충분했던 한시은의 강의.

덕분에 이젠 좀 알 것 같았다.

한시은이 말했던 '천재 같은 연주'의 정의가 뭔지.

그런데.

아까부터 뒤통수가 좀 따갑다.

신서진은 A반 앞에 도착하자마자, 제 이름을 들었다.

"신서진이다."

"A반 아예 올라온 거 맞지?"

"…야, 실물 보니까 생각보다 멀쩡한데."

"소문, 그 소문은 맞아?"

"쟤, 잘하나?"

벌써부터 상당한 관심이 쏠리고 있는 A반 첫 수업.

저쪽을 보니 익숙한 얼굴들이 앉아 있다. 나란히 올라와 긴장한 얼굴로 덜덜 떨고 있는 이다영과, 답지 않게 눈치를 살피고 있는 최성훈.

유민하는 피식 웃으며 말을 뱉었다.

"뭐야, 왜들 쫄아 있어."

물론 어김없이 신서진은 태연하다.

"쫄… 필요는 없는데. 너는 너무 멀쩡한 거 아니야? 안 긴장돼?"

"그닥?"

오히려 이건 기회다.

한시은 선배가 말했던 연주를 시험해 볼 기회.

우연으로 첫 수업이 연주 수업이니까.

"장난 아니게 빡세다던데, 이 수업."

"그래서 쌤이 누군데?"

"아직… 안 나왔을걸?"

"최서연 선생님 아닐까? 작년에는 그분이 하셨잖아."

"이번에는 바뀔 거라던데. A반 담임이 한대."

"이상혁 쌤?"

신서진은 유민하의 말을 들으며 그 옆에 나란히 앉았다.

아까까지만 해도 눈이 빠져라 저를 보고 있던 A반 애들도 금세 다른 곳으로 시선을 돌렸다.

일단 지금은 어떤 선생이 문을 열고 들어올지가 가장 큰 관심사니까.

초반 월말 평가의 큰 비중을 자랑하게 될 연주 수업.

모두의 시선이 텅 빈 교탁을 향하고 있던 순간.

드르륵.

문이 열리고.

낯설지 않은 얼굴이 눈에 들어왔다.

"음?"

동시에, 애들의 두 눈이 경악으로 물들었다.

*　　　　*　　　　*

신서진 역시 반응은 크게 다르지 않았다.

아니, 이 학교는 선생이 이리도 없나?

그게 아니라면…….

이 데자뷔는 뭐지?

대체 저… 사람이 왜 여기서 나와?

"어?"

"어… 어?"

이건 좀 놀랍다.

신서진은 고개를 휙 돌려 다른 녀석들의 반응을 살폈다.

'나만 놀란 건 아닌 것 같네.'

"자, 다들 집중."

말 한마디로 교실을 얼려 버릴 차가운 목소리. 표정을 읽을 수 없는 무덤덤한 얼굴이 학생들을 응시했다.

"아, 왜 하필……."

"저 쌤이 가장 까다롭다던데."

까다롭기야 까다롭지.

성격도 장난 아니고.

그러니까.

하필이면 저 인간이었다.

"익숙한 얼굴들이 좀 보이네."

"……."

"A반 정식 담임이자, 이번 연주 수업을 맡게 된 주영준이라고 한다."

A반까지 올라와서 저 인간을 만나게 될 줄은 몰랐다.

최성훈 또한 얼굴이 하얗게 질린 것은 마찬가지였다.

주영준 선생을 겪어 보지 않은 애들은 말할 것도 없다.

유민하는 제대로 당황했는지 두 눈을 끔뻑이며 넋을 놓았다.

제법 부드럽게 A반을 이끌어 주었던 이상혁 선생은 어디로 가고…….

딱 봐도 살벌해 보이는 선생이 기어 들어왔다.

심지어 그 악명 높다는 주영준 선생이.

그에게 내내 구박받던 최성훈은 신서진의 옆구리를 툭 찌르고선 중얼거렸다.

"헐. 탈출했는데 왜 따라와. 이쯤 되면 우리를 너무 애정하셨던 거 아니야?"

"C반 쌤 맞지?"

"어, 큰일 났다, 우리 이제. 일 년 내내 달달 볶여서 튀겨져서 나가는 거 아닐까?"

"미친. 가능성 있잖아."

담임으로 만났을 때도 상당히 피곤한 스타일이긴 했지만, 모두가 걱정하는 건 월말 평가였다. 주영준 선생은 다른 월말 평가 담당들보다도 점수를 까다롭게 주는 것으로 유명했으니까.

이렇게 되면 한시은 선배가 알려줬던 월말 평가 방식도 바뀔지 모른다. 그나마 여유로워 보이던 유민하도 초조한 듯 짧게 한숨을 내쉬었다.

"자아─. 다들 내 이름은 알고 있지?"

"네엡……!"

"내가 어떻게 성적을 주는지도 알고 있을 거고."

교실 내로 찬물이 끼얹어졌다.

시작부터 기선 제압이 장난 아니다.

그 모습을 익숙히 봐 왔던 신서진은 헛웃음을 쳤다.

그렇게 한참 동안 뜸을 들이던 주영준 선생이 입을 열었다.

"다들 전해 들었겠지만, 수월하게 월말 평가 넘길 생각은 하지 말았으면 한다. 항상 보면 데뷔조 안에는 못 들 애매한 성적의 애들이 그냥저냥 학교 다니다가 다른 기획사라도 들어가려고 머리 굴리는 거 같던데."

"……."

"그래서 니들이 데뷔조 안에 못 드는 거야. 진짜 될 놈들은 죽어라 하고 있으니까."

그래도 첫날부터 학교 때려치우라는 소리는 안 하네.

"바로 C반으로 내려가고 싶으면 그렇게 해."

"……!"

"아니면 화끈하게 때려치우든가."

응, 아니었다.

참으로 한결같은 사람이다. 존경스러울 정도로.

신서진은 속으로 감탄하며 엄지손가락을 치켜들었다.

주영준 선생의 매콤한 맛 아침 조회.

그래도 협박이 통하긴 통했는지 아까 전까지 멍하니 있던 학생들의 눈빛이 다시 불타오르기 시작했다.

그만큼 무섭다, C반이라는 말이.

A반으로 3학년에 진급하게 되면 모셔 가려는 기획사들이 한 트럭이지만, C반은 쳐다보지도 않으니까.

오히려 마이너스라면 마이너스랄까.

2학년 첫 진급 때도 들은 사실이지만, C반이면 외부 축제를 포함해서 제대로 된 학사 활동에도 참여하지 못하는 것이 현실이었다.

아마 계속 C반에 있었더라면 봄 축제고 나발이고, 곧 학교를 제 발로 나가게 되었을지도 모른다.

이제 이 차가운 섭리를 눈치챈 신서진은 익숙해졌다.

날고 기던 A반 학생들에게는 가장 살벌했을 협박.

주영준 선생은 교탁을 잡고선 물었다.

"열심히 할 거지?"

"네에에에엡!"

"좋아."

주영준 선생은 180도로 변한 눈빛들이 만족스러웠는지 고개를 끄덕이며 피아노로 향했다.

"병든 닭처럼 빌빌거리던 눈빛들이 이제야 좀 봐 줄 만하네."

2학년에 올라와 이어지는 수업으로는 첫 수업이나 다름없었다. 2주간은 반 배치고사에서 살아남으려고 아등바등 싸워 댔으니.

하지만, 그건 시작에 불과했다는 듯, 주영준 선생은 바로 피아노 의자에 앉았다.

"재배치고사 봐서 힘든 건 이해하는데. 유감스럽게도 3월 월

말이 바로 다다음주로 잡혀 버렸거든."

"네?"

"진짜예요?"

묵직하게 심장을 때리는 한마디.

작년엔 없었던 재배치고사가 추가되는 바람에 3월 월말은 건너뛰길 내심 바랐던 애들의 눈빛이 이내 탁해졌다.

"오… 미친 스케줄."

"2주 만에 또 준비하라고?"

"장난 없네."

'대체 다들 어떤 삶을 살아왔기에 이 빡센 일정에도 아직 살아 있는 거지?'

신서진은 뜻밖에도 인간들의 위대함에 감탄했다.

다들 빌빌거리고는 있으나 아직 숨은 쉬고 있다.

주영준 선생은 이조차도 예상했던 반응이었는지 피식 웃으며 말을 이었다.

"어차피 피아노는 한 달을 주든, 두 달은 주든. 그 안에 안 돼."

다른 일반 학교의 수행평가 수준이라면 모를까.

아예 실용음악을 전공으로 해서 들어온 애들이 태반이다.

그 격차를 고작 한두 달 동안에 따라잡을 수 있을 리가 없었다.

"A반이니까 다들 어느 정도 수준은 될 거라고 굳게 믿고 싶은데. 맞지?"

주영준 선생의 말에는 다들 쉽게 인정했다.

"뭐, 피아노는 어렵진 않지."

"맞네, 그건 그래."

"근데 다 잘 치지 않냐? 이게 평가가 돼?"

여기 아닌 사람 하나 있는 거 같은데.

툭.

신서진은 얼굴이 새하얗게 질려 버린 최성훈의 어깨를 쳤다. 얼음처럼 굳어 있던 최성훈이 땡 하고 풀렸다.

"…허윽."

C반에서 얼떨결에 A반으로 점프하게 된 사람이 신서진 말고도 한 명 더 있다.

최성훈은 발을 동동 굴리며 고개를 돌렸다. 기댈 사람이 하나밖에 없다. 최성훈은 제 뒷자리에 앉은 B반 출신 이다영에게 간절하게 물었다.

"나 진짜 피아노는 못 치는데. 다영아, 너는?"

"나는 작곡을 피아노로 하는데……."

"야, 너마저."

최성훈은 머리를 짚으며 땅이 가라앉을 정도로 한숨을 푹 내쉬었다.

"하, 개망했다."

"…힘내."

"넌 아닌 척하지만, 이 자식아."

응원해 줘도 난리냐.

신서진은 태연하게 어깨를 으쓱였고, 최성훈은 마지막 희망을 담은 눈빛으로 그에게 물었다.

"너는 못 치지?"

"못 쳤었지."

한 이틀 전까지는 못 쳤었다.

"이야, 역시 너밖에 없다. 그래, 사람이 인간미가 있어야지. 여기 다 괴물들밖에 없잖아."

"나는 인간이 아니……."

신서진이 중얼거리며 주영준 선생을 돌아보던 순간, 그의 눈빛이 이쪽을 향했다.

"첫 수업이니까, 다들 그 자신 넘치는 실력부터 볼까?"

허세란 허세는 다 부려 가며 떠들어 대던 학생들이 일제히 조용해진다.

주영준 선생은 적막이 내린 교실을 돌아보며 되물었다.

"뭐야, 다들. 자신 있는 사람? 없어?"

2학년 첫 수업, 그것도 빡세기로 유명한 주영준 선생 앞에서 당당하게 피아노를 치겠다고 나서는 사람이 있을 리가.

―라고, 생각한 순간.

한마디가 더해졌다.

"가산점 줄 건데."

"저요!"

"저요오오오!"

"저 할래요!"

우르르.

C반에서는 볼 수 없었던 이 엄청난 학구열.

아까 전까지 망설이던 학생들이 살벌한 눈길로 손을 들어 올린 채 방방 뛰어 대고 있었다.

"…너도 손 들었냐."

"못 먹어도 고랬어."

그 혼란의 틈에서 혼자 조용히 손을 흔들고 있는 유민하.

피아노가 주전공이 아닌데도 일단 찔러 보겠다는 당당한 눈빛이다.

유감스럽게도 주영준 선생의 시선에는 닿지 못했지만.

"세 번째 줄 남학생, 앞으로 나와 봐."

"네!"

"이름이?"

후다닥.

185cm는 족히 되어 보이는 큰 키에 퀭한 눈을 하고 있는 한 학생이 앞으로 나왔다. 이목구비가 상당히 뚜렷한 편이라 하나하나 뜯어보면 분명 잘생긴 편이겠지만.

굳이 따지자면 묘하게 싸한 분위기가 묻어 있다.

사람을 잘 보는 편인 신서진은 그리 판단했고, 별말 없이 제자리에 앉아 있었다.

한 성깔 할 것 같아 보이는 관상과 달리 주영준 선생 앞에서는 순한 양이 되어 버린 학생.

"성주한이라고 합니다."

웅성웅성.

성주한의 등장에 뒤편에 앉아 있던 학생들이 목소리를 낮추고선 말을 더하기 시작했다.

A반에 처음 온 신서진이야 당연히 모르는 얼굴이지만, 이미 A반

학생들은 다 알고 있는 유명 인사.

"쟤 뒤에 불리면 그냥 끝나는 건데."

"피아노 특기자 아녔어?"

"잘 치긴 하더라."

신서진은 별다른 동요 없이 피아노 의자에 앉는 성주한을 지켜보았다.

눈앞의 녀석이 잘하든 못하든 자신은 하등 상관없는 말이다.

한데, 아까부터 옆에서 따가운 시선이 느껴졌다.

신서진은 의아한 눈빛으로 고개를 돌렸다.

어디서 이리 노려보나 했더니.

유민하였다.

이영상이 대놓고 소극장에서 도발했을 때처럼 세게 아랫입술을 깨물고 있다.

"아, 재수 없어."

유민하는 중얼거리며 성주한을 똑바로 노려보았다.

깊은 사연이라도 있는 거 같지만 지금 물어보긴 타이밍이 영 그렇다.

후.

땅이 꺼질 듯 깊은 한숨 소리가 바로 옆에서 들려왔다.

그걸 본 건 비단 신서진뿐이 아니었는지, 얄미운 목소리가 끼어들었다.

"우와, 혜라 또 빡돌았는데."

…그렇게 말하면 더 돌 거 같은데.

신서진은 해맑게 말을 더하는 최성훈에게 눈치를 줬다.

"그 정도는 아냐."

"그래? 유민하 화나면 장난 아니게 무서운데?"

"적당한 성질머리지. 사람 지옥으로 던져 놓고 그럴 애는 아니 잖아."

"어… 어엉?"

"나름 착한 면이 있다니까."

"……"

신서진은 가볍게 유민하의 편을 들어 주곤 성주한에게로 다시 시선을 돌렸다.

일단 A반에서 나름 잘나가는 녀석 같긴 한데, 유민하와는 사이가 안 좋다.

그리고.

제 실력에는 확실히 자신이 넘친다.

유감스럽게도 안 좋은 쪽으로.

"첫 수업이니까 간단하게 두 사람 시킬 건데. 잘 치는 곡 있어?"

"어떤 곡이든 소화할 자신 있습니다."

몇천 년간 수많은 인간들을 스쳐 보다 보면 감이 잡힌다.

저놈이 허구한 날 거짓말을 하는 성격인지, 우월감에 취해 있는 성격인지, 덤빌 의지도 능력도 없는 허접인지.

저놈은 진짜다.

빠르게 반 인원을 스캔하고, 최소한 피아노에선 밀릴 리가 없다고 판단한 모양이었다. 어떻게 밟아 줘야 보다 확실하게 눈도

장을 찍을 수 있을지에 대한 잔인한 계산도 숨어 있다.

주영준 선생 역시 그 눈빛을 읽었을 것이 분명했다.

아까까지는 별 기대 없던 눈빛이 저리도 기대에 반짝이는 걸 보면.

나름 수많은 인재가 모인 곳이 바로 이곳, 서울예고다.

수준급의 실력을 가지고 있는 사람이야 꽤 되겠지만.

글쎄.

그를 따라 짧게 판단해 보자면 여기서 성주한을 대적할 만한 사람은 없다.

평상시 의지가 넘치다 못해 흘러내리는 유민하와 이유승도 이쪽엔 자신이 없는지 시선을 피하고 있고.

뒤편에서 시끄럽게 오디오나 더하던 녀석들은 말할 것도 없다.

사실상 저 녀석을 돋보이기 위한 잔혹한 희생양을 고르는 거나 다름없는 상황.

주영준 선생의 표정이 이내 심각해졌다.

적당히 성주한과 연주를 주고받을 정도는 되는 사람.

벌어질 격차에도 좌절하지 않고 불타오를 사람.

또는 자신이 마음에 두고 있었던 학생.

고민을 끝낸 주영준 선생의 입에서 한마디가 튀어나왔다.

"그러면 같이 할 만한 사람이……."

과연 누굴까.

빠르게 고개를 돌리던 주영준 선생의 시선이 이쪽에서 멈췄다.

"신서진, 나와 봐."

신서진의 표정이 제대로 일그러졌다.

아.

그게 나일 줄은 몰랐지.

*   *   *

실용음악과 2학년 중에서 신서진의 이름을 모르는 사람이 있을 리 없었다.

1학년 때와는 다른 의미로, 현시점에 가장 핫한 친구를 꼽으라면 단연 신서진을 뽑을 수밖에 없었으니.

'어디서 특강이라도 듣고 온 건가?'

'아니면 사람이 아예 바뀌어서 온 건가?'

무수한 소문이 떠돌 정도로 강현과 신서진의 대결은 신선한 충격이었다.

거기에 재배치고사는 확신의 말뚝을 꽂은 것이나 다름없었고.

그래, 잘하긴 잘하더라.

대체 무슨 수로 저렇게 사람이 바뀌어 온 건가 싶을 정도로.

하지만, 성주한은 입가에 미소를 띠고 있을 뿐이었다.

'그래 봤자 신서진이지.'

강현 선배는 솔직히 말해서, 무능했고 멍청했다.

선배라는 사람이 감정조차 제대로 컨트롤하지 못한 채 능력도 안 되는 무대를 펼치다가 고꾸라졌으니.

그렇다고 그 무대에서 신서진의 실력이 놀라울 정도로 뛰어났냐고?

아니, 그럴 리가.

피아노만 아니라 기타에도 제법 안목이 있는 성주한이다.

퍼포먼스가 시선을 사로잡았을 뿐.

그때, 신서진의 기타 실력은 딱 초급자 수준이었다.

그렇다면 어떻게 이겼냐고?

신서진은 감정을 다루는 데 능숙했다.

얼핏 봐선 정신 반쯤 놓은 사람처럼 학교생활을 하고 다니긴 하지만.

상대를 열받게 만드는 것도 재능이라면 재능이다.

그런 식으로 평정심을 깨뜨려서 빈틈을 파고들려 하겠지.

'능력 부족한 애들의 전형적인 얕은수네.'

흔들리지 않고 제 할 일만 잘하면 된다.

어차피 실력으론 질 리가 없을 테니.

이번에는 판을 제가 쥐고 흔들 자신이 있었다.

여유 가득한 한마디가 툭, 하고 튀어나왔다.

"이번에는 피아노 들고 뛸 거야?"

푸흡.

성주한의 한마디에 A반 곳곳에서 웃음소리가 튀어나왔다.

"이야, 대놓고 먹이네."

기타를 들고선 백텀블링을 선보였던 신서진의 무대를 정면에서 저격하는 멘트. 거기에 더해 여기는 A반이다. C반 출신의 학생들을 반길 리 없는 A반.

소속감 가득한 날 선 말이 훅훅 치고 들어왔다.

'좀 먹혔으려나.'

여유롭게 미소를 지어 보인 성주한은 신서진의 반응을 기분 좋게 기다렸다.

그런데.

"으음……."

신서진은 진지해진 얼굴로 피아노를 찬찬히 훑고 있었다.

"…들리나?"

뭔 소리야, 저 미친놈이.

이런 식으로 정신을 흔들어 놓았던 건가?

조금은… 어지러워졌다.

성주한은 느슨한 자세로 서 있는 신서진을 바라보며 경계하기 시작했다.

역시 보통 놈은 아니다.

그냥…….

뭐랄까.

"오늘은 아마 앉아서 칠 거 같네. 이제 보니까, 이거 좀 무거워서."

"너, 그걸 지금 말이라고 하냐?"

"근데 백텀블링이 좀 멋있었나? 왜 다들 보지 못해서 안달이지."

"……."

"앞으로는 걸을 때도 뒤로 걸어야 하나……."

한 대 패고 싶다.

성주한은 애써 아무렇지 않은 척 앞머리를 매만졌다.

저렇게 나온다 한들 있던 제 실력이 사라지는 것도 아니고.

여유, 그저 그것만 있으면 된다.

성주한은 피식 웃으며 어깨를 으쓱였다.

"곡 네가 정해. 나는 뭐든 상관없거든."

강현처럼 어설프게 보여 주는 여유가 아니라, 진짜 여유.

사실 정말 뭐든 상관없긴 했다.

완전히 자신의 스타일대로 편곡해서 칠 생각이었으니까.

'무슨 곡이든 넌 내 페이스에 밀리게 되어 있어.'

실력의 격차가 상당한데 거기서 편곡까지 한다?

멍해진 채 건반에도 손을 얹지 못할 게 분명했다.

그것이 성주한이 자신만만하게 지나고 있던 카드.

"으음."

잠시 고민 중이던 신서진에게 성주한이 도발을 더했다.

"클래식은 좀 어려우려나?"

"클래식?"

"저번에 대걸레 던지는 거 보니까, 교양이 조금 부족한 거 같던데."

하지만, 이 정도 선의 도발이 신서진에게 먹혀 들어갈 리 없었다.

"아, 그런 거 없이도 잘 살아서. 가만 보면 인간들은 그런 걸 너무 따져. 인생, 안 피곤해?"

아, 어. 그렇구나.

"하하, 자유분방하니 부럽네."

"그렇지?"

이거 웃고만 있지 제법 살벌한 공기가 흐른다.

가만히 옆에서 지켜보고 서 있던 주영준 선생은 어이없다는 듯 웃음을 흘렸다.

뭐, 이거 하루 이틀 있는 일은 아니다만.

이래서는 진도를 못 나가게 생겼다.

"음악은 입으로 터는 거 아니니까, 둘 다 이제 그만하고 시작하지."

"아, 넵!"

"준비됐습니다."

성주한은 아까까지의 도발은 장난이었다는 듯 유쾌하게 웃어 보이며 자리에 앉았다.

신서진에게 선곡을 맡겼음에도 한 치의 흐트러짐도 없는 경계 태세.

자신이 기억하는 가장 어렸을 때부터 밥만 먹고 쳤던 게 피아노다.

반면, 신서진은 매끈거리는 건반의 촉감조차 낯설다고 봐야 할 지경.

기껏 해 봐야 동아리방에서 키보드 몇 번 만져 본 게 전부긴 했다.

한시은 선배 덕에 다급히 익혀 놓긴 했지만.

애당초 다윗과 골리앗의 싸움이 아닌가.

"정했어요."

스윽.

신서진은 담담한 한마디 말과 함께 피아노 건반 위에 손을 올렸다.

　도르르.

　물방울을 튕기는 듯한 맑은 소리.

　첫 소절이 그의 손끝에서 흘러나옴과 동시에, 누군가가 탄성을 뱉었다.

　"…이걸 한다고?"

　　　　　*　　　　　　*　　　　　　*

　특별한 곡은 아니었다.

　상대방의 기선을 제압할 만한, 그런 류의 어려운 곡도 아니었다.

　피아노에 별 관심이 없어도 누구나 한 번쯤은 들어 봤을 그런, 유명한 뉴에이지곡.

　〈WALKING THE RAIN〉이었다.

　"음?"

　주영준 선생은 놀란 얼굴로 두 눈을 끔뻑였다.

　예상치 못한 선곡이다. 장기 자랑에선 뻔할 곡일지 몰라도, 경연에선 절대 뻔하지 않은 곡.

　그도 그럴 것이 대체 누가 저렇게 무난한 곡을 배틀곡으로 꼽는단 말인가.

　대부분의 피아노 입문자들이 취미로 시작하는 곡.

　쉽게 말해서는 개나 소나 치는 곡이다.

성주한은 잠시 당황한 듯 주머니에 손을 찔러 넣고선 이내 조소를 머금었다.

당황하기야 했지만, 이건 완전 떠먹여 주는 판이 아닌가.

이 정도 수준의 곡이라면 눈 감고도 쳤던 건데.

'슬슬 들어가 주면 되나?'

성주한이 신서진을 따라 키보드 위에 손을 얹은 그때였다.

신서진의 손이 빠르게 건반 위로 미끄러졌다.

"……!"

통통통.

아까부터 빗소리를 표현하며 맑게 흐르던 화음이 한층 뚜렷하게 울려 퍼졌다.

방금 전까지 선보였던 곡이 익숙한 뉴에이지였다면, 신서진은 그중에서 빗소리를 표현하는 음만을 미세하게 따 내기 시작했다.

음?

주영준 선생은 제법 놀란 얼굴로 자리에서 일어났다.

'무슨 미디 작곡처럼……'

기계로 음을 만지는 게 아니라, 즉석에서 저렇게 음을 골라내는 것이 가능한 일일까.

주영준 선생은 그 순발력에 나직이 감탄을 내뱉었다.

거기에 음을 가지고 놀듯 응용하는 실력까지.

'분명 피아노를 못 친다고 들었었는데.'

대체 몇 주 동안 무슨 일이 있었던 건지, 이제는 그가 더 궁금해질 지경이었다.

신서진은 한시은 선배가 했던 말을 머릿속에 담은 채 속도를 조금씩 올렸다.

'선생님들은 천재의 연주를 원해.'

천재가 뭐라고 생각하냐고 물었던 한시은 선배.

해답은 이거였다.

평범한 곡으로 남들이 보지 못했던 포인트를 살리는 것.

그저 조금 시야를 바꿨을 뿐이었다.

후두둑.

강의실 가득 울려 퍼지는 시원한 빗소리에 누군가를 눈을 감았고, 누군가는 입을 벌렸다.

신서진은 자연스레 두 손으로 건반 위를 뛰어다녔다.

빗소리를 담은 노래가 아니라, 순수한 빗소리 자체를 따 낸 듯한 새로운 곡.

굳이 따진다면 빗소리 ASMR를 피아노로 그려 낸 것에 가까워 보인달까.

'어… 어?'

반대편에 앉아 끼어 들어갈 틈만 노리고 있던 성주한은 당황한 듯 눈을 끔뻑였다.

예상하지 못했다. 편곡을 이런 방향으로 할 것이라고는.

'무슨 곡이든 넌 내 페이스에 밀리게 되어 있어.'

아까까지만 해도 이렇게 자신했는데.

신서진의 진행은 자신이 따라갈 수 있는 수준을 벗어나 있다.

마치 머릿속에 이미 그려진 악보를 뽑아 쓰는 느낌.

성주한은 이를 악문 채 신서진의 음을 조금씩 따라 그리기 시작했다.

피아노 천재라고 들어 온 10여 년.

한 번 들은 곡도 순식간에 따라 칠 정도로 피아노 커버에는 도가 텄다.

분명 이 곡도 그래야 했다.

복잡한 코드도, 손이 꼬일 정도로 어려운 진행도 아니었으니까.

성주한은 빠르게 템포를 올리며 건너편의 신서진을 노려보았다.

뭔가를 보여 줘야 하는데.

신서진을 뛰어넘을 무언가를…….

성주한은 아랫입술을 지그시 깨문 채 필살기를 선보였다.

기교를 살려 복잡하게 꼬기 시작한 코드.

하지만, 맑은 샘물 같은 노래의 진행에는 하나의 미꾸라지가 되고 만 걸까.

예상치 못했던 반응이 돌아왔다.

"음……?"

"여기서 저걸 넣는다고?"

"살짝… 애매한데?"

피아노를 칠 때면 모든 잡념이 멀어지곤 했다.

고로 멀리서 속닥거리는 저들의 목소리도 들리지 말아야 했다.

그런데 왜.

"저게 맞아?"

"…아까가 더 좋았던 거 같은데."

저토록 선명히 들리는 걸까.

성주한의 얼굴이 부풀어 오를 듯 빨개지고 있었다.

신서진은 성주한이 흔들리고 있다는 사실을 깨닫고 조금씩 템포를 낮추기 시작했다.

'무리하지 마.'

마치 그렇게 속삭이는 듯한 눈빛에 성주한의 두 손이 떨렸다.

고작 저런 애한테 휘둘린 채, 무대를 망칠 수는 없다.

자존심도 자존심이지만, 지금은 무대가 더 중요했으니까.

성주한은 어쩔 수 없이 고집을 비우고 신서진의 템포를 따라 나갔다.

하나의 곡을 저렇게 완전히 해체시켜 버린 신선한 진행.

어떠한 방식의 편곡도 상관없는 무대였기 때문에, 충분히 가능했던 방향.

사실 〈WALKING THE RAIN〉은 신서진이 연습하고 있던 곡이었다.

그걸, 이 무대를 지켜보고 있는 이들은 알 리가 없다.

피아노의 기초도 없던 신서진에겐 몇 시간을 갈아 넣어 만든 무대였지만, 적어도 성주한의 시선에는…….

그랬다. 천재로 보였다.

그래서, 멍청하게도.

저 음에 베이스를 까는 것 외엔 아무것도 하지 못했다.

"……."

이유 모를 적막 속에 신서진은 건반 위에서 손을 내려놓았다.

"끝났어요."

그제야 넋을 놓고 있던 주영준 선생은 뒤늦게 손을 들었다.

"…훌륭한 무대였다."

"와아아악!"

최성훈은 호들갑을 떨며 자리에서 벌떡 일어났다.

"역시 갓서… 아악!"

유민하의 손아귀에 붙들려 다시 제자리에 처박혔지만 말이다.

C반다운 민폐라며 조롱 섞인 시선이 돌아올 법도 했지만, 예상외의 반응이 이어졌다.

"와……"

충격에 빠진 채로 말을 차마 잇지 못하는 학생들.

그중 한 명이 박수를 치기 시작했다.

짝짝짝.

그 소리를 도화선 삼아 너도 나도 박수를 따라 치며 감탄을 뱉었다. 아까까지만 해도 이길 리 없다고 수군대던 학생들은 이제 전혀 다른 화제로 수군대고 있었다.

"야, 저게 말이 돼?"

"뭔가… 신박했어."

"그치?"

"굳이 따지자면 어려운 진행은 아닌데……. 저런 발상이 나왔다는 게."

흔히들 편곡이라고 하면 곡의 스타일과 분위기를 바꾸든가, 코드를 바꿀 텐데.

저렇게 한 음 한 음 떼어 내어 새롭게 응용하는 경우는 처음이었다.

제대로 배운 적이 없기에 오히려 정형화된 방식에서 탈피한 신서진의 연주.

그의 연주에 피아노 전공으로 들어온 친구들도 인정할 수밖에 없는 분위기가 되었다.

주영준 선생은 귓가를 생생하게 때리던 빗소리의 여운에 빠진 채 고개를 돌렸다.

생각해 보니 잊고 있던 사람이 여기 하나 있었다.

학생들의 환호성에 붉어진 얼굴로 뚱하니 앉아 있는 자칭 피아노 천재.

"주한이도 수고했다."

"…감사합니다."

축 처진 어깨로 일어선 성주한의 뒤로 속삭이는 말들이 선명하게 꽂히는 것 같았다.

"못 따라가지 않았어?"

"간신히 따라가는 느낌……."

"진행이 너무 독특하긴 했잖아. 너라면 했겠냐."

"아니, 그래도 쟤는……."

"자신만만했던 것치곤 형편없었지."

신서진이 성주한을 제대로 물먹이려고 선곡한 거라고, 수군대는 목소리들이 들려왔다.

하지만, 성주한은 알았다.

'물먹이려고 한 게 아니라…….'

그냥 저렇게 치고 싶어 했던 거였다.

남들과는 다른 방향으로 저 곡에 접근했을 뿐.

그게 느껴져서 더 분했다.

"······."

도저히 따라갈 수 없는 영역 같아 보였으니까.

생각지도 못했다.

그저 우연과 운이 겹쳐서, A반에 올라왔다고 생각했다.

그랬던 녀석이, 천재였다.

성주한은 떨리는 손을 꽉 움켜쥐었다.

*　　　　*　　　　*

"서진아!"

"야, 나 너한테 궁금한 게 있는데······."

총총총.

연주 수업이 끝나자마자 무서운 애들이 졸졸 따라온다.

신서진은 기겁하며 복도로 나가려 했으나 결국 붙잡히고 말았다.

"야, 신서진. 잠깐만이면 돼! 질문 하나만 받아 주라."

웬 돌돌이로 앞머리를 만 채 거울을 탁 하고 제 책상에 내려놓는 세 보이는 인상의 여자애부터, 교복 넥타이를 껄렁하게 풀어 놓은 단정하지 못한 친구들까지.

빨간 머리로 염색을 한 남자애가 불쑥 말을 던졌다.

"어떻게 한 거야?"

"뭐가?"

"피아노. 어디서 배운 건데? 너 아예 못 쳤잖아. 어디 좋은 데라도 있어?"

애는 나한테 뭐 맡겨 놨나?

신서진은 뜻밖의 뻔뻔함에 허, 하고 웃음을 흘렸다.

문제는 이런 애들이 한두 명이 아니라는 점이다.

"말해 봐. 돕고 사는 거라고 이런 게 다."

"맞아, 사람이 쪼잔하게."

"우리 아빠가 기획사 사장인데, 어차피 너 데뷔조 못 들어가니까 잘하면 소개해 줄게."

대충 들어 봐도 기가 찬 소리가 물밀듯이 들어온다.

이제 슬슬 뭐라고 대꾸해야 할지 피곤해지려던 순간.

날카로운 목소리가 훅 들어왔다.

"야, 거기 내 자리거든?"

멀리서 가만히 그 꼴을 지켜보고 있던 유민하가 한숨을 내쉬며 인파를 헤치고 들어왔다.

날이 선 한마디에 눈치를 보던 학생 몇몇이 자리에서 비켜섰다.

날카로운 인상의 빨간 머리는 그때까지 자리를 지키고 있었지만 말이다.

오히려 적반하장으로 유민하에게 따진다.

"뭐야, 신서진한테 빚이라도 졌어?"

"얘한테 빚진 건 없고, 네가 싸가지 없이 발 올리고 있는 그 의자가 내 자리는 맞거든. 그 발모가지 잘라 버리기 전에 저리 치우지?"

'역시 저 성질머리.'

신서진은 속으로 감탄하다가 입 밖으로 말을 뱉어 버렸다.

"멋져. 그냥 잘라 버려."

아, 본심이······.

"봤지? 얘가 너네 불편하다잖아."

돌돌이를 말고 있던 여자애는 거참 비싸게 구네, 라고 싸가지 없는 말을 틱 던지고선 자리를 떠났고.

빨간 머리는 멍한 얼굴로 기가 찬다는 듯 조소를 머금었다.

"네가 뭔······."

여전히 꼿꼿이 발은 옆자리에 붙이고 있는 상태다.

알려 주기 전엔 자리를 안 떠날 거 같으니까.

아폴론의 〈야너인싸〉에서 배웠던 구절을 써먹을 때가 된 건가.

신서진은 주머니에 손을 찔러 넣은 채 담담하게 말을 뱉었다.

"어떻게 한 거냐고? 궁금해?"

아까까지 유민하와 투닥대던 빨간 머리도, 은근히 이쪽에 귀를 기울이고 있던 다른 A반 학생들도.

모두가 거의 동시에 신서진을 돌아보았다.

쥐 죽을 듯한 적막과 함께, 하나같이 신서진의 비기를 들어 보려 악착같이 귀를 기울인다.

그런 A반 친구들을 위해,

신서진은 깍지를 낀 채 미소를 지으며 말을 뱉었다.

"교과서 위주로 예습과 복습을 철저히······."

"야, 이 미친. 그게 무슨 개소리냐."

"라고 하면 너무 뻔하니까."

"그렇지!"

그리고는, 두 손을 모은 채 싱긋 웃어 보인다.

"사교육의 도움을 받았습니다."

"……!"

"야, 거기 어디야."

"주소 불러 봐!"

"나도! 나도!"

"아아악! 순서 지키라고!"

음, 이게 맞나?

＊　　　　＊　　　　＊

신서진의 한마디는 엄청난 파장을 불러왔다.

학교에서 유급을 받아도 전혀 이상하지 않을 정도로 바닥을 기었던 신서진을 180도로 바꿔 놓은 그 대단한 '사교육'이 무엇인가에 대한 토론이 끊이질 않았으니까.

그 덕에 소문은 날로 커져만 갔다.

"그러니까 대치동 1타 강사한테 일대일로 과외까지 받았단 소리지?"

"과외비만 월에 이천만 원 들었대."

"맞네……. 부잣집 쌍둥이였네……."

"그게 그렇게 되는 거였어?"

강현은 이를 꽉 악문 채 주먹을 쥐었다.

"역시 그런 거였어."

그래, 갑자기 그 멍청한 애가 그렇게까지 바뀌어서 올 리가 없지.

바로 저게 자본의 힘인 걸까.

"하."

"근데 다들 학원은 다니지 않았냐? 나는 과외도 받았어."

"시끄러워. 넌 그 돈 있냐."

"…나는 있지."

강현 옆에서 괜히 말을 얹고 있던 학생회 임원 임정우는 쪼그라들며 벽에 붙었다.

저 녀석 아버지가 사업 중이라고 했던가.

강현의 얼굴이 차갑게 식었다.

임정우는 강현의 눈치를 보며 나불거렸다.

"그래서 어쩔 건데? 막 아니꼬운 거야? 열받아서 배배 꼬여?"

"닥쳐."

"응."

뭣도 안 되는 녀석이 어설프게 실력이 늘어 가지고는 학교를 설치고 다니는 꼴이 영 언짢았다.

그걸 편하게 인정하면 될 것을 저리도 부들거리는 강현이 이해가 가질 않았지만.

이미 그를 말리기엔 늦어 보였다.

"신서진이 어디 있지?"

또 학교에 한바탕 난리가 나겠구만.

"팝콘 사 둬야 하나……."

정우는 멀어지는 강현을 보며 나직이 중얼거렸다.

*　　　　　*　　　　　*

벌컥.

몇 번을 사물함 문을 열어 봐도 결과는 똑같았다.

마냥 웃으며 넘기기엔 사뭇 처참한 광경.

신서진은 심각한 얼굴로 고개를 갸우뚱해 보였다.

"야, 어떡해."

그 옆에는 걱정 어린 시선으로 돌아보는 유민하와.

"미친 새끼 아니야, 이거."

제 일처럼 욕을 대신 해 주는 이유승이 있었다만.

…별달리 위로는 되지 않았다.

"내 쿠키……."

어제 먹으려고 쟁여 둔 쿠키와 체육 시간에 써야 하는 체육복.

그 외에 받아 둔 교과서들이 모두 축축하게 젖어 있었으니까.

그것도 누군가 고의적으로 던져 둔 우유갑이 터져서 말이다.

"……."

자격지심에 눈멀어 이리도 상큼한 장난을 치는 사람이 있다니.

그저 놀라울 따름.

신서진은 머리를 긁적이며 짧은 감상을 전했다.

"대체 어떤 인간이… 일찍 죽고 싶어서 환장했지?"

*　　　　*　　　　*

삐릿—.

삐릿 삐릿—.

동그란 털뭉치들이 짹짹거리며 창틀에 앉아 있다.

신서진은 참새들이 모인 창틀에 미끄러지듯 내려앉았다.

주머니에 꽂힌 지팡이가 빛을 내며 허공으로 사라졌다.

지난번에 관심으로 얻은 빛의 조각들로 만들어 낸 결과물.

창문에는 영락없는 조그만 참새 한 마리가 된 신서진의 모습이 비쳤다.

"성공했군."

커다란 눈망울에 고르게 뻗은 날개.

신서진은 만족스러운 싱크로율에 고개를 끄덕였다.

여느 신화에서도 흔히 볼 수 있듯이, 제우스가 황소로 변한다거나, 헤르메스가 양치기로 모습을 바꾼다든가 하는 일은 그리 어려운 일이 아니었다.

예전에는 고작 이런 참새 한 마리로 변하는 것쯤은 껌이었는데, 이번에는 제법 힘들었다.

빛의 조각을 거의 다 쓰고 나서야 가능해진 일이었으니.

그만큼 통쾌한 복수가 신서진을 기다리고 있었지만 말이다.

가만히 있으면 백 세까지 편히 사는 이 시대에 수명을 이토록 앞당기고 싶어 하는 학우가 있다니 놀라울 따름.

이 상큼한 짓을 꾸밀 사람이라고는 단 한 사람밖에 떠오르지 않았다.

높은 확률로 신의 직감은 옳았다.

3학년의 강현.

예전부터 줄곧 그를 벼르고 있었던 강현이 꾸며 낸 짓임이 분명했다.

마음 같아선 그에게 다짜고짜 찾아가 한바탕 난리를 치고 싶지만…….

'굳이 퇴학 위기를 다시 겪을 필요는 없지.'

그보다 확실한 방법을 찾았다.

신서진은 싱긋 웃으며 목소리를 높였다.

"삐릿!"

"짹! 짹짹!"

저들끼리 신나게 모이를 주워 먹고 있던 참새들은 신서진의 한마디에 일제히 고개를 돌렸다.

오히려 동물들은 인간보다도 감이 뛰어나다.

본능적으로 헤르메스의 기운을 느낀 것인지 참새들은 두 눈을 반짝이며 날개를 퍼덕였다.

─신! 신! 신!

─삐릿?

─신! 신! 신!

조잘조잘.

신서진의 존재를 빠르게 눈치챈 녀석들은 호들갑을 떨며 제자리에서 통통 튀었고, 와중에도 바닥에 떨어진 과자에 집중하고 있는 녀석들까지.

—퍽!

—정신 차려!

—삐릿……!

그야말로 난장판에 가까운 한 장면에 신서진은 어떻게 대처해야 할지 빠르게 머리를 굴렸다.

동물들은 본능적으로 신을 따른다.

굳이 말을 더하지 않아도 녀석들은 자신을 따를 것이다.

하지만, 여기서 확실한 설득을 꺼낼 필요가 있었다.

녀석들이 자신을 도울 법한 확실한 무기.

고로.

신서진은 날갯죽지를 들어 올리며, 그들을 위한 마법의 주문을 친히 뱉었다.

—배고프지?

그리고, 그 효과는 굉장했다.

—밥! 밥! 밥!

—충성! 충성! 충성!

더 볼 것도 없었다.

*　　　　*　　　　*

끼익.

사물함 문을 열어젖힌 강현은 교과서를 안에 대충 쑤셔 넣고선 콧노래를 흥얼거렸다.

이걸 보니 오전의 유쾌한 기억이 떠올라서였다.

"아, 그 표정을 직관했어야 하는데."

지금쯤이면 충분히 봤을 테니, 뭐.

강현은 낄낄대며 주머니에 손을 찔러 넣었다.

늘상 태연하게 여유를 부리는 녀석도 그 꼬라지 앞에서는 이성을 잃었을 법도 했다.

하지만, 목격자도 증거도 없을 테니 혼자서 일을 키울 수는 없을 터였다.

그것도 한 학년 선배를 상대로.

"아, 맞다."

걔, 그런 거 신경 안 쓰지.

강현은 불쾌한 듯 인상을 찌푸리며 뒤를 돌아섰다.

역시 마음에 안 든다니깐.

가뜩이나 남이준의 경고대로 재수 없는 녀석이었는데, 요새는 제가 뭐라도 되는 줄 안다.

어디서 돈을 퍼부어 와서 실력을 띄운 주제에, 그것도 편법만 쓰는 수준. 본래 본인의 실력이면 자신의 발뒤꿈치도 따라오지 못할 게 분명했다.

그런 녀석에게 보기 좋게 복수하고 나니 밥이 술술 넘어가더라.

와자지껄.

시끄러운 복도를 돌아보며 강현이 기분 좋게 자리를 뜨려던 순간이었다.

복도 끝에서 웬 비명 소리가 울려 퍼졌다.

"어… 어?"

"꺄아아아아아악!"

"저게 뭐야!"

"음?"

별생각 없이 고개를 돌린 강현의 얼굴이 금세 새하얗게 질렸다.

"어… 어어어?"

푸드덕. 푸드덕.

한두 마리만 있어도 귀엽다, 하며 봐줄 법한 그 조그만 참새가.

떼를 지어서 몰려오고 있었기 때문이었다.

그것도 정확히 자신을 향해서.

"미친, 저게 뭐야."

지금 멍하니 그걸 지켜보고 있을 때가 아니란 걸, 강현은 뒤늦게 깨달았다.

미처 몸을 피하기도 전에…….

푸드덕.

퍽.

멍하니 서 있던 강현의 코앞으로 날아선 참새 한 마리가 날개로 그의 뺨을 때렸다.

"으억!"

스트라이크로 들어간 완벽한 공격.

박수를 치지 않을 수가 없는 광경이다.

신서진은 감격한 눈빛으로 두 날개를 모았다.

세상에…….

―잘한다, 잘한다!

신서진이 그걸 1열에서 직관하고 있다는 걸 알 리 없는 강현은 눈앞의 참새들을 쫓아내는 데에 급급했다.

퍽.

"뭘 잘못 처먹었나? 이것들 뭐야! 왜 이 지랄인데!"

"꺼져! 꺼지라고!"

휘익.

열심히 두 손을 휘저어도 끈질기게 따라붙는 일곱 마리의 참새에 강현은 속수무책으로 얻어맞고 있었다.

그 와중에 신서진의 앞에서 가장 먼저 밥! 밥! 밥!을 외치던 아기 참새는 노련하게 강현의 손가락을 물고 늘어졌다. 신서진은 나직이 감탄하며 작게 중얼거렸다.

—이야, 맛있어 보였나 보네.

"아아악! 이 새 새끼가!"

그새 피를 본 건지 강현의 발악이 한층 날카로워졌다. 악 소리를 내지르며 새에게 물린 손가락을 붙들고 있다.

그래 봤자 할 수 있는 건 별로 없어 보였지만 말이다.

—아으, 아프겠다.

"아아악! 저리 가! 저리 가라고!"

이쯤 되니까 강현의 낯빛에도 슬슬 공포가 서리기 시작했다. 강현은 이를 악문 채 허공에 팔을 내저었다.

새를 어떻게든 쫓아 보려는 몸짓.

하지만, 참새들은 강현의 손을 여유롭게 피하며, 그를 조롱하듯 짹짹짹 울어 댔다.

—밥! 밥! 밥!

―삐릿!

상황이 이렇게 되니 시선이 쏠릴 수밖에 없었다.

"뭐야, 왜 저래?"

"무슨 참새가……."

웅성웅성.

인생에서 한 번이나 볼까 말까 한 진귀한 광경을 보러 나온 학생들.

그 어느 하나도 도와줄 생각은 안 한 채…….

안타깝게도 오히려 신나 보였다.

"야, 빨리 사진 찍어 봐."

"와, 미친. 참새들이 대낮부터 돌았나. 이게 뭔 일이야?"

"장관이다, 진짜."

"쳐다보고만 있냐, 개자식들아!"

…그렇게 착하게 살지.

인복하고는.

"어푸… 어푸……."

제정신을 못 차리고 허우적대는 강현.

무력해 보이는 모습이 안쓰러워 보일 지경이었다.

삐릿―.

신서진이 유쾌한 콧노래를 흥얼거리며 푸드덕거리는 참새들을 모았다.

더 소란을 일으켰다간 위험하니 이제 슬슬 자리를 뜨려던 순간이었다.

"음?"

때마침, 복도를 꺾어 들어오다 이 난장판을 직관하고 만 남이준 학생회장이 놀란 얼굴로 제자리에 멈춰 섰다.

"강현아……?"

"짹!"

"짹짹!"

얼마나 얻어맞은 건지 머리가 까치집이 되어 가지곤, 그마저도 신이 난 참새들이 물고 늘어지고 있는 완벽한 거지꼴. 거기에 교복은 이미 참새들이 내려앉아 새까맣게 되어 있었다.

잔디밭에서 굴렀다고 해도 믿을 법한 몰골이었다.

'어쩌다 저 지경이……'

다른 건 다 차치하고서라도 제법 웃긴 광경이긴 했다.

"야, 너 대체 꼬라지가……."

안타깝고 불쌍해 보이는 모습이긴 했지만, 어차피 제 일은 아니니까.

"푸흡."

다행히 곧바로 이성이 돌아왔다.

"크흠."

남이준은 간신히 웃음을 참으며 손으로 입가를 가렸다. 다른 것도 아니고 참새에게 얻어맞은 친구 앞에서 계속 웃고 있을 수는 없으니, 애써 침착한 한마디가 그의 입에서 흘러나왔다.

표정 관리엔 참으로 능숙한 남이준이었다.

"일단 양호실 가자. 아니면 쌤 불러올까?"

"아욱, 제발."

"다들 보고만 있지 말고 좀 도와줘."

차분히 다가오는 남이준. 최소한 자신을 버려 두고 가진 않으리란 확신에, 강현은 조금 안도했다.

'지금 쳐다만 보는 새끼들 다 기억한다.'

비웃어 대는 놈들과 달리 남이준은 뭐라도 도움이 될 테니까.

실제로 남이준은 가방끈을 쥐고선 참새들을 쫓았고, 그건 어느 정도 효과가 있었다.

쨱! 쨱쨱!

비명에 가까운 참새들의 울음소리가 귓가에서 시끄럽게 울려 퍼진다.

"야, 씨. 저것들 간다."

그제야 강현도 언제 그랬다는 듯 태연하게 웃으며 표정을 관리했다.

보는 사람들이 많은 복도에서 너무 오두방정을 떠는 것도 품격이 살지 않으니.

"어후, 무슨 새들이 이리 많단… 어?"

그 순간.

등골이 오싹할 정도로 싸한 느낌.

강현은 천천히 고개를 들었다.

―저런.

"……."

주르륵.

별로 상상하고 싶지 않던, 물컹한 하얀 액체가 강현의 이마를 타고 흘러내렸다.

아기 참새가 흥분한 나머지 조준에 실패했다.

"…아."

그간은 참고 있었는데…….

"시발."

강현은 나직이 욕을 뱉었다.

『예고의 음악 천재』 2권에 계속…